L’académie
des femmes parfaites

HELLY ACTON

L'ACADÉMIE DES FEMMES PARFAITES

ROMAN

Traduit de l'anglais (Royaume-Uni) par
MORELLI

Titre original :
THE SHELF

Ce livre est publié avec l'aimable autorisation de Madeleine Milburn Ltd.

HARPERCOLLINS FRANCE
83-85, boulevard Vincent-Auriol, 75646 PARIS CEDEX 13.

www.harlequin.fr

ISBN 978-2-2804-4331-9 — ISSN 2271-0256

Chapitre 1

Allongée sur son lit, Amy Wright compte les petits bourrelets sous son menton dans le reflet que lui renvoie le miroir fixé au mur. Ses longs cheveux bruns sont ramassés au sommet de son crâne en un chignon qui lui rappelle le beignet au chocolat qu'elle a dévoré en secret la veille ; si elle plisse les yeux, elle ressemble vaguement à un sumo. Mais pas question de laisser une Journée du Gras lui mettre le moral à zéro. Pas aujourd'hui. Elle bat des cils et prend une photo mentale du plus beau jour de sa vie.

Ce qu'Amy ignore c'est que le plus beau jour de sa vie sera en réalité le pire. Elle attrape son téléphone sur la table de chevet et ouvre Instagram pour découvrir qui s'est fiancée, mariée ou est tombée enceinte au cours des huit dernières heures. Amy pousse un soupir de soulagement en ne voyant aucun émoji bague de fiançailles ni bébé. Elle a un nouveau follower, un inconnu, @shrinkitquick, et Jane a posté une photo en gros plan de ses jumeaux. Ce matin, ils sont recouverts d'un mélange dégoûtant de banane et de carotte, et la légende déclare que les grasses matinées lui manquent. Ça dit « pauvre de moi », mais ça signifie en réalité « couvrez-moi de compliments ».

Amy résiste à l'envie de répondre par un émoji vomi suivi

d'un #silteplaitepargnenous. Elle se demande ce que deviendrait sa vie sociale si elle se montrait sincère sur les réseaux sociaux. Elle serait rejetée car blacklistée comme celle qui déteste les enfants, ce qui serait injuste parce qu'elle les aime bien au fond. Enfin, certains d'entre eux. Ce qu'elle n'aime pas en revanche, c'est être abreuvée quotidiennement de bave, de morve et de larmes. Quand elle aura des enfants, elle se contentera de poster des photos importantes et pas des observations inintéressantes comme *Henry a fait caca ! #ilgrandittellementvite*, comme Jane l'a fait hier. Pendant une terrible fraction de seconde, Amy avait même cru que Jane avait photographié le contenu du pot de son fils mais, lorsque la photo s'était chargée, elle avait constaté que ce n'était que le fils prodige face à un bol plein de glace au chocolat. Elle rougit en pensant au commentaire qu'elle a laissé : *Ne mange pas ça !* Les autres mères ont félicité Henry, et Jane a liké tous les commentaires sauf le sien.

— On perd son sens de l'humour en devenant mère ou quoi ? avait marmonné Amy à l'intention de Jamie, son petit ami, qui était en train de découper du chou kale pour son smoothie matinal.

— En même temps que sa taille de guêpe, avait-il rétorqué aussi sec.

Amy l'avait haï pendant quelques minutes pour ça, puis elle avait ruminé sa remarque pendant des heures. Jamie plaisantait toujours sur le fait qu'il ne voulait pas d'enfants, mais ça ne pouvait pas être le cas car, après tout, il sortait avec elle, non ? C'était juste son sens de l'humour. Et, si elle ne riait pas, il l'accusait d'être devenue trop sérieuse.

Amy soupire devant le post banane écrasée, like la photo et commente #tellementchoupy et #adorables, comme il se doit. Elle ne veut pas que Jane croie qu'elle n'aime pas les jumeaux. C'est faux. Elle les aime beaucoup mais de loin, de là où ils ne peuvent pas la fixer, hurler tellement fort que toute conversation devient impossible ou se tortiller pour se dégager quand elle essaye de les prendre dans ses bras.

#TROPgénial

Elle fait défiler l'écran et tombe sur le post sponsorisé d'une entreprise qui tente de lui refourguer un appareil pour réduire la graisse du cou. Elle exprime sa désapprobation mais l'enregistre pour plus tard. Un jour, elle en achètera un, en plus d'une gaine chauffante ventre plat et d'un patch coupe-faim à mettre sur la langue.

Vient ensuite une photo de Lottie Forrester, alias @lottietheexplorer, qui a posté un selfie dans un *Gong Bath* à Seminyak. La toujours bronzée et absolument parfaite Lottie a commencé son journal de voyage après avoir quitté son job dans les RP[1] deux ans plus tôt. Son compte a atteint 280 000 followers, et elle poste tous les jours depuis le paradis avec son hashtag #lottieexplore. C'est plus intéressant que l'info banane de Jane, mais ça lui donne autant envie de gerber.

Amy balance son téléphone au pied du lit.

Pourquoi devrait-elle être jalouse ? Ce soir, ce sera comme dans un rêve, elle sirotera du champagne en classe affaires, en route vers son propre paradis avec Jamie, et elle postera #jamy (il a horreur de ça) à ses 260 followers fascinés.

Amy et Jamie se sont rencontrés deux ans plus tôt sur Soulmeets, et elle a le pressentiment qu'il va la demander en mariage pendant leur voyage. Ils ne vivent toujours pas ensemble, c'est vrai, mais elle le trouve bizarre depuis quelque temps. Silencieux et nerveux. Ce n'est pas normal pour

1 Relations publiques (N.d.T).

quelqu'un d'aussi assuré que lui, qui a eu le cran, lorsqu'il a rencontré ses parents pour la première fois lors de la fête pour la retraite de son père, d'improviser un discours alors qu'il ne les connaissait que depuis une heure. Son attitude étrange est le signe qu'il est préoccupé. Qu'il se prépare pour quelque chose d'important. Deux possibilités : soit il va la larguer, soit il va la demander en mariage. Mais il lui a donné un double de la clé de son appartement quelques mois plus tôt, et la larguer pendant les vacances serait trop gênant. C'est forcément la seconde solution.

Elle roule sur le ventre pour enfouir la tête dans l'oreiller. Elle cache son sourire et tente de réprimer un long couinement qui perce quand même le silence : la belle au bois dormant étendue à ses côtés s'agite.

— Éteins ton putain de réveil.

Amy se colle contre le dos ridiculement large de Jamie. On dirait un mannequin en carton, et elle se sent minuscule, ce qui est exactement ce dont elle a besoin en cette Journée du Gras. Il est lisse comme un corps photoshoppé, bronzé comme un filtre Instagram et musclé comme Luke Cage. Elle caresse sa peau mate en contemplant ses ongles récemment manucurés et recouverts d'un vernis nude en imaginant à quoi ressemble le solitaire qu'il a choisi. Il a des goûts vulgaires et voudra que la bague soit tape à l'œil – genre gros caillou – mais Amy, elle, se fiche de la taille de la pierre.

Ce qui l'intéresse, elle, c'est que leur relation progresse enfin. Comme ça, elle pourra prouver à Jane et aux autres mères qu'elle n'est pas à la traîne. Dans un an pile, elle aussi sera mariée et super maman, exactement comme elles. Adieu les Martini expressos à Soho, bonjour les expressos du matin en banlieue.

Bon sang que ça a l'air chiant !

Amy adore cette partie de la journée. Quand Jamie est étendu près d'elle mais qu'elle se sent encore seule. Quand tout est silencieux et qu'elle peut laisser son esprit vagabonder. À vrai dire, ce n'est pas le seul moment où elle se sent seule dans son couple. C'est aussi le cas quand il cuisine, quand il se couche avant elle ou quand elle lit dans ses yeux qu'il n'a pas envie qu'elle passe la nuit chez lui. Mais le plus important c'est qu'elle n'a pas *l'air* seule. Avec Jamie dans sa vie, elle parvient à se glisser dans le club des couples mariés. Dont elle sera membre officiel une fois la bague au doigt. La pression du mariage sera alors remplacée par celle de la maternité. Étape suivante de la course qu'elle n'a pas envie de courir.

Il y a un autre chemin, bien sûr. Un chemin sur lequel elle n'a pas envie de s'attarder et auquel elle pense souvent. Celui qu'elle s'apprêtait à prendre quand elle a rencontré Jamie, qui l'a convaincue de rester. Ce chemin la mènerait droit à l'aéroport de Heathrow, un aller simple pour Bangkok en poche. Jamie se débrouillerait sans elle ; il a sa start-up, ses gadgets technologiques, sa routine. Le mois dernier, Amy lui a fait remarquer qu'il parlait plus à son enceinte Alexa qu'à elle ; il a éclaté de rire et il a demandé à Alexa ce qu'elle portait aujourd'hui. La semaine dernière, quand Amy a oublié une nouvelle fois de prendre sa brosse à dents, elle a finalement perdu patience et osé lui demander pourquoi ils ne dorment jamais dans son appartement à elle.

— Cochonnette, avait-il répondu, tu sais très bien à quel point ma *morning* routine est importante pour moi. Si je ne fais pas mon footing quotidien, je n'ai pas les pensées claires.

Je m'arrache pour ma start-up, tu pourrais être un peu plus compréhensive et me soutenir…

— Il y a un parc juste au bout de ma rue, tu pourrais courir là-bas.

— Tu parles du cimetière ?

— Il y a de l'herbe.

— Et une dizaine de clochards. Non merci… Tu n'aimes pas mon appartement ?

— Bien sûr que si…, avait-elle soupiré, ayant soudainement l'impression d'être la méchante de l'histoire. C'est juste que c'est pesant de devoir préparer un sac avec mes affaires chaque fois que je viens…

Elle avait laissé sa phrase en suspens, attendant qu'il saisisse la perche et lui propose un tiroir. Il ne l'avait pas fait. À la place, il avait enroulé ses bras autour d'elle, lui avait mordillé l'oreille et lui avait demandé de répéter « quand je viens » d'un ton lubrique. Elle l'avait ignoré et avait lâché :

— Est-ce que je peux t'emprunter ta brosse à dents ?

— Beurk, c'est dégoûtant ! avait-il répondu en la libérant pour aller regarder dans le frigo. Tu n'as qu'à aller à la supérette du coin, c'est encore ouvert. Oh ! et tu pourras rapporter du lait d'amande, tant que tu y es ?

Typique de Jamie. Typique d'elle-même. Cet épisode aurait pu être la goutte d'eau dix ans plus tôt, mais Amy avait décidé de faire avec : elle aurait son tiroir si elle voyait sur le long terme. Elle espérait même obtenir plus, si tout se passait comme prévu.

Elle s'agite dans son lit et revient à sa pensée initiale. Le voyage. En fait, elle pourrait partir tout de suite, rien ne la retient. Sa valise est déjà prête, elle vient juste de terminer un contrat et, en tant que rédactrice free-lance, elle peut travailler n'importe où avec son ordinateur et une connexion Internet. Elle pourrait enfin reprendre le blog sur lequel elle n'a pas posté depuis des années. Elle a juste besoin de trouver un sujet qui la passionne. Le fromage. Les beignets. Un journal de régime. Un voyage. Sa vision de la vie. Amy pourrait ressembler à Lottie Forrester et à tous les autres influenceurs voyage qu'elle suit. S'ils peuvent le faire, pourquoi pas elle ?

Parce que tu as trente-deux ans, Amy. Il est trop tard pour prendre des risques.

Et puis il y a plein de choses qu'elle a hâte de vivre avec Jamie et, malgré ses défauts, elle l'aime. Il est familier. Confortable. Et elle aime l'idée d'être mariée. De former une équipe soudée prête à encaisser les obstacles que la vie placera sur leur route. C'est du moins comme ça qu'elle s'imagine une fois que leur relation sera validée par un étranger, un diamant et un formulaire dûment signé. Elle sera enfin un membre officiel de l'équipe O'Connor. Ou Wright. Non, Jamie ne prendra jamais son nom. Elle pourrait peut-être faire comme Dawn O'Porter et mélanger son nom à celui de Jamie.

— Bonjour, je suis Amy O'Wright, murmure-t-elle à son reflet dans le miroir.

— Hein ? marmonne Jamie d'un ton ensommeillé.

— Rien, rendors-toi, il est tôt.

Elle lui caresse le dos. Il s'écarte. Ça la blesse quand il réagit comme ça, mais elle sait qu'il aime avoir de l'espace au lit. Certaines personnes sont comme ça, c'est tout.

L'année dernière, Jamie a lancé son agence de chasseurs de têtes, Leader+, et il affirme qu'elle va devenir célèbre. C'est aussi pour ça qu'ils ne vivent pas ensemble. Elle a évoqué l'idée quelques mois plus tôt quand il lui a donné un double de sa clé, mais il a rapidement mis fin à la conversation. Il a prétendu qu'il travaillait trop et que, si elle était dans ses pattes, elle le distrairait. Amy avait eu envie de prendre ça pour un compliment, mais sa façon de le dire affirmait le contraire – peut-être parce qu'il fronçait les sourcils. Puis il avait fait la gueule toute la journée : il lui avait reproché d'être ingrate et de ne pas apprécier la clé à sa juste valeur, de toujours en vouloir plus et de trouver qu'il n'en faisait jamais assez.

Elle s'était sentie coupable en rentrant chez elle, ce soir-là. Jamie avait grandi dans une famille irlandaise nombreuse et avait lutté contre cinq frères plus âgés pour trouver sa place ; elle comprenait qu'il ait du mal à partager. Et, comme il l'avait souligné, pourquoi vouloir vivre ensemble alors qu'ils se voyaient déjà tout le temps ? Parfois, elle a envie de lui faire remarquer que, s'ils se voient tant que ça, ça ne changera rien s'ils vivent ensemble… Mais Amy n'aime pas les conflits. La clé de son appartement est un petit pas dans la bonne direction, et elle doit s'en contenter pour l'instant. Il a certainement besoin de temps pour se faire à l'idée.

En fait, Amy aime bien vivre seule. Elle aussi aime avoir son espace. Elle apprécie de pouvoir dévorer un paquet entier de Babybel sans personne pour la juger, vêtue uniquement de sa culotte la plus vieille, moche et confortable, tout en buvant un Coca light devant les replays de *Say Yes to the Dress*[1]. Elle aime la liberté de pouvoir commenter la façon dont elle se maquille chaque matin en prenant la voix d'une célébrité – hier, elle a tenté de le faire en mode Patti Smith, ça s'est rapidement terminé en quinte de toux. Quand ils

1 Équivalent anglo-saxon de l'émission *La Robe de ma vie* (Toutes les notes sont de l'éditeur).

emménageront ensemble, Amy devra faire une croix sur un tas de petits plaisirs coupables. Plus de porte ouverte quand elle ira aux toilettes. Plus de nouilles chinoises instantanées au petit déj après une nuit blanche. Jamie ne la laissera jamais lécher certains gâteaux apéro avant de les remettre dans leur bol parce qu'elle adore le goût mais pas la texture. Peut-être même qu'il n'y aura pas de gâteaux apéro du tout. Peut-être qu'il y aura seulement un déprimant petit bol de bâtonnets de céleri, qui lui fileront un nouveau complexe quand elle entendra le boucan qu'elle fait quand elle les mâche.

Non, Amy n'a aucun problème avec le fait de vivre seule. Ce qui la chagrine en revanche, c'est le sentiment désagréable qui lui tord l'estomac quand elle songe au fait que Jamie n'a jamais ne serait-ce que sous-entendu qu'il aimerait vivre avec elle. Jamais. Et, pire encore, l'expression apitoyée de Jane quand elles prennent un café deux fois par an – entre son nouveau job, les travaux de la cuisine et les jumeaux, elle n'a plus de temps à lui consacrer – et que cette dernière lui demande quand ils comptent emménager ensemble.

— Jamie est trop occupé par son travail, on se voit déjà assez comme ça, on vivra ensemble l'année prochaine, il n'y a pas d'urgence.

Elle a déjà répété ce discours tant de fois qu'elle commence à y croire elle-même.

— Tu as trente-deux ans, Amy, pas vingt-deux ! Si tu crois qu'il n'y a pas d'urgence, tu te fourres le doigt dans l'œil. Tu finiras vieille fille et tu passeras tes Noëls toute seule. Tu es fille unique : un jour, tes parents mourront, et tu n'auras personne pour te tenir compagnie.

En réalité, Jane n'a jamais dit ça.

Mais Amy sait que c'est ce qu'elle pensait la dernière

fois qu'elles se sont vues. Elle touillait son Earl Grey à toute allure en évitant de la regarder en face et en heurtant le bord de sa tasse avec sa cuillère. Après un long silence embarrassé, elle avait changé de sujet pour faire les louanges de sa nounou.

— Jane, bon sang ! On était tellement proches ! Pourquoi es-tu incapable d'admettre que tes jumeaux sont insupportables, que la comptabilité c'est super ennuyeux, que nos cuites à The White Horse te manquent et que Pete pue de la gueule ? ! Ta vie n'est PAS parfaite, arrête de prétendre le contraire et sois honnête !

En réalité, Amy n'a jamais dit ça.

Parce qu'elle n'est pas une kamikaze des relations sociales et que Jane est la dernière amie de lycée avec qui elle a gardé contact, même si elles ne se voient que deux fois par an. Et puis, au fond, Jane est sympa. Elle semble vraiment se soucier de l'avenir d'Amy, même si cet intérêt prend la forme de compliments sournois et de remarques narquoises. Et elle les invite parfois à dîner. Amy décline souvent en utilisant le boulot de Jamie comme prétexte. Et puis elle n'a rien à dire aux amis comptables de Jane, qui sont ennuyeux à mourir et ne parlent que d'argent et d'électroménager de luxe.

Le silence sans équivoque de Jane est légitime : Amy a trente-deux ans. Le temps presse. Mais qu'est-elle censée faire ? Elle ne peut pas recommencer à zéro. Jamie est sa meilleure option et sa dernière chance d'avoir une vie comme celle de Jane. Cette vie qu'elle est supposée désirer à son âge.

Amy sait aussi qu'elle doit accepter de figurer pour l'instant en deuxième position sur la liste des priorités de Jamie, mais elle joue pour gagner. Le mois prochain, sa boîte sera sur des rails, et il aura davantage de temps pour se consacrer à sa vie personnelle, à leur relation et à leur avenir. Ils n'ont pas besoin de vivre ensemble pour être proches l'un de l'autre : ils se voient presque tous les soirs. Et elle a une clé de chez lui. Et, s'ils sautent la case « vie en commun » pour se marier, ça lui convient.

— Leader+ va cartonner, Cochonnette. L'année prochaine, j'aurai une super baraque et une Range Rover, tu verras.

Amy avait bien remarqué qu'il avait employé le pronom *je*, mais elle avait laissé courir. Pourquoi acheter une grande maison et une voiture familiale pour lui seul ? Il faut vraiment qu'elle cesse de sur-analyser tout ce qu'il dit et fait. S'il l'emmène en vacances surprises, c'est bien la preuve qu'il l'aime, même si elle a parfois l'impression qu'il la traite comme une invitée inopportune.

Chapitre 2

Jamie se redresse et repousse ses cheveux en arrière. C'est le début de son rituel matinal quotidien dans lequel Amy ne tient aucune place. Elle se demande parfois s'il se rappelle sa présence. Pas question d'espérer un bonjour, le mieux qu'elle ait obtenu de lui a été un toussotement. Jamie se lève, enfile son short et quitte l'appartement en cinq minutes pour aller faire son jogging, laissant derrière lui une Amy qui voit là l'occasion parfaite de fouiller dans sa valise. Comme elle a sa dignité, elle se contente d'ouvrir le tiroir de sa table de nuit, à la recherche d'un chargeur de téléphone – si elle tombe sur un énorme solitaire Tiffany, ce ne sera pas sa faute. Mais elle ne trouve ni chargeur ni bague. Seulement un pied à téléphone pour faire des selfies, une lampe torche pour courir de nuit et une paire de lunettes ridicule vert citron qu'il ne porte plus depuis qu'elle lui a dit qu'il ressemblait à Gareth de *The Office* avec. Elle se rallonge.

La veille au soir, Amy a annoncé ses possibles fiançailles autour d'une bouteille de prosecco chez Amuse Bouche à Sarah, sa meilleure amie d'université. Elles fréquentent ce bar depuis leur arrivée à Londres, et c'est là qu'elles ont l'habitude d'échanger les grandes nouvelles. À la même table six mois plus tôt, Amy a annoncé que Jamie lui avait donné un double de la clé de son appartement, et Sarah lui a dit qu'elle venait d'acheter un troisième appart.

L'analyste en investissement qu'est Sarah s'est montrée sceptique quand Amy a dévoilé sa théorie.

— Explique-moi. Qu'est-ce qui est différent cette fois ?

Sarah avait raison de s'étonner : Amy lui racontait la même chose avant chacun de leurs voyages. Mais ce n'était pas la même chose cette fois. Amy sentait que quelque chose d'important se préparait.

— La dernière fois, tu étais sûre qu'il te demanderait en mariage à l'enterrement de son grand-père.

— Il n'arrêtait pas de faire des allusions ! De dire que la vie est courte, qu'on devrait être heureux et ne pas laisser passer les opportunités.

— Mais il parlait de son boulot, comme d'habitude, pas vrai ?

— D'accord, d'accord. Mais j'ai d'autres preuves. On est ensemble depuis deux ans…

— Ce n'est pas une preuve.

— C'est le moment idéal ! Et Jamie aime les choses qui vont par deux, c'est son chiffre porte-bonheur.

Sarah a froncé les sourcils, perplexe.

— Deux œufs au petit déjeuner, un double expresso, il me dit toujours que je suis son numéro deux.

— Et qui est son numéro un ?

— Lui.

— Eh ben.

— Il plaisante ! Et puis ma mère s'est mise à pleurer au téléphone sans raison l'autre jour.

— La finale de *Danse avec les stars* ? Le gin ? Les

nouvelles chaussettes et les tongs que ton père a reçues en cadeau pour sa retraite ?

— Elle dit adieu à sa petite fille ! Je suis fille unique, je te rappelle, et c'est un coup dur pour elle.

— Tu as trente-deux ans, Amy, pas douze.

— Exactement, et je suis certaine que Jamie se rend bien compte que c'est maintenant ou jamais. Il sait que mon horloge biologique tourne.

— Amy ! (Elle s'en était étouffée.) Comment tu peux dire une chose pareille ?

— Quoi ?

— C'est comme si tu accueillais à bras ouverts cette épée de Damoclès. Ton but dans la vie n'est pas de te reproduire mais d'être heureuse, quelle que soit la forme que prend ce bonheur.

— Je sais, mais peut-être que je serai heureuse en me reproduisant. Peut-être que mon bonheur a la forme d'un gros ventre.

— Le mien a la forme de Daniel Craig qui me donne la becquée sur une plage mexicaine.

Sarah a éclaté de rire et siroté une gorgée de vin avant de prendre la main d'Amy.

— Amy, promets-moi de ne pas te marier ni d'avoir des enfants juste parce que tu as trente-deux ans et que tout le monde fait ça. Pour faire des gosses il faut en avoir vraiment envie.

— Je sais. J'en ai envie, a affirmé Amy en la regardant droit dans les yeux.

— Il y aura des tas de contraintes. Tu te retrouveras à fréquenter les fermes pédagogiques, les fêtes foraines et les anniversaires. Tu ne pourras plus traîner en culotte sur ton canapé le dimanche en enchaînant les épisodes de *Friends*.

Oh ! bon sang, Amy, tu seras obligée de t'habiller tous les jours ! s'est-elle exclamée d'un air faussement horrifié.

— Sarah, je veux des enfants ! Et pas uniquement parce que j'ai passé trente ans et parce que tout le monde en fait. J'aime les gamins. Depuis toujours, même si je n'en parle jamais. Je veux faire autre chose de mes dimanches que mater Netflix. Et je ne peux pas ignorer mon âge : c'est la biologie, point. Et puis pourquoi on évoque le sujet alors que je ne suis même pas encore fiancée ?

— Pourquoi vouloir te marier à tout prix ? Fais un gosse. Si tu es persuadée que Jamie est le bon.

— Il est surtout le seul.

Sarah l'avait dévisagée.

— Je plaisante. Je suis heureuse. La vie suit son cours, exactement comme elle est censée le faire.

— Tu n'as pas besoin d'être comme tout le monde, Amy.

— Je suis moi. Tu es toi. Et Jamie est Jamie. Et ce verre vide est ce verre vide, avait-elle répondu dans un hoquet.

Dans le métro qui la ramenait chez Jamie, Amy s'était demandé si Sarah avait réagi comme ça parce qu'elle était triste de perdre sa copine célibataire. Ou peut-être Sarah était-elle contrariée de voir qu'Amy voulait passer toute sa vie avec un mec qu'elle ne supportait pas. Sarah et Jamie ne s'apprécient pas. Leur relation est aussi malaisante que lorsqu'on se retrouve coincé dans un ascenseur avec un ancien rencard qu'on n'a jamais rappelé. La seule et unique fois où elle les avait laissés seuls, Jamie avait étudié en long, en large et en travers l'étiquette de sa bière de régime tandis que Sarah faisait semblant d'envoyer des mails sur son téléphone déchargé. Amy leur avait demandé séparément ce qu'ils pensaient l'un de l'autre.

— Ce serait plus facile de l'apprécier s'il arrêtait de mater ma bouche, avait sifflé Sarah.

— Ce serait plus facile de l'apprécier si elle s'épilait la moustache et arrêtait de vouloir être drôle, avait marmonné Jamie.

— Tu ne trouves aucune femme drôle, avait soupiré Amy.

Pourquoi se comportait-il aussi souvent comme un con ? Pourquoi ne faisait-il jamais aucun effort avec ses amis ?

— Faut croire qu'elles ne le sont pas, avait-il répliqué avant de l'attraper par la taille pour lui embrasser le cou. Sauf toi, bien sûr. Tu es ma Cochonnette rigolote.

Et Amy avait éclaté de rire et lâché l'affaire.

Si ses mots peuvent être tranchants, les caresses de Jamie, elles, lui donnent l'impression d'être désirée. Sa tactique préférée pour mettre fin à une discussion houleuse consiste en un langoureux baiser façon Hollywood et, même si Amy suspecte que ce soit surtout un moyen de la faire taire, elle se fait avoir à chaque fois. N'importe quelle femme se ferait avoir face à des lèvres comme celles de Jamie.

Elle se retourne dans le lit et se frotte les yeux. Il faut vraiment qu'elle arrête d'avoir autant de pensées négatives au sujet de l'homme avec qui elle est censée passer le reste de ses jours. OK, Jamie n'est pas parfait, mais il fait un tas de choses pour lui prouver qu'il tient à elle. La semaine dernière, il lui a fait livrer un dîner surprise quand il a dû annuler leur plan du samedi soir à cause d'un rendez-vous avec un investisseur potentiel. La salade de jacquier est allée directement dans la poubelle à cause de son odeur nauséabonde, mais c'est l'intention qui compte, non ? Et, chaque fois qu'il rentre après 1 heure du matin, il est tellement affectueux qu'Amy a l'impression que son cœur va exploser. Câlins rapprochés, mots doux, frottements de dos et coups de tête maladroits : après quelques vodka-soda, sa vraie personnalité se révèle, et parfois elle en vient même à espérer qu'il boive chaque nuit. C'est rare qu'il parvienne à lâcher prise et se laisse aller ; il est si obsédé par son hygiène de vie et sa start-up. Les loisirs passent toujours après. Et elle accepte ça. Pour l'instant. Elle veut qu'il réussisse, même si ça implique qu'ils passent moins de temps ensemble.

Elle aurait pu tomber sur tellement pire que lui. Avant, il y a eu Ben Bière : celui-là n'était heureux qu'avec une pinte dans la main et un match sous les yeux. Il n'était pas regardant sur le type de sport tant qu'il y avait une balle. Elle a compris qu'elle devait mettre un terme à leur histoire lorsqu'il l'a emmenée pour leur cinquième rencard dans un bowling ultra-glauque. Avant lui, il y a eu Dan le Soûlant, qui se considérait comme un docteur ès vins et déblatérait sans fin sur la différence entre un merlot et un shiraz, tout en picorant sur des planches de charcuterie hors de prix. Elle a failli mourir d'ennui et, aujourd'hui encore, elle frémit en repensant à ses ongles se plantant dans le chorizo – ils étaient toujours cinq millimètres trop longs.

Les ongles de Jamie, eux, sont courts et propres. Il ne sent pas la bière tiède et il parle d'avenir plutôt que de buts ou de variétés de raisin. Et, même si elle n'a jamais été explicitement mentionnée dans cet avenir, elle doit bien y avoir sa place. Sinon, pourquoi aurait-il promis de lui payer une nouvelle garde-robe digne de ce nom quand sa fortune aurait dépassé le million ?

Amy entend la porte s'ouvrir, et Jamie fait irruption, essoufflé. Il lui sourit, et ses pattes-d'oie se creusent, ce qui accélère un peu le rythme cardiaque d'Amy. Son cœur bat encore plus vite quand il enlève son short – ce qui contracte ses tablettes de chocolat – avant de rabattre ses cheveux d'un noir de jais sur ses yeux verts. Il se glisse sous les couvertures et l'enlace. Aussitôt, elle rentre le ventre pour éviter que Tinky Winky, son ventre mou comme un Télétubby, gâche l'instant. C'est Jamie qui l'a baptisé comme ça il y a peu et, pour être honnête, elle déteste ce surnom – elle déteste aussi la façon qu'il a de lui presser le ventre, surtout après un bon repas.

— Tu as de la chance que je ne sois pas susceptible, avait-elle répondu la semaine dernière avant de lui tapoter le haut du crâne. Comment avance ta calvitie ?

Il avait repoussé brusquement sa main en lui reprochant d'être cruelle, puis il était parti courir pendant deux heures et ne lui avait plus adressé la parole de la journée.

Amy sait qu'elle est mince mais molle. Pour se débarrasser de son ventre, il faudrait qu'elle aille à la salle de sport, mais elle préfère encore marcher pieds nus sur une décoration de Noël plutôt que sur un tapis de course. Jamie lui a offert un abonnement pour son anniversaire l'année dernière. Mais pas pour la salle qu'il fréquente.

Jamie la serre dans ses bras et accomplit la première étape de leur routine sexuelle en l'embrassant dans le cou. Elle se blottit contre lui, la peau couverte de chair de poule. Oui, Jamie peut être parfois un peu égoïste. Non, rien n'a changé depuis six mois. Oui, elle est rarement la star de sa vie. Mais au moins, il lui plaît toujours. Et il n'a pas mauvaise haleine comme Pete, le mec de Jane. Au moment où Jamie passe à l'étape suivante en lui pinçant presque douloureusement le téton, son téléphone sonne bruyamment, ce qui les fait sursauter tous les deux. Il décroche ; elle le dévisage, ahurie. Il pose un doigt sur ses lèvres et lui fait signe de le laisser tranquille. Super. Elle pousse un soupir, se lève et gagne la salle de bains.

Au moins, là, elle est tranquille.

Amy passe les heures qui suivent à se préparer pour les vacances. Elle a claqué le salaire d'une semaine pour se faire épiler, gommer, exfolier, raffermir, bronzer et teindre. Deux cents livres jetées par les fenêtres. Probablement le prix d'une semaine de vacances dans un bungalow à Phuket.

Alors qu'elle est en train d'essayer – en vain – d'avoir l'air jolie en pleurant tout en perfectionnant son « oui » devant le miroir, elle se rend compte qu'un de ses poils de sourcil dépasse. Elle se décompose. « Merci, papa », murmure-t-elle en arrachant le poil égaré. Elle a eu la chance d'hériter de la bouche de sa mère et la malchance de se retrouver avec le monosourcil de son père. Malgré ce qu'il prétend, le seul *caractère* que ça donne à son visage est une ressemblance frappante avec Miffy, le caniche familial. Miffy n'est pas le bienvenu pendant ces vacances.

Jamie ne lui a donné qu'un indice sur leur mystérieuse destination : pas besoin de prendre un manteau. Amy en a déduit qu'ils vont sur une île en Asie du Sud-Est et elle a passé des heures, des jours, voire des semaines à perfectionner son look de blogueuse mode et voyage, allant jusqu'à acheter un chapeau mou *oversize*, des lunettes de soleil rose *gold* et un minuscule short en jean déchiré qu'elle ne portera jamais tant il est moulant et court. Sa valise contient aussi cinq bikinis flambant neufs ; trois sont à sa taille, et les deux autres lui iront parfaitement... plus tard. Elle a stratégiquement décidé de les porter les derniers jours, au cas où il ne l'aurait toujours pas demandée en mariage, parce qu'ils dévoilent plus de peau que tout le casting de *L'Île de la tentation* réuni. Elle espère secrètement choper un virus tropical bénin mais efficace contre les petits bourrelets indésirables.

Au moment où elle attrape une énorme boîte d'Imodium, Jamie surgit sur le seuil de la salle de bains. Il porte une chemise blanche, un pantalon en gabardine bleu pâle et des mocassins bleu marine de marque. Il la dévisage longuement tandis qu'elle dissimule les médicaments dans sa trousse de toilette en priant pour qu'il ne voie pas de quoi il s'agit.

— Miffy part avec nous ?

Amy détourne aussitôt les yeux vers son reflet.

— Je plaisante. Tu es prête ?

Il lui sourit en écartant les bras.

— Si on part à Bali, oui. Si c'est en Sibérie, non.

— Tu seras vite fixée, mais je te trouve très bien. Cet appel était important, ajoute-t-il en lui faisant signe d'approcher.

— Tout va bien ?

Il l'enlace, ce qui arrive très rarement en dehors du lit.

— Weller est d'accord pour le poste. Encore un qui mord la poussière pour ces connards chez Simon Watts.

Il se contemple dans le miroir avec un petit sifflement satisfait.

— Je croyais que ces connards étaient tes amis ?

— Pas quand il est question d'argent, Cochonnette.

Si on était dans un film, songe Amy, Jamie serait la caricature du méchant que tout le monde a envie de voir se planter. Aussitôt, elle se sent coupable de penser ça. L'ambition de Jamie est une qualité, pas un défaut. Il s'agit de boulot : il est obligé d'être impitoyable. En plus, ça pourra servir leur couple plus tard. Elle devrait être fière de lui. Elle a de la chance de l'avoir.

Tandis que Jamie verrouille la porte d'entrée, Amy la contemple en poussant un soupir : la reverra-t-elle en rentrant ? Elle sourit en imaginant leur retour : elle dans les bras de Jamie tandis qu'il fait franchir leur seuil à sa future femme. Note pour plus tard : ne pas (trop) craquer sur les gaufres au petit déj de l'hôtel.

— Je n'ai pas trouvé mes clés ce matin. Est-ce que j'en ai besoin ? demande-t-elle à Jamie en descendant l'escalier.

— Non.

Elle est certaine de les avoir posées sur la table de l'entrée ; leur disparition doit donc faire partie de son plan.

— Tu veux que j'appelle un Uber ?

— Non, je me suis chargé de tout.

Jamie lui sourit en faisant un geste du menton en direction de la rutilante limousine noire qui vient de s'immobiliser près du trottoir.

— Oh ! mon Dieu !

— Après toi, Cochonnette.

Jamie ne rechigne pas à la dépense quand il est question de ses collections de montres, de whisky et de draps en coton égyptien, mais il n'a jamais rien fait de la sorte auparavant. Surtout pas pour elle. Ça ne peut qu'être bon signe : pour la première fois depuis toujours, il essaye de l'impressionner. C'est sûr, il veut que sa demande en mariage soit parfaite, de la première à la dernière minute.

Radieuse, Amy se glisse sur la banquette en cuir souple qui sent le neuf. Jamie s'empare de la bouteille de champagne posée dans un seau à glace entre eux et remplit deux flûtes.

— À la tienne, Cochonnette ! dit-il en souriant.

— À *nous* !

Il la regarde siroter lentement sa coupe et repousse une mèche de cheveux derrière l'oreille d'Amy.

— Ça fait longtemps que je planifie tout.

C'est le moment idéal pour s'embrasser mais, au moment

où elle fait mine de se pencher vers lui, il tourne la tête vers la vitre. Amy sort son portable pour envoyer un texto à Sarah.

Je suis dans une limousine.

Avec du champagne ?

Oui.

C'est parfait.

Je trouve aussi. Il vient de dire qu'il planifiait ça depuis longtemps… *émoji mariée*

Pourquoi la mariée a-t-elle l'air terrifiée ? *émoji oups*

Elle vient de se trouver un poil au menton. *émoji homme barbu*

J'espère que tu t'es épilé la main gauche. Amuse-toi bien. Bisous.

Merci, copine. Bisous.

Ils traversent la Tamise au niveau de Hammersmith en silence.

— L'Apollo ! Tu te souviens de notre premier concert ensemble ?

Amy pose la main sur la jambe de Jamie.

Il s'agite sur son siège et croise le regard du chauffeur.

— Muse ?

— Non. On a vu un concert de Muse ensemble ? C'était DJ Thai et c'était fabuleux.

Jamie ne répond pas tout de suite.

— Oui, il était cool.

— Elle.

— Elle était géniale.

Jamie ne cesse de jeter des coups d'œil dans le rétroviseur intérieur. Contempler son reflet est habituel chez lui, mais là c'est différent. Il regarde le chauffeur qui lui rend ses regards.

Chauffeur qui prend soudain la parole sans prévenir.

— L'heure est venue, monsieur O'Connor.

Amy lance un regard perplexe à Jamie, qui lui prend son téléphone des mains. Elle panique, effrayée à l'idée qu'il lise ses messages, mais il se penche pour sortir un long morceau de tissu noir de la boîte à gants.

— Qu'est-ce que c'est ? demande Amy en souriant nerveusement, façon Chandler Bing dans un Photomaton.

Elle sent son estomac se nouer. Jamie lui rend son sourire et lui fait signe de pivoter. Il lui bande lentement les yeux, et le monde extérieur disparaît.

— Comment vais-je pouvoir traverser l'aéroport les yeux bandés ?

— Amy, on ne va pas à l'aéroport.

— Ah… On va où alors ? Soho Farmhouse ? Lime Wood ?

— Non. On ne va pas au spa non plus. Mec, on peut mettre la musique ?

Le chauffeur obéit, et Classic FM emplit l'habitacle. Amy se renfonce contre le dossier de la banquette, et Jamie lui presse la main un peu trop fort comme s'il essayait de lui faire comprendre quelque chose qu'il n'arrive pas à lui dire. *Ni à l'aéroport ni au spa.* Une pensée horrible lui traverse soudain l'esprit, et elle se redresse d'un bond.

— Jamie, murmure-t-elle. Est-ce qu'on va… à une partouze ?

— Quoi ? Non, attends un peu, on est presque arrivés.

— D'accord. Désolée, je suis juste tout excitée ! chuchote-t-elle.

Elle ne veut pas qu'il pense qu'elle se montre ingrate de nouveau.

Amy entend le clignotant, puis la voiture déboîte et s'arrête.

— On y est, soupire Jamie en se dégageant de son étreinte pour ouvrir la portière.

Amy entend des voix étouffées et elle sent que Jamie lui prend les mains. Il la guide lentement hors de la limousine et la conduit vers ce qui a l'air d'être un portail électrique.

— Il y a un escalier devant nous, Ames, on va le descendre.

Sa voix n'est plus calme ; elle tremble. Amy se demande pourquoi il l'entraîne vers un sous-sol et non une porte d'entrée normale. Puis elle comprend ce qui se passe.

C'est tellement évident. Il a organisé une fête surprise pour la demander en mariage devant ses amis et sa famille. Ça y est ! Elle a deviné : il a organisé un fichu flash mob. Ces trucs sont son obsession ; quelques mois plus tôt, il l'a coupée alors qu'elle parlait à cœur ouvert d'un problème au boulot pour lui montrer une demande en mariage sous forme de flash mob à Waterloo.

— Mon Dieu, je déguerpirais vite fait si quelqu'un me faisait ça, avait-elle répondu, irritée qu'il n'ait rien écouté de ce qu'elle lui confiait. Ce genre de proposition c'est la preuve évidente que ce mec veut être au centre de l'attention.

— Et alors ? Il la demande en mariage, non ? Ça ne suffit pas ? Tu râlerais moins si ta vidéo atteignait aussi le million de vues.

— Jamie, je préférerais mille fois que tu me fasses ta

demande aux toilettes plutôt que de la faire en public uniquement pour récolter des likes.

— Relax, Amy.

Et la conversation s'était terminée là-dessus, comme chaque fois qu'ils abordaient le sujet du mariage.

— Il y a une porte, je vais l'ouvrir pour toi, dit-il tout en plaçant la main au creux de ses reins.

Elle sent un courant d'air devant elle tandis que Jamie la guide dans ce qui lui semble être une grande pièce ouverte. Un silence complet les accueille, et le rire d'Amy résonne dans l'air.

— Jamie, j'ai l'impression d'être en prison – est-ce que tu comptes m'enfermer ?

Elle rit nerveusement pour tenter de cacher le malaise qui monte en elle. La porte se referme derrière eux avec un bruit sourd qui se répercute entre les murs.

— Jamie ?

— Je suis là.

Elle sent son souffle sur sa joue lorsqu'il dénoue doucement le bandeau. Il l'enlève lentement, l'embrasse sur le front et prend ses deux mains entre les siennes. La lumière l'éblouit. Jamie la regarde droit dans les yeux.

Elle lève la tête, nerveuse, et observe les néons du plafond. Elle ignore où elle est et ce que signifie cet endroit. Un peu plus loin, elle repère une immense pièce à vivre peinte de mille nuances de rose avec un canapé en velours fuchsia et une table de douze couverts. Une fête surprise, des vacances à Londres et une demande en mariage tout en un, voilà qui n'est absolument pas le style de Jamie.

Un bruit de machine s'élève d'un des coins du plafond. Elle lève les yeux et distingue une petite caméra avec une lumière rouge dirigée vers eux.

— Jamie, on est où ? Pourquoi tu nous filmes ? C'est quoi cet endroit ? demande-t-elle tout en se forçant à sourire malgré sa nervosité.

Il prend son visage entre ses mains et se penche pour lui murmurer à l'oreille :

— Au revoir, Cochonnette. Et bonne chance.

Sur ces mots, il tourne les talons et franchit la lourde porte métallique qui se dresse au bout du couloir. Une fois qu'elle s'est refermée derrière lui, Amy entend résonner une voix glaciale.

Bonjour, Amy. Vous venez d'être oubliée par l'amour.

SEMAINE 1

Chapitre 3

Amy pivote, surprise, mais il n'y a personne. Elle est seule avec la caméra pointée vers elle. Les yeux rivés sur l'objectif, elle fait quelques pas sur la gauche. La caméra la suit en ronronnant, sa lumière rouge pulsant toujours.

— Jamie ? demande-t-elle lentement sans se départir de son sourire forcé. C'est quoi ce truc d'oubliée de l'amour ? Où sommes-nous ?

Elle se dirige vers la porte par laquelle Jamie a disparu et appuie sur la poignée. Tout en faisant de son mieux pour garder son calme, elle pousse et tire, mais cette dernière est solidement verrouillée. Près de la porte, elle voit deux gros boutons, sur lesquels sont écrits RESTER et PARTIR. Elle appuie sur PARTIR, doucement au début, puis de plus en plus fort et de plus en plus vite, jusqu'à ce qu'elle finisse par se casser un ongle. Elle pousse un cri de douleur et plisse les yeux pour constater les dégâts. Elle sent la peur l'envahir et se met à tambouriner de toutes ses forces contre la porte métallique.

— Jamie ? hurle-t-elle.

Ses coups résonnent jusqu'à ce qu'un autre ronronnement, cette fois-ci beaucoup plus près et beaucoup plus fort, se fasse entendre. Amy s'immobilise, le poing en l'air, et lève les yeux : une deuxième caméra est fixée au-dessus de la porte. Elle baisse la tête, et son souffle court dépose de la buée sur le métal de la porte.

— Jamie, s'il te plaît, supplie-t-elle. Ce n'est pas drôle.

Instinctivement, elle cherche son téléphone dans la poche arrière de son pantalon. Elle est vide. Dans la précipitation, elle a complètement oublié que Jamie a pris son téléphone. Pourquoi d'ailleurs ? !

Amy tourne le dos à la porte et cache son visage des voyeurs ; entre ses doigts, elle observe son environnement. Les murs du couloir devant elle sont d'un blanc éclatant, et le sol en lino rose débouche sur de larges marches. Sur la gauche se tient le salon et sur la droite la salle à manger, juste à côté d'une cuisine en marbre blanc avec un îlot et des ustensiles de cuisine. Le plan de travail est vide. Elle s'éloigne de la porte métallique et sent une boule se former dans sa gorge. C'est la pire demande en mariage du monde. Elle jette un coup d'œil dans le salon avant de poser les yeux sur la caméra du couloir. Sans la quitter des yeux, elle se précipite sur la gauche puis bondit à droite, se rue dans le salon et se jette derrière le canapé. La tête contre le velours, elle ferme les yeux et pousse un profond soupir. *C'est forcément une fête surprise. Je dois me ressaisir et attendre.*

Rrrr. Bip.

Amy ouvre les yeux et se retrouve presque nez à nez avec une caméra sur roulettes fixée à un long tuyau semblable à celui d'un aspirateur. On dirait Wall-E. Version voyeur.

Rrrr… Clic.

Elle rêve ou ce truc vient de la prendre en photo ?

— Jamie ! Ça suffit ! crie-t-elle en lui donnant un coup de pied.

Amy se lève, s'époussette et contourne le canapé en laissant sa main courir sur le velours fuchsia. Elle s'affale sur les coussins dorés et argentés et contemple le téléviseur de la taille d'un écran de cinéma qui occupe la moitié du mur. Sur la table basse devant elle, elle ne voit ni télécommande ni instructions concernant la marche à suivre. Elle fixe la télé en espérant qu'elle s'allume et que sa famille et ses amis lui crient : « Surprise ! » Il y a peut-être un problème technique... ou alors il manque quelqu'un ?

— Si c'est une fête surprise, est-ce que vous pouvez vous dépêcher de me surprendre, s'il vous plaît ? dit-elle à l'intention de ceux qui la regardent sans doute.

Au bout de cinq minutes, vu qu'il ne se passe rien, Amy se lève et se dirige vers l'autre pièce. C'est un dortoir qui contient huit lits une place et un mur couvert de miroirs ; une caméra est suspendue au plafond. Au premier mouvement d'Amy, le voyant vert de l'engin se met à clignoter, et la machine bipe et bouge en ronronnant.

— Ce n'est pas très convivial, Jamie, déclare-t-elle à haute voix. Qui a envie de dormir dans un lit une place ? Tout en étant filmé, en plus ?

Elle marche entre les lits à la recherche d'un indice. Soit le flash mob organisé par Jamie a mal tourné, soit il s'est complètement planté dans le choix de leur hôtel. Ou alors il a acheté cet endroit pour elle, lui et leurs six enfants à venir.

Rrrr. Bip.

Ce bruit commence à l'agacer.

Elle s'assied au pied d'un des lits, se laisse tomber en arrière et contemple le plafond. Soudain, elle se redresse, en proie à une révélation. Elle a enfin compris !

Elle se lève d'un bond, court jusqu'à la caméra et sautille sur place en battant des mains comme une otarie.

— J'ai trouvé ! C'est le camp d'amaigrissement dont tu m'as parlé l'année dernière ! Tu n'avais pas besoin de toute cette mise en scène, je serais venue de mon plein gré – je ne suis pas si terrible.

Elle rit tout en sachant pertinemment qu'elle se serait plutôt rendue directement chez Krispy Kreme sur Fulham Broadway pour se gaver de beignets, exactement comme elle l'a fait quand il lui a offert l'abonnement à la salle de sport.

Amy, veuillez vous rendre dans le Confessionnal.

La voix désincarnée est de retour.

Amy se dépêche de gagner le salon, elle ralentit en passant devant trois affiches qu'elle n'avait pas remarquées.

IL N'EST JAMAIS TROP TARD
POUR FAIRE UN 36 !

PRÊTE POUR UN SELFIE ? AVEC ULTRA-RIGHT,
VOTRE SOURIRE EST ULTRA-BRILLANT !

RÉVEILLEZ VOTRE BEAUTÉ
GRÂCE À LA SEMENCE DE TAUREAU !

Pourquoi a-t-elle mis autant de temps à penser au camp d'amaigrissement ? Ça lui paraît évident à présent. C'est pour ça qu'elle n'avait pas besoin de prendre un manteau !

Dans le salon, elle repère deux portes ; l'une nommée Confessionnal, la seconde Salle de Thérapie. Elle se dirige vers la première, qu'elle ouvre en appuyant dessus de tout son poids. Il fait noir, mais la lumière en provenance du salon lui permet de distinguer les contours d'un énorme fauteuil qui ressemble à un trône. Elle tâtonne à la recherche d'un interrupteur – en vain –, avance un peu et finit par lâcher la poignée de la porte qui se referme brusquement derrière elle, la plongeant dans l'obscurité la plus totale. Les bras tendus, elle fait quelques pas et finit par trouver le fauteuil sur lequel elle s'assied aussitôt. Elle bat du pied droit, impatiente de découvrir la suite. Maintenant qu'elle sait où elle est, elle trouve l'expérience excitante. Peut-être même amusante. OK, elle est déçue qu'une demande en mariage sur une plage paradisiaque avec piña colada en prime ne soit pas au programme. Et ça la soûle d'admettre que Sarah avait vu juste – encore une fois. Mais peu importe ce qu'il a prévu : Jamie a déployé beaucoup d'efforts pour organiser cette surprise. Elle doit le reconnaître : quand Jamie est motivé, rien ne l'arrête.

Rrrr. Bip.

Un petit point vert scintille devant elle. Au moment où elle se penche pour l'examiner de plus près, elle est aveuglée par une explosion de lumière et se plie en deux pour protéger ses yeux. Au bout de quelques secondes, elle se redresse lentement et se retrouve face à un écran qui vient d'apparaître devant elle. Elle se frotte les yeux, le cœur battant.

Elle expire lentement. C'est une photo d'elle et de Jamie, prise au mariage auquel ils ont assisté l'année dernière, en Italie. C'est sa préférée – pas seulement parce que l'angle flatteur dissimule son double menton, mais parce qu'ils paraissent heureux ensemble. Un air de violon emplit la pièce. La photo est remplacée par une autre : ils sont dans le Devon, leur premier voyage en couple. Puis une autre, au festival d'Edinburgh. Une autre dans le Norfolk. La gorge d'Amy se serre, mais elle chasse cette sensation en riant quand elle voit Jamie la photobomber sur une gondole à Venise.

CRRRRRRRRRR !

Amy sursaute et se couvre les oreilles avec les mains tandis que le bruit d'une craie sur un tableau noir résonne dans le Confessionnal. La photo est déchirée en deux, et des mots emplissent l'écran. Les oreilles toujours bouchées, Amy lit ce qui est écrit.

AMY WRIGHT !
Vous avez été abandonnée !
Vous êtes une Oubliée de l'Amour.

— Il y a quelqu'un ? demande-t-elle à voix basse.

L'écran tremblote, et il apparaît. Jamie est assis dans un fauteuil identique au sien et il porte les mêmes vêtements que tout à l'heure.

— C'est bon ? demande-t-il à quelqu'un derrière la caméra. Je peux parler ? Elle me voit ?

— Jamie ?

Elle agite la main en direction de l'écran en se demandant s'il peut la voir.

Il regarde directement la caméra. Des gouttes de sueur perlent sur son front, et il se frotte le nez en toussotant comme s'il s'apprêtait à prononcer un discours.

— JAMIE ? hurle-t-elle.

— Amy, je ne te vois pas et je ne t'entends pas. C'est plus facile comme ça pour tous les deux… Enfin, surtout pour moi.

Il éclate d'un rire gêné et lève les yeux sur la personne qui se tient derrière la caméra.

— Plus facile ? Qu'est-ce qui est plus facile ? Coucou ? Jamie ?

Amy se lève pour s'approcher de l'écran.

Jamie s'agite sur son siège, baisse les yeux vers le sol et repousse ses cheveux avant de fixer de nouveau l'objectif.

— Amy. Cochonnette. Tu dois te demander ce qui se passe.

— Sans blague…, murmure-t-elle.

— Amy, le mois dernier, j'ai eu une révélation.

Oh mon Dieu ! Il va me faire sa demande !

— Oui, je veux bien t'épouser, Jamie ! Arrête de me stresser comme ça !

— J'ai essayé de cacher ce que je ressens pour toi, mais je ne peux plus continuer comme ça.

— Moi aussi, je t'aime ! crie Amy en levant les bras.

— C'est terminé.

Jamie fixe la caméra et elle, par la même occasion.

Amy a toujours les bras en l'air. Sa mâchoire, elle, est à terre. Ce n'est pas du tout ce à quoi elle s'attendait. C'est même tout l'inverse.

— Quoi ? murmure-t-elle, étourdie.

— Je ne veux pas me marier.

— Oh ! mon Dieu ! souffle-t-elle d'une voix tremblante.

— Et je ne veux pas avoir d'enfants.

Amy s'effondre dans le fauteuil en luttant pour respirer. Puis elle bondit et essaye d'ouvrir la porte, mais elle est verrouillée.

— Laisse-moi sortir ! Je veux sortir de là, Jamie, il faut qu'on parle !

— Je veux que ça soit aussi rapide et indolore que possible pour toi, alors je préfère enlever le pansement d'un coup sec, poursuit-il froidement.

— Comment tu peux me faire un truc pareil ? pleure-t-elle en tournant sur elle-même à la recherche d'une issue.

— Et tu veux certainement savoir où tu es.

Amy se rassied brusquement, haletante, et lève les yeux sur l'écran. Comment a-t-il pu détruire son avenir tout entier en quelques secondes ?

— Tu es sur le plateau d'une nouvelle émission de téléréalité qui s'appelle *Les Oubliées de l'Amour*. Et nous sommes tous les deux regardés par le public présent dans le studio de West London.

L'écran montre une énorme foule de gens debout dans une pièce, qui se mettent à crier en agitant les bras aussitôt qu'ils s'aperçoivent qu'ils sont filmés.

— C'est. Quoi. Ce. Bordel ? marmonne Amy.

— J'ai vu une annonce pour l'émission dans *Real Men* et je me suis dit qu'on était les candidats idéaux. Nous sommes parvenus à un carrefour dans notre relation, avec toi qui penses qu'on va dans une direction et moi qui sais qu'on va dans l'autre.

— Quel carrefour ? Comment tu peux m'infliger ça devant des centaines de gens, espèce d'enfoiré !

Elle est bien consciente qu'il peut être cruel, mais elle n'aurait jamais imaginé qu'il irait aussi loin. Elle se recroqueville sur elle-même pour cacher son visage aux caméras. Il faut qu'elle sorte de là.

— Avant de refuser, Amy, parce que je suis certain que c'est ce que tu t'apprêtes à faire, réfléchis deux minutes au bien que ça pourrait nous faire. En tant qu'individus, je veux dire. Ça te ferait de la pub en tant que journaliste et moi pour ma boîte. Et si tu te débrouilles bien tu peux gagner un million de livres. Un million de livres, Cochonnette ! Ça change la vie.

Amy s'approche de l'écran pour le regarder droit dans les yeux. Est-ce vraiment en train de se produire ?

— Amy, en fait, je te rends un immense service. Tu

me remercieras plus tard. D'un, on ne s'infligera pas une rupture longue et douloureuse. Deux, ça va faire de la pub à nos projets. Et trois, tu seras millionnaire en un rien de temps ! J'espère que tu te souviendras de nos bons moments quand tu gagneras, Ames. Tu sais que j'ai toujours voulu une Range Rover.

Puis il éclate de rire.

Il rit. Pour de vrai. Putain.

— Va te faire foutre, Jamie !

— Au revoir, Cochonnette, bonne chance et défonce-les.

Jamie lui adresse un clin d'œil en souriant, le pouce levé, puis l'écran devient noir, replongeant Amy dans l'obscurité. Elle renifle bruyamment et s'essuie les yeux et le nez d'un revers de manche. Puis elle se souvient qu'elle est filmée et elle enfouit le visage dans ses mains. Comment a-t-elle fait pour ne pas le voir venir ? D'un autre côté, quelle personne sensée imaginerait se faire larguer à la télévision ? Ses parents savent-ils où elle se trouve ? Va-t-on la laisser partir ou a-t-elle été enlevée ? D'une manière ou d'une autre, tout ça ne peut pas être légal.

Une porte dérobée à l'autre bout de la pièce s'ouvre soudain, et la lumière se déverse dans le Confessionnal. Amy plisse les yeux et distingue une silhouette masculine sur le seuil.

— Jamie ? chuchote-t-elle.

Elle espère contre toute probabilité qu'il s'agit d'une très mauvaise plaisanterie.

La silhouette se dirige vers elle et lui tend la main.

Chapitre 4

La silhouette se dirige vers l'écran du Confessionnal et allume la lumière. Amy se retrouve face à face avec son mystérieux sauveur, un grand blond avec une barbe broussailleuse, des cheveux trop longs en bataille, des lunettes à monture épaisse et un regard doux.

Ce n'est pas Jamie.

— Bonjour, Amy. Je m'appelle Sam. Je suis le producteur exécutif de l'émission *Les Oubliées de l'Amour*.

— Où est Jamie ?

Derrière Sam, un jeune homme efflanqué avec une queue-de-cheval apparaît avant de les dépasser. Elle se retourne pour le suivre du regard et aperçoit le dos de l'écran, d'où jaillissent des câbles, une caméra dans un coin de la pièce et le fauteuil. M. Queue-de-cheval se met à remplacer des cassettes et à trafiquer des câbles. Elle se sent invisible.

— Jamie est parti, Amy, je suis désolé.

Sam pose la main sur son bras et l'ôte en vitesse quand elle lui lance un regard noir.

— Où est mon téléphone ? gronde-t-elle.

— Écoutez, je sais que vous êtes perdue, mais je suis là pour vous aider à y voir plus clair. Ce n'est pas aussi terrible que ça en a l'air. Une fois que vous saurez tout, vous pourriez même trouver ça très excitant. C'est un truc de fou. Vous allez devenir une star. Venez prendre une tasse de thé avec moi. On n'a pas beaucoup de temps devant nous, l'autre participante est en route, et Jack ici présent doit terminer de tout préparer.

Amy pivote pour regarder Jack. Agenouillé sur le sol, il la dévisage fixement.

Elle les hait tous les deux.

Sam conduit Amy hors du Confessionnal jusque dans un gigantesque entrepôt qui grouille de techniciens qui courent dans tous les sens, armés de talkie-walkie. Les caméras roulent et se croisent dans une valse empressée et, au bout de la grande salle, elle aperçoit un panneau proclamant « PUBLIC ». Elle suit Sam de près tout en évitant le matériel d'enregistrement et les chariots brinquebalants.

— Sam, on reprend l'antenne dans trente minutes, c'est pas le moment de traîner, déclare une femme d'un ton bourru en passant près d'eux, sans un regard pour Amy.

Ils traversent toute la salle et pénètrent dans une petite pièce contenant un canapé, une table basse couverte de papiers et… un homme en costume à rayures, qui leur tourne le dos.

— Voici Harry, qui gère toute la partie juridique.

— Comment allez-vous ? demande-t-il en se tournant vers elle d'un air raide.

Voyant qu'elle ignore la main qu'il lui tend, il lui fait signe de s'installer sur le sofa.

— Je suis ici pour répondre à toutes les questions d'ordre légal que vous vous posez concernant l'émission.

Amy baisse les yeux sur la paperasse et voit son nom écrit sur deux documents. Comment ? Quand ? Elle n'a aucune question d'ordre légal, bien sûr, puisqu'elle ignore où elle est et ce qu'elle fait là. Elle est tellement perdue qu'elle n'est même pas sûre de se souvenir de son adresse.

Sam marmonne quelque chose dans son talkie-walkie pour qu'une dénommée Polly leur apporte du thé, et Amy s'assied.

— Du sucre ? demande-t-il.

— Non.

— Pas de sucre, Polly. Merci.

Le producteur se laisse tomber sur le canapé à côté d'elle, jambes écartées. Harry essuie son fauteuil avec un mouchoir avant de prendre place et de lui sourire comme si c'était la chose la plus normale du monde.

— Amy, reprend Sam, comme Jamie l'a mentionné dans sa vidéo de rupture, il vous a nommée pour participer à une nouvelle émission de téléréalité baptisée *Les Oubliées de l'Amour* et qui sera diffusée sur Real TV. Vous vous trouvez dans un studio de West London.

Amy enfouit la tête entre ses genoux en entendant Sam prononcer le mot *rupture*. Elle se sent mal. Et douloureusement seule.

Un petit coup à la porte les interrompt. Sam se lève pour ouvrir et prend une tasse de thé des mains d'une jeune femme qui dévisage Amy. Elle ne bouge pas lorsque Sam lui ferme la porte au nez et reprend la parole à la vitesse de la lumière.

— Je sais que vous vous sentez un peu larguée en ce moment – pardon, c'était maladroit – mais, je vous en prie, écoutez-nous. Vous êtes la toute première participante. Toute première ! Nous prévoyons que *Les Oubliées de l'Amour* aura un million de téléspectateurs de plus que *Le Meilleur Pâtissier*, c'est énorme. Vous ne serez pas uniquement célèbre en Grande-Bretagne, Amy, mais dans le monde entier. On est en pourparlers pour vendre l'émission aux États-Unis, en Australie et en Afrique du Sud. Vous allez…

— Attendez, l'interrompt Amy en levant la main. Vous êtes en train de me dire que je n'ai pas été larguée devant des centaines de personnes mais devant des millions ?

Harry l'avocat se penche vers elle.

— Amy, Amy, Amy, répète-t-il en riant doucement tout en secouant la tête. Nous n'avons encore rien diffusé : on ne peut rien faire sans votre autorisation. Seul le public présent en studio a assisté à la rupture, ce qui représente à peine trois cents personnes. C'est un pré-enregistrement. On a besoin que vous restiez dans l'émission et que vous nous donniez l'autorisation de diffuser les images en signant ces papiers.

— Non. Je peux partir à présent ?

Amy se lève. Sam l'attrape par le bras et la supplie de se rasseoir.

— Amy, avant de vous décider, laissez-moi vous expliquer en quelques minutes le concept de l'émission. C'est une chance incroyable pour vous.

— Vous ne savez rien de moi ! siffle-t-elle.

Le talkie-walkie de Sam crépite, et une voix lui annonce qu'ils reprennent dans vingt minutes.

— Amy, je vous connais mieux que vous ne le croyez. Nos documentalistes ont fait du bon boulot. Vous avez un beau brin de plume, et je sais que vous avez l'intention d'ouvrir un blog. J'ignore à quoi vous voulez le consacrer mais je sais que, pour être monétisé, un blog a besoin de followers. On vous offre dix mille livres rien que pour votre participation, même si vous ne restez qu'une semaine. Vous avez peut-être l'impression de nager en plein cauchemar, mais ça pourrait vous permettre de réaliser vos rêves. Ça pourrait être fabuleux.

Après un long silence, elle se rassied, et il la lâche.

— Bon, imaginez un mix entre *Le Loft* et *La Villa des cœurs brisés* mais en mieux. Et avec un casting uniquement féminin. Six femmes qui, comme vous, croyaient être heureuses en couple. Notre prochaine participante est sur le point de se faire larguer, exactement comme vous il y a une heure ! s'exclame Sam avec un sourire radieux.

— C'est censé me remonter le moral ? demande-t-elle en regardant Harry, qui baisse la tête.

Sam se rapproche un peu.

— *Les Oubliées de l'Amour* vous permettra d'apprendre des tas de trucs super utiles. Comment être plus heureuse, comment devenir la meilleure version de vous-même et faire de meilleurs choix sentimentaux. Et, cerise sur le gâteau, il y a un million de livres pour la gagnante à la fin du mois. Je pense que vous avez de grandes chances de devenir la Perle.

— La Perle ?

— Vous connaissez l'expression, « cette fille est une perle » ? Pour décrocher ce titre, vous devrez prouver que vous ferez une bonne épouse en accomplissant plusieurs épreuves successives et en gagnant le cœur du public.

— Une bonne épouse ? répète-t-elle en fronçant les sourcils.

— Une bonne épouse. Capable de rendre un homme heureux, grâce à des petites attentions et un comportement approprié. Êtes-vous calme et facile à vivre ? Avez-vous envie de créer un foyer chaleureux ? Êtes-vous de bonne compagnie ? Douée avec les enfants ?

Amy le coupe :

— Oh ! pardon, je n'avais pas réalisé que le Confessionnal était une machine à remonter le temps. On est en 1955, c'est bien ça ? Est-ce qu'on va mesurer mon bassin pour déterminer s'il est calibré pour l'accouchement ?

— Désolé, mes exemples sont mal choisis. Je vous promets qu'on appliquera les mêmes règles aux hommes aussi. Si l'émission cartonne, on déclinera le concept pour enregistrer une version masculine à la suite ! affirme Sam d'un ton joyeux en posant tour à tour le regard sur Harry et sur elle.

— Et que devront-ils faire exactement ? Construire des appentis de jardin et se gratter les couilles ?

— Non, je suppose que leurs épreuves ressembleront à celles des femmes. Des défis à même de prouver qu'ils savent faire des compromis, des sacrifices, et se montrer altruistes. Le but est de devenir le partenaire idéal, qu'on soit une femme ou un homme. Faites de votre mieux, Amy, battez les autres filles et vous gagnerez le cœur du public.

— Femmes.

— Pardon ?

— Nous sommes des femmes, pas des « filles ». Bon sang, vous avez passé les dernières années dans un bunker ou quoi ?

— Pardon, « femmes ». Toutes âgées de plus de dix-huit ans.

— Et si je ne gagne pas ?

— Amy, vous venez de vous faire larguer, vous n'avez rien à perdre, si ? Si vous restez et que vous perdez, vous repartez avec dix mille livres. Si vous restez et que vous gagnez, vous repartez avec un million de livres et vous ferez la couverture d'*OK ! Magazine*. Qu'est-ce que vous avez à perdre, sérieusement ?

— Ma dignité ? réplique-t-elle en haussant un sourcil.

— Mais tout le monde s'en fout ! Vous n'avez pas vu *Naked Attraction*[1] ? demande-t-il en riant.

Harry se penche à nouveau en avant, l'air préoccupé.

— Amy, il nous reste dix minutes avant que la prochaine candidate arrive. Et je suis obligé d'attirer votre attention sur une clause particulière du contrat. Pendant l'émission, vous suivrez un certain nombre de séances de thérapie durant lesquelles vous devrez parler librement de votre passé, de vos relations et de vos aspirations personnelles. Comme vous le savez, ce type de séances est habituellement confidentiel mais, en signant ce contrat, vous renoncez au secret médical pour que leur contenu puisse être diffusé. En signant, vous comprenez et acceptez cette condition.

Amy le fixe un instant avant de se tourner vers Sam.

— Sam, depuis combien de temps Jamie a-t-il prévu tout ça ? demande-t-elle d'un ton plus doux.

Elle se sent épuisée.

— On a fait passer une annonce il y a deux mois. Jamie a rempli un formulaire en ligne en nous fournissant toute votre histoire ainsi que des photos et il a été *shortlisté* pour un entretien. Il nous a tout raconté sur vous, sur votre relation, votre famille et votre personnalité. Il nous a même montré une vidéo pour qu'on voie ce que vous donniez devant une caméra. On s'est dit que vous seriez parfaite pour l'émission.

— Quelle vidéo ? demande-t-elle, inquiète.

1 Émission dans laquelle un candidat ou une candidate sélectionne la personne avec qui il ou elle va aller en rendez-vous amoureux en se basant uniquement sur l'anatomie dénudée des participants ou participantes, qui est révélée progressivement, en partant des pieds.

— On vous voit en train de danser du hip-hop dans un salon.

Oh ! non.

C'était après le mariage de Beck et d'Adam à Guildford, l'été précédent. Sarah et elle avaient descendu un magnum de champagne et rejoué leur chorégraphie d'étudiantes en première année dans leur Airbnb. Le rouge lui monte aux joues. Jamie avait promis de ne jamais la montrer à personne.

— Ne diffusez pas cette vidéo, supplie-t-elle en baissant la tête.

— Vous êtes craquante, Amy. Et authentique. C'est pour ça qu'on vous a choisie. On pense que le public ressentira la même chose que nous.

— Je veux appeler ma mère. Est-ce que je peux récupérer mon téléphone ? demande-t-elle en reniflant.

Sam et Harry échangent un regard.

— Nous avons gardé votre téléphone, répond Harry. On peut vous le rendre, mais pour ça il faut que vous signiez une clause de confidentialité promettant de ne rien poster sur les réseaux sociaux. Vous avez cinq minutes pour passer un coup de fil à qui vous voulez pour expliquer ce qui vous arrive. Et, si vous décidez de rester, vous ne pourrez pas garder votre portable.

— Je veux juste lui demander ce qu'elle en pense. Attendez, comment ça je n'aurai pas mon téléphone ?

— Nous ne pouvons pas vous le laisser : le but est de vous isoler au maximum du monde extérieur, donc pas de réseaux sociaux pendant un mois. Le paradis, si vous voulez mon avis ; prenez ça comme une détox numérique. Et dites à votre mère que c'est un séjour dans un centre de bien-être pour votre santé mentale. Ça vous effraye pour le moment mais je vous assure que dans un mois, lorsque vous sortirez de l'émission et considérerez cette expérience avec du recul, vous vous rendrez compte du bien qu'elle vous a fait. Vous serez bien plus à même de trouver le véritable amour, Amy. Et de rencontrer l'homme qui vous est destiné.

— Il n'existe peut-être pas, soupire-t-elle.

— Bien sûr que si ! Vous avez juste choisi la mauvaise personne. Et, de ce que j'ai lu, vous étiez tellement obnubilée par l'idée de vous marier que vous étiez incapable de voir que Jamie n'était pas fait pour vous. Vous avez gâché deux ans de votre vie ; est-ce que vous voulez vraiment en perdre encore deux ?

— Je n'étais pas obnubilée par le mariage !

Sam s'agenouille devant elle.

— Amy, deux options s'offrent à vous. Prendre un risque et changer le cours de votre vie pour le meilleur. Ou partir et passer le reste de votre vie à imaginer ce qu'elle aurait pu être. Imaginez qui vous pourriez devenir si vous restez. Vous avez cinq minutes pour vous décider. (Sur ces mots, Sam se lève.) Vous devez signer un de ces contrats, poursuit-il. Le premier nous donne la permission de diffuser des images de vous et stipule que vous resterez dans l'émission tant que vous serez une participante. Le second ne nous donne pas la permission de diffuser quoi que ce soit et il vous permettra de quitter les lieux en toute discrétion ; vous n'entendrez plus jamais parler de nous. On va vous laisser seule pour que vous puissiez passer vos coups de fil et réfléchir. Une fois que vous aurez pris votre décision, rappelez Harry qui vous fera signer le contrat. Puis je vous raccompagnerai au Confessionnal, et vous pourrez presser le bouton « Rester » ou « Partir ».

Sam ouvre un meuble à tiroirs dans le coin de la pièce

et tend son portable à Amy tandis que Harry lui présente la clause de confidentialité. Elle s'exécute, puis les deux hommes sortent en refermant la porte derrière eux.

À l'exception de la respiration saccadée d'Amy, la pièce est désormais silencieuse. Elle a le cœur serré et le visage en feu. Elle allume son téléphone d'une main tremblante et sent la boule dans sa gorge grossir de nouveau.

Elle ouvre la liste des appels récents et appuie sur le numéro de sa mère. Telle qu'elle la connaît, son portable sera sur silencieux.

Réponds, s'il te plaît, réponds.

La sonnerie bascule sur la messagerie. Elle essaye le numéro de son père, avec le même résultat. Elle laisse un message.

— Maman, papa, commence-t-elle d'une voix tremblante. Il s'est passé quelque chose. Ne vous inquiétez pas, ce n'est rien de grave. Je n'ai pas beaucoup de temps pour vous expliquer, mais Jamie a rompu avec moi. Dans une émission télévisée.

Elle ravale la boule logée dans sa gorge et tente de rester positive afin qu'ils ne s'inquiètent pas si elle décide de rester.

— Elle s'appelle *Les Oubliées de l'Amour* ! C'est comme le *Loft*. Je suis au studio, et ils veulent que je reste un mois. Si je reste, je pourrai gagner un million de livres ! Mais je ne sais pas vraiment quoi faire et je suis toujours en état de choc. Je voulais juste vous appeler pour voir ce que vous en pensiez. Si je reste, je ne pourrai pas garder mon téléphone portable, du coup je vous dis au revoir. Ne vous inquiétez pas pour moi, tout se passera bien ! On se verra plus tard ou… à la télé, je suppose. Ah, c'est bizarre ! conclut-elle avec un rire forcé. Bon, salut. Je vous embrasse.

Elle raccroche, soupire et fait défiler la liste de ses appels récents. En voyant le nom de Jamie, elle se sent nauséeuse et furieuse à la fois. Elle envisage d'appeler Sarah pendant quelques secondes, puis renonce. Sarah ne répond pas quand elle est au travail. Et, si par hasard elle décrochait, elle passerait les deux minutes qui restent à Amy à lui hurler de quitter les lieux immédiatement. Et Amy n'est pas certaine que ce soit ce qu'elle veut entendre. Elle doit étudier ses options et se décider toute seule.

Dans la colonne des « Pour », elle pourrait gagner un million de livres. La liberté. Les expériences. Un ticket en première pour l'Asie. Le temps de démarrer son blog. Elle vient de passer six mois dans une routine métro-boulot-dodo. Ce n'est pas comme si elle était attendue au bureau demain, et puis ça fait une éternité qu'elle se dit qu'elle devrait faire une pause dans son activité de free-lance. Rester ici implique d'être libérée pendant un mois entier des directeurs artistiques complètement narcissiques et des clients insupportables. Ça pourrait être le début d'une nouvelle vie… C'est excitant.

Ça lui donnerait des histoires à raconter aux petits-enfants qu'elle n'aura probablement jamais.

À cette pensée, l'angoisse la submerge. Elle est seule. Encore célibataire à trente-deux ans. Qu'est-ce que les gens vont penser d'elle ? Sarah sera déçue. Jane trouvera que c'est une catastrophe. Et que diront les autres participantes ? Qu'est-ce que les spectateurs vont penser d'elle ?

Elle est furieuse contre Jamie. Mais elle est encore plus en colère contre elle-même pour avoir gardé la tête dans le sable alors qu'elle avait vu clignoter tous les signaux d'alarme. Que ferait-elle si elle partait maintenant ? Elle pourrait prendre un taxi, débarquer chez Jamie, renverser son fond de teint sur ses draps, être arrêtée, balancée en prison, sombrer dans la drogue, se retrouver à la rue et perdre ses dents.

Calme-toi.

Une chance de gagner un million de livres.

Une chance de changer de vie.

Une chance de repartir de zéro.

Une chance de prouver au monde entier que je peux être quelqu'un.

Une chance d'être moi.

Elle ferme les yeux, soupire et sent sa nervosité se transformer en excitation.

Qu'est-ce que j'ai à perdre ?

Harry rompt le silence en ouvrant la porte, se faufile à l'intérieur et s'assied en face d'elle. Amy s'empare du stylo et, sans un mot, signe le contrat qui scelle son destin.

— Prête à y retourner ? demande-t-il.

Sam l'accompagne à travers le studio jusqu'au Confessionnal. Lorsqu'elle atteint le fauteuil, elle pivote pour le regarder une dernière fois.

— J'espère vraiment que vous avez fait le bon choix, Amy.

Les lumières s'éteignent, le téléviseur s'allume, et un compte à rebours démarre sur l'écran. Lorsqu'il parvient à un, son visage apparaît sur l'écran. Elle se passe la main dans les cheveux ; elle aurait aimé avoir le temps d'aller aux toilettes. Elle ressemble à un hamster brûlé par le soleil.

Bonjour, Amy. Ravi de vous revoir. Vous avez une grande décision à prendre.

Une sirène perçante retentit, et deux panneaux apparaissent sur l'écran. « RESTER » et « PARTIR ».

Amy, veuillez faire votre choix.

Amy prend une profonde inspiration, ferme les yeux et donne sa décision.

BADABOUM !

Des feux d'artifice emplissent l'écran, et de la musique pop rugit tandis que le panneau « RESTER » s'illumine et que les caméras se fixent sur le public du studio, qui applaudit à tout rompre, debout. Les lumières du Confessionnal s'allument, et des confettis se déversent sur Amy depuis un seau accroché au plafond. Elle pose les mains sur sa tête et ne peut pas s'empêcher de rire en se voyant sur l'écran, recouverte de morceaux de papier coloré et de paillettes.

Dans le studio, les caméras zooment sur Adam Andrews, ex-enfant star de la série *West London Free* et de l'émission de téléréalité *Le Retour de l'enfant prodige*, qui s'est arrêtée après trois épisodes – dans lesquels il a raté chacune des auditions qu'il passait, dont celle où il devait jouer son propre rôle dans un documentaire sur *West London Free*. Il n'a pas refait de télé depuis, blacklisté par le PAF. Mais il a continué sur Internet et ses *memes* issus de l'émission de téléréalité sont devenus tellement célèbres qu'ils ont même leur propre raccourci clavier.

Pince-toi. Même si un influenceur raté, Adam Andrews connaît ton existence.

— Amy a décidé de rester, mais sera-t-elle la Perle ? crie-t-il dans le micro. Restez avec nous pour découvrir la candidate suivante, Jackie !

La pièce devient noire, et la porte derrière elle se déverrouille automatiquement.

Amy. Rendez-vous dans la maison et installez-vous.

Elle prend une profonde inspiration et se lève.

Chapitre 5

La valise d'Amy ne contient que des fringues pour une semaine de vacances au soleil et un chapeau de paille de la taille d'une nappe de pique-nique. Elle triture le cadenas de sa valise, qui l'attend bien gentiment dans le couloir.

« Pas besoin de prendre un manteau », se souvient-elle avec un sourire amer.

Abruti.

Elle se demande si, au fond, elle n'est pas aussi stupide que lui, puis s'effondre sur le sofa, se roule en boule et place stratégiquement un coussin argenté sur son ventre pour dissimuler ses bourrelets au regard de la caméra. Elle grimace en songeant soudain qu'il se pourrait bien qu'elle passe un mois en bikini devant des millions de téléspectateurs. Bien sûr, tout serait différent si elle faisait le 36 qu'elle avait prévu d'atteindre en début d'année – résolution qu'elle prend tous les ans depuis ses seize ans. Bon, au moins, elle porte sa tenue confortable pour voyager : un jean skinny noir et un pull ample. Merci le dieu de la mode d'avoir popularisé les vêtements trop grands. Tant pis si Jamie détestait ça.

Sans réseaux sociaux pour occuper son pouce et les longues minutes de désœuvrement, Amy se met à mâchouiller nerveusement son ongle cassé. Elle cesse brusquement et baisse la main en se souvenant que Jamie trouvait cette habitude répugnante. Il doit être en train de la regarder. Elle tire sur un fil du coussin en se demandant s'il éprouve de la culpabilité. Peut-être va-t-il surgir d'un instant à l'autre en s'excusant du fond du cœur ?

Oh ! ferme-la, Amy, la réprimande sa petite voix intérieure. Jamie ne s'excuse jamais. C'est un connard. Un connard avec qui elle était prête à passer le reste de sa vie. Un connard qui a foutu ses plans en l'air et l'a larguée à trente-deux ans, sans mariage ni enfants à l'horizon. Amy aimerait bien parler à Sarah. Cette dernière lui remettrait les idées en place. Quand elle apprendra ce qui s'est passé, elle sera certainement furieuse. Et peut-être qu'elle sera encore plus furax contre Amy quand elle découvrira qu'elle avait choisi de rester avec un connard pour ne pas se retrouver célibataire à son âge, ce qui confirmera ce qu'elle soupçonne depuis toujours.

— Est-ce que tu as déjà envisagé cette histoire d'âge sous un autre angle ? avait un jour demandé Sarah à Amy. Tu ne te dis jamais que le temps file et que tu passes à côté de plein d'occasions de voyager, de voir tout ce que tu veux voir, de déjeuner tranquillement ou de profiter du plaisir simple et silencieux de la solitude ? Tu ne penses jamais à tout ce à quoi tu as renoncé ?

Sarah passe de petit ami en petit ami depuis le bac et elle affirme qu'elle ne « se casera jamais », même si pour ça elle doit faire une croix sur la vie de famille.

Amy avait abordé une seule fois le sujet de la solitude ; Sarah ne s'était-elle jamais sentie seule ? Son amie en avait recraché la moitié de son gin par le nez.

— Comment pourrais-je me sentir seule, Ames ? Ma vie

est remplie de gens. Mes amis, ma famille et, plus important, moi-même. Pour que j'accepte un homme dans ma vie, il faut qu'il soit heureux de s'y glisser. Je ne suis pas égoïste mais je passe en premier. Tous mes mecs s'attendaient à ce que je m'adapte à leur vie ; en revanche, ils refusaient de faire de même pour moi. Mais bon, les hommes ne sont pas tous comme ça. Jamie est différent, pas vrai ?

— Oui, il est super, avait-elle menti en se rappelant que Jamie avait argué qu'elle constituait une distraction pour ne pas emménager avec elle.

Pourquoi n'était-elle pas plus courageuse ?

Amy ferme les yeux et imagine que Sarah est assise sur le canapé à côté d'elle.

— Amy, je suis furax contre cet abruti et je t'en veux de ne pas m'avoir dit la vérité. Mais tu es ici à présent, c'est ton choix. Et c'est peut-être la meilleure chose qui puisse t'arriver ! Jamie n'est qu'une sombre bouse de phacochère, tu devrais être contente d'être débarrassée de lui. J'ai même bien envie de lui envoyer une carte pour le remercier de t'avoir libérée ; où est-ce que je peux me procurer de l'anthrax ? Et maintenant, écoute-moi. Tu n'as que trente-deux ans. Tu n'as pas besoin de te mettre la pression, bon sang, ce n'est pas comme si tu en avais soixante-douze ! Vis ta vie en solo aussi longtemps que tu en auras envie. Si tu rencontres quelqu'un qui veut la même chose que toi, tant mieux. Si ce n'est pas le cas, eh bien, c'est comme ça. Et, si tu veux encore des enfants, il y a toujours les donneurs de sperme – j'ai entendu dire que les Danois étaient à la mode. Tu n'as pas besoin d'un mec pour avoir des gosses. S'il n'y a personne pour aller chercher le petit Bertie à la crèche quand tu travailles tard, je m'en occuperai. J'enverrai mon chauffeur.

Elle imagine Jane assise de l'autre côté. Son expression pleurnicharde, sa tête penchée. Elle ferait certainement croire à Amy que tout est sa faute. Elle secouerait la tête, un sourcil haussé, en pensant très fort : *Mais comment tu fais pour être incapable de garder un homme ?* Elle la voit en train de discuter d'elle avec leurs anciens camarades de classe : « C'est quoi le problème avec Amy ? »

Aucune amie d'Amy ne lui remonterait le moral. Elles sont trop occupées à organiser des *baby showers* et des anniversaires, les seules fêtes auxquelles elle est invitée à présent. De vraies séances de torture. Lors de la dernière, elle a été obligée de faire la danse des « mamans et des bébés » au son des hits de *Peppa Pig*, mais sans bébé. Pour dissimuler son malheur, elle avait fait rire les mères en dansant avec un seau à glace calé sur la hanche.

Toutes ces femmes l'écouteraient d'une oreille – l'autre collée au babyphone – et prononceraient quelques mots de consolation creux, comme « Il y a plein de poissons dans la mer ». Elles ne l'entendraient pas répondre : « Mais la mer est pleine de plastique et de produits toxiques. » Elles n'auraient pas *vraiment* envie de gérer le chagrin d'amour de leur dernière copine célibataire. Elle le sait parce qu'elle a été cette même connasse arrogante pendant deux ans. Être célibataire après trente ans est une maladie trop embarrassante et déprimante pour être évoquée.

Alors qu'elle est en train de se demander qui regardera cette émission, elle aperçoit du coin de l'œil quelque chose qui se rue vers elle. Elle hurle, fait un bond d'un mètre, atterrit sur le dossier du canapé et bascule de l'autre côté. Elle reste allongée sur le sol et jure entre ses dents. Si les producteurs ont lâché un rat dans la maison à des fins comiques, elle les poursuivra en justice pour cheville foulée et traumatisme émotionnel. Tremblante, elle jette un coup d'œil par-dessus le dossier du canapé et pousse un soupir de soulagement.

Rrrr. Clic !

C'est encore Wall-E le Voyeur.

— Dégage ! aboie-t-elle en direction de l'objectif. Et arrête de me prendre en photo en contre-plongée ! Tout le monde sait bien que c'est l'angle le moins flatteur ! marmonne-t-elle en regagnant sa place sur le canapé.

Le dos tourné à Wall-E qui la dévisage en silence comme un chiot borgne en quête de caresses, elle baisse les yeux sur son pull et remarque un tout nouveau motif. Les traces de son maquillage, mis à mal par ses larmes, forment une sorte de visage. Elle doit se débarbouiller avant la prochaine arrivée, ça l'aidera à se sentir un peu mieux malgré cet immonde éclairage d'hôpital. À tous les coups, ce sont des hommes qui ont conçu le plateau.

Amy se lève et rejoint en boitant la chambre, sa valise derrière elle. Les roues émettent de petits couinements pathétiques à chaque tour, ce qui est une bande-son parfaitement adéquate pour accompagner la tragédie qu'elle est en train de vivre. Seule et abandonnée, elle clopine vers un petit lit une place : il ne manquerait plus qu'elle heurte le chambranle de la porte ou qu'elle se cogne un orteil pour que son humiliation publique soit complète.

Une fois dans la salle de bains, Amy observe les murs à la recherche de caméras et de micros. Elle n'en repère aucun, mais ça ne veut pas dire qu'il n'y en pas, planqués quelque part parmi la décoration bling-bling. Elle suffirait à déclencher une crise d'épilepsie à elle seule : les murs et le sol sont recouverts de marbre noir et doré. Trois cabines de douche, une baignoire et trois lavabos. Elle espère qu'elles ne sont pas censées se laver toutes en même temps... Il existe deux types de femmes en ce monde : celles qui se déshabillent dans les vestiaires de la salle de sport et celles qui préfèrent le faire dans les toilettes. Amy appartient à la seconde catégorie.

Il faut absolument qu'elle répare les dégâts et se remaquille, heureusement qu'elle a déjà fait le gros du travail ce matin chez Jamie. Pendant que le lavabo se remplit d'eau chaude et que la vapeur se dépose sur le miroir, elle se penche pour se rincer le visage et sent progressivement les émotions négatives de sa matinée s'évaporer. Elle se sèche la figure et se sent plus heureuse pendant une seconde.

Dix minutes plus tard, toujours plongée dans ses pensées, Amy applique sa troisième couche de mascara. Elle prend son temps délibérément, gênée de se maquiller avec un rouge à lèvres offert par un magazine people, qui traîne au fond de sa trousse à maquillage, sans capuchon, depuis au moins deux ans.

Est-ce que je regarderais cette émission si je n'y participais pas ? se demande-t-elle. Est-ce que *Les Oubliées de l'Amour* remplacerait *Love Island* ?

Elle aime à croire qu'elle détesterait voir des femmes se faire larguer pour divertir les autres. Mais la vérité, c'est qu'elle adore la téléréalité. Si elle était dehors, elle ferait partie des millions de téléspectateurs et elle s'en voudrait.

Amy a choisi le lit le plus éloigné de la porte et le plus près du mur – elle préfère dormir près d'un mur que d'une étrangère. Après avoir rangé ses vêtements dans son placard attitré, elle attend. Pas longtemps.

Ping !

Ping !

Ping ! Ping ! Ping !

Elle passe une tête dans le salon et remarque que la télé s'est allumée. Sur l'écran, des phrases s'affichent les unes sous les autres ; c'est un fil de commentaires.

Oh ! non. C'est pas un peu tôt pour les commentaires du public ? Elle prend une profonde inspiration avant de se mettre à lire.

@ultimanufan Souris, poupée, ça te fera peut-être gagner un million de livres ! #LesOublieesDeLAmour

@thebirdsloveabitofhim Moi, je le ferais. #LesOublieesDeLAmour

@imluckeyman Hé, Amy, fais gaffe à ton #cameltoe #LODLA

Amy baisse immédiatement les yeux sur son entrejambe et pose les mains dessus pour le dissimuler.

@imluckeyman Haha tu as regardé ! #ellearegarde #LODLA

@playwithsarahi Jamie est vraiment un connard ! Pourquoi l'avoir embrassée comme ça ? Cruel. #LODLA

Ce dernier message lui remonte un peu le moral jusqu'à ce qu'elle se souvienne de ce baiser. Du sourire de Jamie. De ses cheveux. Du parfum familier de Dior Sauvage sur sa peau. De sa présence dans sa vie.

Arrête.

Elle s'éloigne de la télé et se dirige vers la cuisine. Elle aimerait bien se faire un thé mais, après avoir passé une minute à chercher le frigo, elle laisse tomber, consciente de ressembler à une idiote ; elle ne s'habituera jamais à être sous le regard constant des caméras. Elle franchit l'immense porte-fenêtre qui ferme la maison.

Elle donne sur une pelouse artificielle vert fluo qui abrite trois gros nains de jardin. Quand elle les dépasse, ils tournent la tête vers elle d'un même mouvement. Déjà qu'ils étaient bien flippants… Elle les examine de plus près et découvre une caméra dans leurs yeux. Elle fait aussitôt un bond en arrière ; son visage doit apparaître en énorme plan sous cet angle.

Deux salons ont été aménagés dans le jardin. Le premier ressemble à un bar de plage, le second à un chalet de montagne. Il y a aussi une piscine longue et étroite qui longe tout un mur du jardin. Elle grimace à l'idée que les téléspectateurs la voient en maillot. À quels commentaires aura-t-elle droit ?

Alors qu'elle rejoint le Tiki bar, elle glisse par réflexe les doigts dans la poche de son pantalon. Bien sûr, c'est vide. Et ça va le rester pendant un bon moment encore. Elle s'appuie sur le comptoir et enfouit la tête dans ses bras tout en se demandant en combien de temps elle va perdre cette habitude de chercher son téléphone. Cet objet rassurant qui est devenu une sorte de doudou pour adulte. Et qui la relie au monde. Et à Jamie. De toute façon, qu'en ferait-elle maintenant ? Elle fouillerait dans ses publications, décortiquerait les dernières photos qu'il a postées en scrutant le moindre indice qui aurait laissé présager cette fin. Un quelque chose dans son regard.

Comment pourrais-je faire de nouveau confiance à un homme ? Est-ce que je rencontrerai quelqu'un d'autre un jour ?

Jamie et elle avaient construit une vie ensemble, mais il a tout détruit, et elle doit repartir de zéro. Toute seule. Épuisée, elle inspire lentement par le nez et expire pendant cinq secondes.

BAM !

Le silence est rompu par le fracas d'une porte et le bruit de talons qui martèlent bruyamment le sol. Elle se redresse pour essayer d'espionner par la porte vitrée lorsque des cris lui parviennent soudain du salon.

Amy se lève et traverse lentement le jardin. Elle s'immobilise sur le seuil de la salle à manger avant de gagner le canapé.

Une femme grande et imposante hurle en direction de l'écran de télévision, les bras croisés. Elle porte une robe rouge ultra-moulante et des escarpins dorés, et ses cheveux sont tressés et ramenés sur sa tête en un énorme chignon qui lui rajoute au moins cinquante centimètres. Son cou, ses oreilles et ses poignets disparaissent sous des tonnes de perles, et elle suinte le glamour par tous les pores.

— Mais va te faire foutre ! Dégage, connard ! De quoi tu parles @essexboy2000 ? Allez bien vous faire mettre, tous autant que vous êtes.

Elle se retourne, dominant Amy de toute sa taille. Elle décroise ses bras souples et prend la main d'Amy entre ses doigts fins et longs, puis, en souriant de toutes ses dents blanches entre ses lèvres laquées de rouge, elle déclare :

— Ça va ? Je m'appelle Jackie ! Qu'est-ce qu'on a foutu ?

Chapitre 6

Les six participantes sont assises, mal à l'aise, sur ou autour du canapé du salon. Elles ont du mal à s'exprimer correctement. Certaines pleurent, d'autres sont folles de rage. Elles viennent juste de terminer leurs salades, qui ont été discrètement déposées dans le frigo un peu plus tôt.

Qu'est-on censée dire à une inconnue dont l'avenir tout entier vient de voler en éclats ? Amy a choisi un « Ravie de faire ta connaissance » tout à fait inadéquat pour Jackie, un tapotement sur l'épaule peu convaincant et un « Ça pourrait être pire » pour Hattie, cuisinière originaire de Southampton, et un maladroit « Qu'est-ce que tu ferais avec un million de livres ? » pour Kathy, mère au foyer taciturne de cinquante-deux ans qui habite à Bristol.

— Je garderais tout pour moi ! ricane cette dernière en se penchant sur la table. Mes enfants sont très occupés avec leur propre vie à Londres et, si je partageais le pactole avec eux, je ne reverrais pas ces sales petits morveux de sitôt. Je les aime trop pour prendre ce risque.

Elle sourit avant de regarder la caméra, ses yeux étant soudain plus brillants.

Pour les quatrième et cinquième arrivées, Amy s'est

rabattue sur un signe du menton qui signifiait « Je sais ce que ça fait ».

— D'après vous, combien de gens nous regardent ? murmure Hattie, extrêmement gênée par la présence des caméras : elle essaye toujours de s'asseoir dans l'angle non filmé et elle cache ses bourrelets sous ses bras croisés.

— Personne ne va suivre cette émission, répond Jackie. C'est un ramassis de conneries sexistes. Je ne leur donne pas une semaine pour l'annuler et nous libérer.

Rrrr. Bip.

Les caméras se tournent vers Jackie.

— Je suis d'accord. Il faudrait vraiment avoir une vie de merde pour perdre son temps à regarder notre bande de pauvres filles larguées, intervient Lauren, une blonde aux cheveux courts et au nez percé, qui vient de Newcastle et est DJ. Une téléréalité sur une entreprise de pompes funèbres serait plus fun.

— Je ne sais pas, Lauren, commence Kathy, le regard perdu dans le vide. Les gens adorent voir les autres se planter. Ça leur donne l'impression que leur vie est un peu mieux.

Les colocataires ont décidé de ne pas lire le fil ininterrompu de commentaires qui s'affichent face à elles, ce qui est quasiment impossible pour la plupart. Durant l'heure qui vient de s'écouler, il est devenu évident que le public éprouvait un plaisir pervers à se montrer cruel, et les crises de rage ininterrompues sont épuisantes. Mais, pour certaines, la tentation de jeter un coup d'œil à l'écran est forte. Quelques instants plus tôt, le cœur d'Amy a failli exploser lorsqu'elle a demandé à Gemma ce qu'elle faisait dans la vie.

— C'est pas tes oignons.

— Désolée, j'essayais juste de faire la conversation, a répondu Amy, le feu aux joues.

— Excuse-moi, ce n'est pas à toi que je m'adressais, mais à un pervers qui me demande combien d'heures de sport je fais par semaine. Bordel, si seulement j'avais mon téléphone pour lui donner un aperçu de ce que je pense de lui.

La question est justifiée. Gemma donne l'impression de n'être faite que de muscles. Elle semble aussi adorer les projecteurs et elle s'est remis du gloss au moins dix fois depuis son arrivée une heure plus tôt.

L'écran affiche soudainement un compte à rebours, débutant à *5*.

4... 3...

Amy se sent nauséeuse.

2... 1

— On y est, déclare Lauren.

L'écran devient blanc pendant une seconde, puis le visage d'Adam Andrews apparaît en très gros plan.

— Comment ça va, les filles ? demande-t-il avec un clin d'œil.

La basse lancinante de la musique du générique de l'émission fait vibrer les meubles, et le public du studio s'agite frénétiquement derrière lui. La caméra zoome sur des jeunes hommes qui portent tous un Borsalino blanc, une veste de smoking et ont clairement abusé de l'autobronzant. Lorsqu'ils se rendent compte qu'ils sont filmés, ils déboutonnent leurs vestes pour dévoiler le message peint sur leurs abdos huilés.

« GEMMA » « EST » « UNE » « BOMBASSE ! »

Ils gonflent leurs muscles et ondulent des hanches au rythme de la musique.

— Mais où ils ont trouvé ces mecs ? marmonne Jackie.

— BON SANG ! s'exclame Gemma en bondissant de son fauteuil. Ce sont des mecs de ma salle de sport !

Elle se lance dans la même chorégraphie, sa bouche

pulpeuse et recouverte de gloss passant aussitôt en mode *duck face*.

— Ah, trop cool !

Elle se rassied avec enthousiasme et adresse un sourire radieux aux autres femmes, son chewing-gum coincé entre ses dents de devant.

— Je déteste quand les mecs nous appellent « les filles », maugrée Amy. C'est tellement beauf.

— C'est toujours mieux que le surnom que mon ex, Dylan, m'avait donné, répond Hattie sans se départir de son air impassible. Hattie l'hippopotame.

— Ne t'inquiète pas, moi j'ai été Cochonnette pendant les deux dernières années.

— Hippopotame était un compliment comparé au surnom dont les garçons m'avaient affublée au collège. Je te donne un indice, ça commence par un G et ça finit par ROSSE.

Amy se penche vers elle et lui serre l'épaule.

— OK, un peu de calme, tout le monde, demande Adam en riant avant que le public se rasseye. Waouh ! Vous avez l'air d'aimer ça ; rassurez-vous, vous allez avoir votre dose d'amour avec ce que nous vous avons préparé pour la suite, car c'est enfin le moment de découvrir les stars de notre émission. ÊTES-... VOUS... PRÊTS ?

Le public hurle « OUI ! ».

— Je vais être malade, prévient Hattie, dont les mains tremblent. Qu'est-ce que je fais ici ?

Lauren attrape sa main et l'immobilise sous son genou.

— Je prends ça pour un oui ! lance Adam, son visage orangé rayonnant sous l'effet de l'adulation. Dans ce cas... c'est parti !

La caméra dézoome et l'accompagne tandis qu'il remonte sur la scène. Des canapés sont disposés en demi-cercle.

Des hommes sont assis dessus.

— Bordel de merde ! lâche Jackie en se levant soudainement.

— Jason, espèce de sale enfoiré ! Regardez-le, assis là comme s'il était le putain de roi de la jungle ! enrage Gemma en lui faisant un doigt d'honneur.

— Il te voit sûrement, l'avertit Kathy.

— J'en ai rien à foutre ! J'espère qu'il me voit, même.

Gemma lève son second majeur tandis que Lauren tend le sien par solidarité, son autre main tenant toujours celle de Hattie. Gemma se détend un peu, jusqu'à sourire.

— Le roi des surprises plutôt, intervient Amy, qui se mord immédiatement les joues quand Gemma lui lance un regard noir.

Jamie est assis au milieu. Il porte la chemise qu'elle lui a offerte pour Noël l'année dernière. Enfin, techniquement, ce n'est pas vraiment sa chemise, car il a échangé celle qu'elle lui avait choisie. Elle n'a jamais été douée pour lui faire des cadeaux.

Elle l'observe tandis qu'il prend ses aises sur le canapé, les bras croisés derrière la tête, savourant visiblement chaque seconde de cette exposition médiatique. C'est son heure de gloire. Et il vit le plus beau jour de sa vie parce qu'elle vit le pire jour de la sienne… Dans quelle relation tordue a-t-elle passé les deux dernières années ? Elle aimerait sauter à travers l'écran et lui arracher cette fichue chemise. Mais elle aimerait aussi qu'il se lève, déclare qu'il a fait une erreur monumentale, puis qu'il vienne la sauver de ce cauchemar. *Peu probable,* pense-t-elle alors qu'il sourit et salue le public. Au coin de ses yeux, ses pattes-d'oie se marquent un peu plus tandis qu'il jubile. Il la dégoûte.

— OK, tout le monde, commençons. Nous avons juste

ici, dit Adam en pointant la caméra, nos adorables candidates fraîchement débarquées du train de l'amour et fin prêtes à reprendre leur vie en main !

L'écran affiche le salon où toutes les candidates se figent. Personne ne bouge. Personne ne sourit. La caméra revient sur le plateau et Adam, qui affiche une moue attristée.

— Oh ! allez, souriez, les filles, vous êtes filmées ! Faisons connaissance avec nos invités, les hommes qui ont largué nos candidates paumées ! Applaudissez bien fort les ex ! dit-il en tapant dans ses mains. Bien ! Il est temps de rencontrer notre première candidate.

Pitié, pas moi. Pitié, pas moi. Pitié…

— Jackie Adu !

Une énorme photo de Jackie riant aux éclats apparaît sur l'écran ; son expression ne pourrait pas être plus éloignée de la tête qu'elle tire actuellement. À côté de la photo, une fiche technique présente la candidate.

Nom : Jackie Adu
Âge : 38 ans
Lieu de résidence : Londres
Profession : avocate
Situation amoureuse : mariée, sans enfants
Défaut : égoïste

La photo disparaît, et la caméra zoome sur un homme imposant qui dépasse largement Jamie, alors même qu'il est assis. Aucune trace de fierté ou d'arrogance chez lui, il a l'air humble et respectueux. Mais Amy est plutôt mal placée pour juger : elle pensait que Jamie était l'homme de sa vie. Et voilà où ça l'a menée.

— Aaron ! Dites-nous : pourquoi avoir fait de Jackie une Oubliée de l'Amour ?

— Bonjour, tout le monde, bonjour, Jackie, dit-il en

faisant un petit signe de la main. Je suis Aaron Adu, le mari de Jackie. Enfin, ex-mari dorénavant, je suppose. J'ai choisi de quitter Jackie, car elle ne sait pas ce qu'est le mariage.

— Que voulez-vous dire ? intervient Adam avec une grimace exagérément intéressée.

— Eh bien, elle ne m'associe pas aux décisions importantes qui impactent notre vie à tous les deux. Elle me cache des choses. Elle fait passer les besoins de son père avant les miens. Et elle ne veut pas d'enfants alors que je lui ai bien précisé que j'en voulais lorsque nous nous sommes mariés.

Jackie s'agite sur son siège ; elle déborde d'une colère difficilement contenue.

— Et je t'ai aussi dit que *je* ne voulais pas d'enfants quand on s'est mariés, siffle-t-elle, les dents serrées.

— Promesses non tenues, commente Adam en secouant la tête d'un air désapprobateur.

— Je ne suis pas fier de l'avoir embarquée ici, mais je suis convaincu que *Les Oubliées de l'Amour* va lui apprendre ce qui est vraiment important dans la vie maritale. Moi. Son mari. C'est l'objectif de l'émission, non ?

Jackie lève les yeux au ciel et crie à la caméra :

— Et *je* te cache des choses, Aaron ? *Moi* ? Ce matin tu m'as dit qu'on allait déjeuner avec mon père et regarde où je me retrouve. Qu'est-ce que tu dis de ça, hein ? Hé, tu m'entends ?

— Je ne pense pas, dit Lauren. Ça m'étonnerait qu'ils s'intéressent à ce qu'on a à dire.

— C'est une situation délicate, Aaron, mais je suis convaincu que vous avez fait le bon choix. Découvrons maintenant Jason ! crie Adam par-dessus les applaudissements de la foule.

L'écran affiche une photo de Gemma qui pose en maillot

de bain à côté d'une magnifique piscine à débordement. Le public siffle d'admiration devant le corps sculpté de la candidate.

Nom : Gemma Burns

Âge : 30 ans

Lieu de résidence : Cheltenham

Profession : coach sportive

Situation amoureuse : relation sérieuse

Défaut : distante

— Jason, vous devez vraiment avoir une excellente raison pour laisser ce beau morceau dans notre émission. Expliquez-vous, mon cher ! Pourquoi Gemma est « distante » ?

Jason a le physique d'un bœuf. Son cou est aussi large que sa tête, et ses bras ressemblent à des troncs d'arbre. Quand il commence à parler, sa voix aiguë détonne complètement avec son apparence.

— On se calme, Adam. Gemma n'est pas « un beau morceau », c'est ma petite amie. Enfin, ex-petite amie, apparemment. Et, oui, elle est magnifique, autant physiquement qu'intérieurement. Mais j'ai été contraint de l'inscrire aux *Oubliées de l'Amour* parce qu'elle avait besoin d'un électrochoc. Elle passe ses journées sur son téléphone à poster des photos et à répondre aux commentaires. Nous n'avons pas eu une véritable conversation depuis des mois. Chaque fois que j'essaye de lui parler, elle ne daigne même pas lever les yeux de son écran. On dirait que ses followers sont plus importants pour elle que ses amis et sa famille. Elle me manque. Elle nous manque à tous. Il faut qu'elle se réveille et qu'elle comprenne qu'elle a un problème : je n'ai pas signé pour sortir avec un téléphone portable.

Adam secoue la tête avant de commenter :

— On dirait bien qu'elle a fait l'erreur classique de penser que vous étiez acquis.

— Oui mais elle...

Jason tente de faire marche arrière. Il n'a pas l'air d'un enfoiré prétentieux malgré ce qu'a dit Gemma tout à l'heure.

— Gemma est quelqu'un de bien, elle s'est juste un peu perdue. Elle a été complètement emportée dans ce monde fou des influenceurs, et c'est avec ça que j'ai un problème.

— Quand on m'a offert un séjour à Magaluf le mois dernier, ça n'a pas eu l'air de te déranger, Jason. Et si tu t'achetais un peu de cohérence ? répond Gemma en croisant les bras rageusement et en s'enfonçant sur le canapé.

Amy note mentalement d'éviter de l'énerver.

— Le prochain est... roulement de tambour, s'il vous plaît ! Jeremy !

Kathy lâche un grognement en découvrant la photo en noir et blanc prise le jour de son mariage. Elle doit dater d'au moins trente ans. Elle soupire :

— Regardez-moi. Tellement naïve. Une parfaite idiote.

Nom : Kathy Hegarty

Âge : 52 ans

Lieu de résidence : Bristol

Profession : aucune

Situation amoureuse : mariée, deux enfants adultes

Défaut : aigrie

La caméra passe sur un petit homme nerveux d'âge moyen, affublé de grands favoris et d'un anneau à l'oreille gauche. Il a l'air d'un furet vicieux.

— Aigrie ? Ouuuuh avec elle ça doit souvent tourner au... vinaigre !

— En effet, Adam, approuve le furet. J'ai inscrit Kathy

dans l'émission parce qu'elle refuse de quitter la maison. Je lui ai ordonné de faire ses valises il y a des semaines. Elle se contente de m'ignorer. Si elle n'a pas d'endroit où aller, c'est son problème, pas le mien. Il faut qu'elle accepte le fait que nos enfants sont partis, que j'ai tourné la page et que Susan l'a remplacée.

— Qui est Susan ?

— L'amour de ma vie, Adam, voilà qui c'est. En tout cas, ça fait trop longtemps que Kathy gâche notre bonheur, à Susan et moi. Susan est très contrariée. Ma relation avec Kathy est finie, et je demanderai le divorce quand elle sortira. J'espère que *Les Oubliées de l'Amour* lui permettra d'accepter la réalité.

— Kathy, je suis tellement désolée pour toi, déclare Amy en se penchant vers elle.

— Ce n'est pas la peine. Je savais qu'il avait une liaison depuis des années. C'est un cliché ambulant : il largue sa vieille femme pour sa secrétaire jeune et sexy. Il est pathétique, murmure-t-elle.

— Tu gères ça comme une *warrior*, constate Lauren en tendant un mouchoir à Kathy. Moi, j'aurais pété un câble.

Oh non…

Nom : Amy Wright
Âge : 32 ans
Lieu de résidence : Londres
Profession : rédactrice
Situation amoureuse : relation sérieuse
Défaut : désespérée

La photo montre Amy et Jamie sur la plage à Cannes il y a quelques mois. Leurs dernières vacances ensemble. Jamie expose son torse bronzé et arbore fièrement ses tablettes de chocolat. Amy est couverte des pieds à la tête avec une multitude de paréos et une protection solaire indice 1000 après avoir cramé la veille. Elle n'arrive pas à croire qu'il ait choisi cette photo. Son dernier coup bas.

Allez, Jamie, balance ton fiel.

— Passons maintenant à Jamie ! Dites-nous, où avez-vous rencontré cette vampe… pire ? demande Adam en pouffant.

Le public ricane, et Jamie lâche un rire forcé qu'Amy reconnaît immédiatement.

— Je plaisante, Jamie. Pouvez-vous nous en dire plus au sujet de votre relation avec Amy ?

Jamie se redresse, écarte les jambes et pose les coudes sur ses genoux avant de croiser les mains : c'est sa position préférée qui signifie « attends, je vais t'expliquer ».

— Bonjour à tous. Je m'appelle Jamie O'Connor et je dirige ma propre boîte de recrutement, Leader+.

Quelqu'un siffle d'admiration dans le public. Amy sent comme un coup de poignard dans le ventre.

— Merci. Je suis l'ex-petit ami d'Amy ; je tiens à préciser qu'Amy est une fille adorable. Elle n'est juste pas… faite pour moi.

Sérieusement, Jamie ? Et je peux savoir pourquoi tu te rends compte de ça seulement maintenant ?

— Je l'ai quittée parce qu'elle me met la pression pour qu'on avance, qu'on se marie et qu'on ait des enfants. Je lui ai dit très clairement que cette vie-là n'était pas pour moi. Elle a quand même continué à me mettre la pression comme une dingue. Encore et encore. Je sais que c'est naturel pour les femmes de vouloir se reproduire, et on ne peut pas leur en vouloir, après tout, c'est une question d'hormones.

Il lui avait déjà dit ça une fois, elle avait cru qu'il plaisantait.

— J'espère qu'Amy apprendra à écouter grâce à *Les Oubliées de l'Amour*. Je lui souhaite bonne chance. Pour plus d'informations et pour toutes vos recherches de cadres, rendez-vous sur le site Leader+.co.uk ou envoyez-moi un mail à jamieo@Leader+.com.

Amy fixe l'écran, imperturbable.

— Ça va ? s'inquiète Lauren en tapotant son genou.

— « Désespérée » ? répond Amy avant de s'éclaircir la gorge. On dirait qu'il parle d'une autre femme. C'est comme s'il décrivait une relation complètement différente. Tout ça, c'est faux ! Pression ? On n'a jamais parlé d'enfants ! Je le jure. Et je ne suis pas folle !

— On le sait, la rassure Jackie. Il nous sort juste les conneries masculines habituelles.

— Je vais préparer du thé, qui en veut ? propose Kathy en se levant et en regardant autour d'elle.

Kathy, nous vous remercions de rester dans le salon.

Hattie se roule soudainement en boule pour cacher son visage. Les candidates comprennent pourquoi lorsqu'elles découvrent la photo à l'écran. C'est un selfie de Dylan – qui a une tête d'abruti fini – en train de se moquer de Hattie, endormie sur le canapé derrière lui. Le cliché est tout sauf flatteur. Elle a la bouche grande ouverte.

Nom : Hattie Jackson
Âge : 33 ans
Lieu de résidence : Southampton
Profession : chef
Situation amoureuse : relation sérieuse
Défaut : ennuyeuse

— Quand on travaille en cuisine, on fait de longues journées ! J'étais épuisée, se justifie-t-elle en criant entre ses bras.

Dylan a une dégaine crasseuse d'ado attardé avec son sweat-shirt à capuche Fortnite, son jean baggy et ses cheveux noirs gras qui dégoulinent sur son front.

— Hattie, quel âge a Dylan ? ose demander Jackie.

Toutes les candidates se posent la même question. Hattie se redresse ; son visage est cramoisi.

— Trente-quatre ans, pourquoi ?

— Pour rien...

— Dylan, Dyl, Dyl Boy, Dylo mon pote, que s'est-il passé ? Pourquoi avoir laissé Hattie sur *Les Oubliées de l'Amour* ?

— Yoh, gars, tu peux m'appeler Big D.

Sérieusement...

— Hattie a un bête de cœur en or, ça, c'est sûr. J'ai eu pas mal de problèmes de santé et je peux pas faire grand-chose dans la maison. Elle gère le ménage, les courses, la bouffe et ce genre de conneries – pardon, ce genre de trucs. J'ai pas le droit de jurer, c'est ça ?

— C'est ça.

— Cool. Déso. Le truc c'est qu'elle est devenue vraiment relou. Elle est tout le temps en train de chouiner pour des conn... pour des détails. On délire plus du tout ensemble, c'est plutôt genre « mets ta tasse dans le lave-vaisselle » ou « baisse le son, il est 3 heures du matin ». C'est comme si elle avait soixante-trois piges au lieu de trente-trois. Franchement, si je voulais une grand-mère, j'aurais emménagé chez la mienne, au moins elle me fait des gâteaux, tu vois ce que je veux dire !

Et il rit. Comme une otarie.

— Je lui ai déjà expliqué, je cuisine toute la journée. La dernière chose dont j'ai envie quand je rentre à la maison c'est de lui faire des gâteaux. Je lui prépare le dîner, ça ne suffit pas ? demande Hattie en guettant les réponses des autres candidates.

— C'est déjà beaucoup plus que ce que je fais à la maison, intervient Gemma. Ce connard va vite se rendre compte de tout ce qu'il a perdu.

— Bordel de merde, murmure Lauren.

Nom : Lauren Hawk
Âge : 36 ans
Lieu de résidence : Newcastle
Profession : DJ
Situation amoureuse : relation courte
Défaut : facile

La photo de Lauren semble être une photo professionnelle et la montre derrière ses platines dans une boîte de nuit.

— Bon sang, tu as l'air tellement cool ! lâche Gemma en lui donnant un petit coup dans le biceps.

Lauren sourit en haussant les épaules, presque timidement.

— J'ai une mauvaise nouvelle, annonce Adam à la caméra. Le compagnon de Lauren, ou plutôt son ex-compagnon, a préféré rester anonyme.

L'audience siffle.

— Ne vous inquiétez pas : il nous a écrit une lettre à la place. Regardons ce que M. Anonyme a à nous dire, lance-t-il en agitant une carte.

J'ai quitté Lauren et j'en ai fait une Oubliée de l'Amour, car c'est une menteuse. Elle n'est pas la femme que je croyais qu'elle était. Je voulais compter pour elle et ne pas être seulement une ligne supplémentaire dans la liste de ses plans d'un soir. Elle ne saurait pas reconnaître un mec bien pour elle et un mari potentiel même si elle couchait avec. Elle pense qu'elle est géniale parce qu'elle se produit dans des boîtes plusieurs fois par semaine, mais elle ne se rend pas compte qu'elle n'a plus vingt ans. Le temps file. Elle doit prendre conscience que personne ne voudra passer la bague au doigt à une petite DJ sur le retour qui a couché avec toute la population masculine de Newcastle.

— Tu as oublié de mentionner la population féminine ! précise Lauren en riant. Et à quel moment j'ai dit que je voulais me caser ? Pauvre mec, tu me fais pitié.

— Je crois que M. Anonyme s'inquiète plus d'être un bon parti que toi, commente Jackie.

— Ouais, je sais, DAVID DICKSON devrait apprendre à gérer un peu mieux sa blessure du rejet, hurle-t-elle à la caméra.

Un gong retentit.

— Mesdames et messieurs, dit Adam tandis qu'il se lève et marche à travers la scène. Applaudissez une fois encore nos ex, s'il vous plaît !

Derrière lui, Jamie serre la main des autres hommes ; il distribue ses cartes de visite. Connard.

— Et, bien sûr, un tonnerre d'applaudissements pour nos six courageuses candidates. L'égoïste Jackie ! La distante Gemma ! Kathy la mère aigrie ! Amy la désespérée ! L'ennuyeuse Hattie ! Et, pour finir en beauté, Lauren la facile ! Bienvenue à bord de cette aventure inédite qui va vous aider à devenir les meilleures versions de vous-mêmes ! Après la pause publicité, nous ferons une visite guidée de la maison et vous montrerons ce que les filles vous réservent pour les quatre prochaines semaines.

La voix d'Adam est couverte par les cris hystériques du public. Il se rapproche de la caméra jusqu'à remplir entièrement le cadre, comme s'il s'adressait uniquement aux candidates.

— Alors, les filles, qui sont les plus chanceuses du monde ?

Puis il leur fait un clin d'œil.

Chapitre 7

@jaydenrom Jackie 4/10, Amy 7/10, Hattie 3/10, Gemma 10/10, Lauren 6/10, Kathy 2/10 #LODLA

@beckyblack-12 on se revoit dans quatre semaines ! #LODLA c'est de la BOMBE #meilleureemissionever

@bigbennoj quelle bande de chouineuses, merci mais non merci #jenveuxpas #LODLA

@tonpotemike je vais prendre Gemma et Amy à emporter, s'il vous plaît #LODLA

Le fil de commentaires disparaît, et le dos d'Adam s'affiche sur l'écran. Il est devant une maquette de la maison.

— Bon retour sur *Les Oubliées de l'Amour* ! J'ai devant moi un modèle réduit de la maison. Ici se trouve le Confessionnal où les colocataires pourront dévoiler leurs secrets et leurs sentiments, et leurs sentiments les plus secrets…

Il marque une pause, et le public crie :

— Ouuuuuuuh…

— Ensuite, vous avez la Salle de Thérapie, où notre célèbre psychologue guidera les filles à travers leur cheminement spirituel, émotionnel et physique vers l'illumination sentimentale. Passons maintenant à la cuisine, ma pièce favorite ! Ce réfrigérateur géant sera régulièrement rempli de provisions et voici le fin du fin, le robinet à prosecco !

Il ouvre grand la bouche tout en désignant un truc dans la cuisine, qu'Amy pensait purement décoratif.

Le public applaudit, se lève et se remet à danser.

Adam les fait taire et poursuit face caméra :

— Le frigo sera rempli d'aliments *healthy* pour qu'elles aient leurs cinq fruits et légumes par jour. On ne voudrait pas qu'elles grossissent pendant leur séjour, pas vrai ? déclare-t-il en agitant le doigt.

— Connard, répond Jackie.

— Elles prépareront la plupart de leurs repas elles-mêmes, mais elles méritent un break de temps en temps et pourront gagner des livraisons pendant nos défis spéciaux, en partenariat avec nos amis de Deliveroo. Mesdames, Hattie, si vous avez des exigences, on pourra s'arranger.

Hattie regarde les autres candidates et hausse les épaules.

— Pourquoi on a accepté de participer à cette merde déjà ? murmure Lauren.

— Passons au… jardin ! s'écrie Adam. Profitez de notre chalet de montagne et de notre torride bar de plage où les choses deviendront sérieusement *caliente* le moment venu. Pour vous rafraîchir, plongez dans la piscine, ordonnance du médecin ! Et, les filles, je vous rappelle que vous êtes sous surveillance vingt-quatre heures sur vingt-quatre dehors, sous le regard de notre fidèle patrouille de nains de jardin !

La caméra zoome sur la maquette des nains de jardin. Adam en attrape un qu'il lance dans le public. Quelques personnes se battent pour le récupérer.

Gemma frissonne.

— Ces nains de jardin sont super flippants. Leur façon de nous suivre des yeux.

— C'est parce que ce sont des caméras, explique Amy.

Gemma a l'air surprise. Elle rougit.

— Merde… Pas moyen d'être tranquille.

— Allons à présent dans le salon ! crie Adam en contournant la table. J'ai quelques trucs à vous révéler concernant cette pièce. Un, elle contient un téléviseur géant. Vous êtes vernies, pas vrai, les filles ? Vous menez une vie de rêve, permettez-moi de vous le dire. Mais nous ne sommes pas là pour vous voir mater Netflix… Enfin, peut-être plus tard. Cette télévision servira à diffuser mes conversations avec les invités pendant les live et à présenter nos défis, bien sûr. Mais elle sert aussi à autre chose, quelque chose de spécial…

Il se dirige vers la caméra et souffle dessus pour la couvrir de buée.

— Beurk, fait Amy. Je ne le trouvais pas aussi irritant quand il présentait *Duel de célébrités.*

— Sur l'écran défile en direct un fil de commentaires qu'on appelle Le Mur. Le Mur permettra à nos filles d'être au courant de ce que le monde pense d'elles vingt-quatre heures sur vingt-quatre ! Vous feriez mieux d'être sages, mesdames !

Un texte apparaît en bas de l'écran pour expliquer comment envoyer un commentaire via les réseaux sociaux de l'émission.

Amy redoute de découvrir les moqueries des téléspectateurs. Par quoi commenceront-ils ? Ses narines ? Ses sourcils ? Sa morne normalité qui ne peut que susciter un ennui mortel ? Tout ça mélangé ? Elle se promet de ne pas lire les commentaires sauf si elle y est obligée, même si elle sait qu'il y a peu de chances qu'elle parvienne à résister.

Adam dirige la caméra vers la chambre et la salle de bains de la maquette en décrivant les huit lits une place et en précisant qu'il n'y a pas de caméras dans la salle de bains. Le public proteste.

— Pourquoi, ils ont envie de nous regarder chier ? Pervers, déclare Gemma.

— Pourquoi est-ce qu'il y a huit lits alors qu'on est seulement… six ? demande Hattie après avoir compté le groupe.

— Ils pensaient sûrement que deux autres personnes accepteraient de participer à l'émission, répond Jackie.

— Quoi ? Tu veux dire que des gens ont refusé de participer à cette merveilleuse aventure ? C'est dingue, grince Lauren.

— Et maintenant, le plus important, continue Adam. Ce que peuvent faire les filles pour gagner ce jeu et être couronnées Perle pour la première fois au monde !

La foule applaudit, et il se dirige vers un écran sur lequel s'étale une liste d'instructions pour les quatre semaines à venir.

— Écoutez attentivement, les amis. Tout d'abord, nos colocataires suivront des séances régulières avec notre psy, qui les aidera à identifier leurs problèmes et à impulser des changements positifs pour les remettre sur la bonne voie. Elles devront aussi relever des défis hebdomadaires qui seront notés par le public. La concurrente avec le meilleur score gagnera le défi et recevra une récompense pour elle ou pour la maison. Elles auront enfin quelques rendez-vous mystérieux… Le public les notera sur leur style, leur comportement et leur charme, qui ne seront que quelques-uns des critères auxquels elles devront faire attention. Ne bougez pas, on revient juste après ça, conclut-il en tendant le doigt vers la caméra avec un clin d'œil.

L'écran affiche désormais une liste d'instructions à l'intention des participantes.

Comment gagner *Les Oubliées de l'Amour* ?

Impliquez-vous dans vos sessions de thérapie afin d'accélérer le processus de changement de votre vie !

Investissez-vous dans les défis qui vous sont proposés et apprenez comment aimer mieux !

Accueillez avec bienveillance vos rendez-vous mystérieux ! Vous serez surprises de ce qu'ils vont vous apprendre…

Souriez pour les spectateurs ! Ils ont le pouvoir de vous faire gagner.

— Mesdames, déclare Jackie en se levant pour se placer devant la télé. On a choisi de rester, donc on ne peut pas se plaindre. Mais on peut jouer le jeu différemment. On pourrait remettre en question tous les défis, dénoncer leur sexisme effarant et montrer au public à quel point tout ça est malsain. Ils ne peuvent pas nous empêcher d'agir. Ils ne peuvent pas non plus nous virer, sinon, plus d'émission. Mais il faut qu'on agisse toutes ensemble.

— Ils peuvent nous éliminer, non ? demande Amy.

— C'est le public qui vote, pas les producteurs. Tant qu'on ne transgresse pas les règles, on reste. Il suffit qu'on se mette le public dans la poche. Bon sang, les gens doivent bien se rendre compte de l'énormité du truc, non ? Les rallier à notre cause ne devrait pas être bien difficile.

Elles n'ont pas le temps de répondre.

— Tout va bien, mesdames ? demande Adam en regardant la caméra bien en face.

Les colocataires s'exclament « oui » en chœur en agitant la main.

— Adorables. Venons-en à présent à la partie la plus importante de l'émission ! Les votes ! Toutes les semaines, une concurrente sera éliminée par le public. Ce qui m'amène à un autre gadget présent dans la maison – Le Traqueur !

Le public murmure.

L'écran dans le salon tremblote, et les colocataires pivotent pour observer Le Traqueur, qui ressemble à un classement sportif. Amy ne peut s'empêcher de ressentir un certain soulagement quand elle découvre qu'elle se trouve au milieu et non à la dernière place, comme Hattie. Gemma occupe le top du classement.

— Le Traqueur montre le classement du public en direct. C'est un fil continu qui donne aux filles une indication sur la façon dont est jugé leur comportement. Il détecte les émotions positives et négatives à travers les commentaires des spectateurs. C'est un système très malin.

— Pas comme toi, grogne Jackie.

— Par exemple, si le public trouve qu'une des filles, je ne citerai pas de nom – il tousse « Jackie », et le public éclate de rire – est autoritaire, Le Traqueur identifiera ce ressenti négatif sur les réseaux sociaux et il s'en servira pour faire baisser la concurrente d'une place.

Jackie secoue la tête.

— Si elles sont gentilles, elles grimperont au classement. Le Traqueur aide nos filles à prendre conscience de leur attitude et les invite à se contrôler. Ne dites pas qu'on ne fait pas tout pour vous soutenir, mesdames ! conclut-il avec un clin d'œil. À la fin du mois, deux filles s'affronteront en duel dans une finale épique. Celle qui remportera le plus de votes décrochera un million de livres, une thérapie, une carte de membre dans une salle de sport, un relooking, des vacances et un abonnement premium d'une année sur notre site de rencontres partenaire, Au Coin de la Rue.

Le public applaudit.

— Et celle qui perd ? Eh bien, elle ne rentre pas chez elle complètement bredouille. Elle repart avec les bénéfices d'un mois de thérapie tous frais payés et une attitude plus saine vis-à-vis des relations sentimentales !

Adam pivote vers la foule, lève les bras et hurle :

— Et c'est tout pour aujourd'hui, mes amis ! Rendez-vous demain pour découvrir ce que nous réservons à nos candidates !

L'écran s'éteint, et le silence s'abat sur le salon. Jackie finit par déclarer :

— Mesdames, il est 20 heures, et c'est une heure parfaitement appropriée pour tester ce robinet à prosecco.

Il est 22 heures passées quand Amy s'éclipse pour aller se coucher. Gemma, qui est partie une heure avant elle, dort paisiblement. La dernière fois qu'Amy a dormi dans un lit aussi étroit, elle avait dix ans. Elle a une pensée pour le grand lit double de Jamie, dans lequel elle était encore il y a quelques heures, essayant de trouver le sommeil… en silence.

— C'est à cause de tes grosses narines, affirmait Jamie. Quoi ? C'est un compliment ! Blake Lively en a de grandes aussi, et elle est au top.

Amy faisait semblant de trouver ça drôle, puis elle observait les narines de tous les gens qu'elle croisait le jour suivant en se demandant si les siennes étaient plus grosses que la moyenne. Jamie continuait à se moquer de son nez, de ses dessous de bras qui pendaient, de ses cuisses cellulitеuses et de son double menton.

Lorsqu'elle avait commencé à complexer sur ses narines, alors qu'ils sortaient ensemble depuis trois mois, Amy avait vraiment peur que Jamie la largue parce qu'il ne supportait pas l'idée qu'elle l'empêche de dormir. Elle avait dépensé des centaines de livres dans tous les gadgets possibles et imaginables, et avait même acheté un protège-dents qui la faisait ressembler à Hannibal Lecter. Ils avaient fini par télécharger une appli qui diffusait le bruit de la pluie pour noyer le son de sa respiration. Et de sa simple présence dans la pièce.

Amy aimerait être à l'Amuse Bouche. Dans n'importe quelle autre situation post-rupture, elle pleurerait dans son verre de vin et se battrait avec Sarah pour récupérer son téléphone. Puis elle rentrerait chez elle se gaver de bouchées au porc en matant les vieilles saisons de *L'Incroyable Famille Kardashian* et en swipant sur l'appli de dating Love Market pour se sentir mieux. C'est comme ça qu'on soigne un cœur brisé. Pas en compagnie de cinq inconnues qui n'ont rien d'autre en commun que d'avoir été larguées en public.

Bien sûr, les producteurs ne la retiennent pas prisonnière. Amy pourrait partir tout de suite si elle le voulait et empocher les honoraires de participation qui lui permettraient à eux seuls de se payer un voyage en Thaïlande. Mais une petite voix lui ordonne de rester. Elle n'a peut-être pas envie de revenir à sa routine rupture/alcool/bouchées au porc/émissions débiles. Elle a peut-être envie de faire quelque chose de complètement différent qui brise le cycle sans fin. Et de prouver au monde qu'elle est capable de traverser tout ça. Et puis, soyons honnête, un million de livres vaut bien toute cette humiliation.

L'angoisse envahit son cerveau.

Qu'est-ce que je fiche ici ?

Est-ce que je viens de prendre la pire décision de ma vie ?

Est-ce que je vais mourir seule ?

Est-ce que Gemma m'entend respirer ?

Chapitre 8

— AAAAAAAAAAH ! AAAAAAAAAH !

C'est super bruyant. Super super bruyant. Trop bruyant, même. Amy saute à bas de son lit et regarde autour d'elle, désorientée. Qu'est-ce que c'est ? L'alarme incendie ? Les autres courent partout pour essayer de trouver l'origine du vacarme.

Quelqu'un allume les lumières, et tout le monde est aveugle pendant quelques secondes.

Une deuxième sirène transperce l'air.

— OUINNNNNNNNNN ! OUINNNNNNNNN !

— Qu'est-ce qui se passe, bordel ? s'exclame Jackie en se redressant dans son lit.

— AAAAAAAAAAAAAH ! AAAAAAAAAH !

Kathy crie quelque chose, mais personne ne distingue ce qu'elle dit.

Quand le bruit cesse brutalement, elles avancent lentement vers la porte pour jeter un coup d'œil dans le salon.

— Seigneur ! murmure Jackie.

— OUINNNNNNNNNN ! OUINNNNNNNNN !

— Il est 6 heures du mat', c'est quoi ce bordel ? s'écrie Gemma tandis qu'elles pénètrent une à une dans le salon, inquiètes.

Elles regardent fixement les six berceaux qui sont apparus comme par magie près du canapé. Six bébés braillards dont les biberons portent chacun le nom d'une des participantes. Ce ne sont pas de vrais bébés, évidemment, mais des poupons très – trop – réalistes qui sont sur le mode pleurs. Et impossible de trouver le bouton off. Les colocataires pensaient se réveiller sur *Love Island*, sauf qu'elles sont loin, bien loin du paradis.

— AAAAAAAAAAAAAH ! AAAAAAAAAH !

Amy examine les berceaux pour trouver le sien. Son poupon s'appelle Ben Wright. Elle le prend dans les bras avec précaution et le retourne, à la recherche d'un bouton pour baisser le son. Rien. Elle le tient à bout de bras, incertaine.

Elle est sûre que c'est leur premier défi : elle jette un coup d'œil à ses concurrentes pour voir ce qu'elles font et éventuellement les imiter. Jackie tient son poupon à l'envers par une jambe, Gemma étrangle le sien en se dirigeant vers la cuisine pour faire du thé, et Hattie regagne son lit d'un pas vacillant, la main en bâillon sur le sien. Elle se cogne à la porte en passant.

— Attends, Gemma ! Il y a un mot dans le berceau du mien, prévient Lauren tout en dépliant le papier.

Félicitations, chères candidates : vous venez d'entrer dans le pays merveilleux de la maternité. Vous êtes au troisième jour de l'aventure, et il est temps de démarrer notre premier défi Oh My Baby ! qui va tester votre instinct maternel.

— Et si on n'en a pas ? demande Jackie.

Lauren hausse les épaules avant de reprendre sa lecture.

Au cours des prochains jours, vous êtes responsables de la bonne santé et du bien-être de votre bout de chou. Vous trouverez dans vos berceaux tout le matériel nécessaire : couches, lingettes et couvertures. Les règles sont simples. Mettez en place une routine respectueuse de leurs besoins physiques et affectifs. Sommeil, nourriture, repos, nettoyage et, surtout, plein d'amour !

— Mais... ils sont en plastique, constate Hattie en regardant autour d'elle d'un air anxieux. Comment est-ce qu'on sait si on fait correctement les choses ?

Nous vous observerons et noterons la façon dont vous gérez cette mission vitale. Ainsi, nous déterminerons dans quelle mesure vous êtes compétentes pour cette tâche.

Lauren se débarrasse de la lettre et attrape son poupon par la tête.

— Sainte merde, pourquoi le mien ressemble à Bruce Willis ?

Elle le secoue dans tous les sens.

— OK, mon chou, je vais prendre une pinte de bière et un paquet de clopes, dit-elle en imitant la voix grave de l'acteur.

Amy mastique pensivement sa tartine de confiture tout en observant Ben, son poupon, qui ronfle dans son berceau.

— Depuis quand les bébés ronflent ? demande-t-elle en se penchant au-dessus.

Un morceau de confiture s'échappe de son toast et s'écrase sur le front du poupon. Aussitôt, elle lèche son pouce pour effacer la trace du crime, tout en guettant les caméras. Elle sursaute quand la voix résonne dans la maison.

Mesdames, veuillez rejoindre le salon : l'émission est sur le point de commencer.

La musique de l'émission retentit, et elles s'observent toutes les unes les autres. Amy regarde l'horloge et inspire profondément.

— Est-ce que c'est ce à quoi je pense ? demande Gemma. Est-ce que l'une d'entre nous est sur le point de … ?

— Bon retour parmi nous, chers téléspectateurs, et bonjour à tous ceux qui viennent de nous rejoindre ! minaude Jenny Mackenzie, la présentatrice de la matinale *Petit déjeuner en bonne compagnie* du samedi matin sur Real TV. Nous avons un débat de premier choix à vous proposer ce matin ! Pour cela, merci d'accueillir chaleureusement le présentateur des *Oubliées de l'Amour*, la nouvelle émission qui fait le buzz, Adam Andrews !

Adam, assis sur le canapé, se rengorge sous les hourras du public ; il réussit le tour de force d'être encore plus orange que la veille.

La caméra passe au plan du salon, et les colocataires restent immobiles, surprises. Hattie est la seule à esquisser un vague petit signe de la main.

— Et, bien sûr, saluez également nos candidates ! Oh ! Adam, elles ont toutes l'air un peu sonné, non ? Vous êtes sûr qu'elles vont bien ? glousse Jenny, tout en cachant sa bouche de sa main.

— Eh bien, Jenny, je pense que je le serais aussi si j'avais trouvé un nouveau-né dans mon salon au réveil ! dit-il en riant trop fort et en lui donnant une petite tape complice sur le genou.

— Nous n'en sommes qu'au troisième jour de l'aventure, et *Les Oubliées de l'Amour* bat déjà tous les records d'audimat, vous devez être ravi. Pouvez-vous nous en dire un peu plus sur ce premier défi ? Comment s'appelle-t-il déjà… *Oh My Baby* ?

Adam change d'expression pour enfiler son masque d'animateur sérieux.

— Tout à fait, Jen. *Les Oubliées de l'Amour* a pour but d'offrir à des filles avec un passé amoureux compliqué une chance de prouver qu'elles peuvent être de bonnes candidates pour des relations sentimentales sur le long terme, qu'elles ont ce qu'il faut pour devenir la seule et l'unique jusqu'à ce que la mort s'en mêle. Et l'une des qualités essentielles de la partenaire idéale c'est le sens du sacrifice. La capacité à s'intéresser et répondre aux besoins physiques et émotionnels de quelqu'un d'autre que soi-même ; et quel plus bel exemple de la mise en pratique de ces qualités que la maternité ?

— En effet. Que vont devoir faire les filles pour remporter ce défi ?

— Pour être honnête, Jen, elles vont juste devoir être elles-mêmes. La plupart d'entre elles n'ont aucune expérience avec les enfants, et la façon dont elles vont s'occuper de ces bébés nous permettra d'en découvrir un peu plus sur leur personnalité. Certaines femmes sont nées pour être mères, d'autres non. Être consciente de la catégorie à laquelle elles appartiennent les aidera à trouver la personne qui leur convient le mieux.

— Et nous avons sur le plateau la personne idéale pour nous aider à cerner leur caractère il me semble ? demande Jen, tout en tournant la tête.

— C'est exact ! Laissez-moi vous présenter un homme que vous allez beaucoup voir ! C'est notre psy à domicile, l'épaule sur laquelle les filles pourront pleurnicher, et l'auteur du récent best-seller *Votre relation est-elle vraie ?* Un tonnerre d'applaudissements pour le Dr Howard Hicks !

— Qui ça ? s'étonne Kathy.

— Jamais entendu parler de lui, répond Amy.

On dirait bien qu'elle n'est pas la seule. Les applaudissements du public manquent d'enthousiasme. Le rideau s'ouvre sur un homme d'âge mûr de petite taille, chauve et avec des lunettes rondes, qui avance timidement sur la scène. Il s'assied avec précaution sur le canapé et salue le public d'un air faussement effarouché.

— Docteur Hicks, bienvenue dans l'émission, c'est génial de vous avoir avec nous, s'enthousiasme Jen. Dites-nous : de quoi parle votre livre ?

Le Dr Hicks remonte ses lunettes sur l'arête de son nez et répond avec componction. Il paraît gêné d'être sous le feu des projecteurs.

— Eh bien, Jenny, j'aimerais tout d'abord vous remercier de m'avoir invité. *Votre relation est-elle vraie ?* encourage les couples à examiner la *vérité* de leur relation. Êtes-vous honnêtes l'un envers l'autre ? Votre relation est-elle de l'amour ou de l'habitude ? C'est un livre qui se lit à deux. Il vous permettra soit de mettre fin à votre relation, soit de la renforcer. Quoi qu'il en soit, le résultat est positif. Il vous pousse à développer votre sincérité tout en évitant l'hostilité ou les accusations.

Le Dr Hicks fixe le public en souriant. Une toux isolée s'élève.

Amy regarde les autres concurrentes en se demandant si elle est la seule à penser que le bouquin a l'air bien. Jackie se recoiffe, Kathy regarde droit devant elle d'un air abattu, et Gemma utilise un de ses cheveux comme fil dentaire.

Il n'y a que moi, donc.

— Waouh, on dirait bien un best-seller, pas vrai ? répond Adam en fixant le public d'un air entendu.

Comme prévu, le public l'acclame. Le Dr Hicks balaye les applaudissements d'un geste, le feu aux joues.

— Dites-moi, doc, poursuit Jenny après avoir fait taire la foule, qu'allez-vous faire dans *Les Oubliées de l'Amour* ?

— Eh bien, répond-il en se redressant un peu, je trouve le concept de l'émission très intéressant et je suis impatient de voir comment les colocataires vont évoluer. Je suis certain que les résultats seront surprenants.

— Voire épaaaatants, l'interrompt Adam.

— Je tiendrai des séances régulières de thérapie pour essayer de comprendre pourquoi les candidates participent à l'émission, les guider dans la situation délicate qu'elles traversent et les aider à devenir des femmes plus fortes et épanouies dans leurs futures relations amoureuses.

— Quand je pense à tous les secrets que vous allez déterrer ! s'exclame Adam en riant avant d'adresser un clin d'œil au public, ce qui déclenche un ricanement collectif.

— Ce n'est pas du tout mon intention, répond le Dr Hicks en remontant encore une fois ses lunettes. Mais je suis sûr que j'entendrai des histoires intéressantes. Et peut-être que certaines résonneront chez les téléspectateurs.

— Et dites-moi, docteur, avez-vous quelques pronostics sur la manière dont les candidates vont gérer ce défi ? Comment nos nouvelles mamans vont-elles s'en sortir d'après vous ?

Le sourire de Jenny remonte si haut que ses yeux sont presque fermés. Le Dr Hicks secoue la tête avant de répondre :

— Je ne me risquerai pas à émettre des hypothèses, je ne connais pas encore personnellement les candidates.

— Oh allez, même pas un petit indice ? insiste Adam tandis que Jenny hoche furieusement la tête.

— Non, vraiment, ce ne serait pas du tout pertinent et juste.

— Rabat-joie ! Pour ma part, Jen, je peux vous dire que je pense que Kathy s'en sortira le mieux : clairement, on voit qu'elle a déjà géré ça et que... du monde est passé par là, ajoute-t-il après une pause et devant une Jenny aux yeux écarquillés.

La présentatrice lève les yeux au ciel, le public murmure, et le Dr Hicks lui lance un regard glacial.

Amy se tourne vers Kathy, qui a croisé les bras devant sa poitrine.

— Ne fais pas attention à lui, Kath. Il raconte n'importe quoi juste pour arracher un pauvre rire au public.

— C'est un gros connard, ignore-le, ajoute Lauren.

Elles reportent leur attention sur l'écran.

— ... si ce bébé ne finit pas brûlé au troisième degré, avec une jambe en moins ou la tête au fond de la poubelle avant la fin du défi, je jure que je présenterai la prochaine émission en claquettes !

Derrière son sourire d'animatrice, on peut sentir que Jenny grince des dents ; le Dr Hicks, quant à lui, secoue la tête et marmonne quelque chose.

— Ils parlent de qui ?

— Moi, répond Jackie en souriant. Ne vous inquiétez pas pour moi, il a raison. Même s'il a oublié d'ajouter à la liste : noyé dans la piscine avec une pierre accrochée à ses pieds.

— Et la tête coupée dans une vendetta anti-monstres en plastique, propose Lauren en rigolant.

Jenny intervient :

— Je ne suis pas d'accord avec vous, Adam, je pense que tout va bien se passer pour Jackie. Elle représente un modèle féminin important pour les jeunes filles qui regardent l'émission. Ambitieuse, franche, confiante...

— Égoïste, la coupe Adam. Je vous rappelle qu'on parle de L'Égoïste Jackie !

— Il ne s'agit que d'une opinion personnelle qui émane d'un ancien partenaire blessé qui a sûrement une certaine rancœur, précise le Dr Hicks.

Adam essaye de répliquer, mais Jenny le prend de vitesse.

— Eh bien, nous aurons le fin mot de l'histoire dans trois jours !

La caméra zoome sur elle.

— Mesdames et messieurs, nous arrivons au terme de notre émission. Merci d'avoir passé ce moment avec nous et n'oubliez pas notre rendez-vous quotidien à 21 heures sur Real TV pour suivre les aventures de nos candidates !

La caméra dézoome, et on aperçoit Adam et le Dr Hicks en pleine discussion mouvementée tandis que Jenny continue de sourire au public comme si de rien n'était.

L'écran devient noir. Le silence s'abat sur la pièce.

Mais, évidemment, il ne dure pas longtemps.

Un gong menaçant retentit.

Amy. Veuillez vous rendre dans la Salle de Thérapie. Le Dr Hicks va vous recevoir.

Chapitre 9

Nerveuse, Amy attend l'arrivée du Dr Howard Hicks pour sa séance de thérapie. Sa respiration est sifflante, mais elle n'arrive pas à décider si elle doit renifler ou se moucher : elle ne sait pas ce que le public trouvera le moins répugnant. Elle prend un mouchoir dans la boîte posée sur la table basse devant elle, simule une quinte de toux et en profite pour renifler discrètement. Ça marche, et elle se détend. Elle a confié son poupon, Ben, à Jackie pendant une heure, et Amy est ravie de profiter du silence et de la liberté même si elle appréhende ce qu'elle va devoir révéler pendant la séance. Devant des milliers de spectateurs.

Elle s'enfonce dans son siège et observe la pièce autour d'elle. C'est la première fois qu'elle fait une thérapie. Tous les cabinets sont-ils aussi dépourvus d'âme ? Avec ce beige désespérément neutre ? Sur les murs, trois affiches lui donnent envie de faire du mauvais esprit.

AUJOURD'HUI EST UN NOUVEAU JOUR

Bravo, Einstein.

CHOISISSEZ LE BONHEUR

Et si on n'a pas le choix ?

SOYEZ VOTRE PROPRE RAYON DE SOLEIL

Je préfère encore être un éclair bien vénère.

Il y a trois petits cactus alignés sur la table basse devant elle. Évidemment, elle se penche pour en tripoter un et se fait mal au doigt dans la foulée. Elle grimace et se demande comment le psy interpréterait ça. Une manifestation physique de ses tendances autodestructrices ? Elle n'a pas besoin d'une thérapie ; elle sait déjà très exactement ce qui ne va pas chez elle. Ce qu'il lui faut, c'est une soirée avec Sarah et trois bouteilles de vin.

La porte du cabinet s'ouvre, et le Dr Hicks pénètre dans la pièce, la referme derrière lui et avance vers la table en souriant.

— Bonjour, Amy. Je suis le Dr Hicks. Comment allez-vous ?

Amy se lève pour serrer sa petite main moite, puis il s'assied lentement dans le fauteuil vintage en cuir qui couine.

— Bien, merci, répond-elle alors qu'elle n'en pense pas un mot.

Derrière ses lunettes, ses petits yeux cillent.

— En réalité, je suis un peu sous le choc, ajoute Amy en voyant qu'il ne dit rien.

— Bien sûr. C'est une situation inhabituelle pour dire le moins, déclare-t-il en s'emparant de l'iPad posé devant lui et en tapotant l'écran.

Rrrr. Bip.

Amy s'agite sur son siège. Il colle sous ses cuisses, ce qui ajoute à son malaise. Son short en jean n'est pas fait pour un canapé en cuir. Ses cuisses ressemblent à deux morceaux de pâte à cookie. Quand elle s'en aperçoit, elle pose un coussin dessus.

— Essayez d'ignorer la caméra, conseille le Dr Hicks sans lever les yeux. Aujourd'hui, c'est la séance la plus facile : juste une petite conversation sur votre vie. Qui vous êtes et pourquoi vous êtes là. Ça vous convient ?

Amy acquiesce sans savoir s'il la voit.

— Je vous conseille de vous montrer la plus franche et la plus directe possible. C'est comme ça que vous obtiendrez les meilleurs résultats. Ne pensez pas à ceux qui vous regardent.

Ses parents. Ses amis. Elle, elle s'en fiche, mais que ressentiront-ils si le Dr Hicks met le doigt sur quelque chose qui les blesse ou les embarrasse ?

Et le travail ? Et si elle ne trouve plus jamais de job après ça ?

« Oh ! non, pas question ! C'est la folle qui a participé aux *Oubliées de l'Amour* ! » décrète un directeur des Ressources humaines imaginaire en désignant son écran à l'intention d'une équipe imaginaire qui s'est rassemblée autour de son bureau imaginaire dans un immeuble imaginaire. Ils font semblant de se poignarder en riant.

Amy, si tu gagnes, tu n'auras plus jamais besoin de travailler.

Et puis, de toute façon, elle ne peut pas reculer maintenant. Elle a signé un contrat et elle sait qu'elle doit tout déballer. Elle va devoir raconter au monde sa relation, même si elle a passé les deux dernières années à esquiver le sujet, y compris avec l'homme le plus directement concerné par cette relation.

— Amy Wright, trente-deux ans, fille unique, rédactrice publicitaire, dit le Dr Hicks en interrompant le fil de ses pensées.

— C'est moi, répond Amy en se pinçant le dos de la main.

— Dites-moi, Amy, d'après vous, pourquoi êtes-vous là aujourd'hui ?

Il repose l'iPad sur la table et joint les mains sous son menton, comme en prière. Elle hausse les épaules.

— Parce que je suis… une parfaite idiote ?

Elle éclate d'un rire faux. C'est ça ou fondre en larmes.

Il arque un sourcil.

— Qu'est-ce qui vous fait penser cela ?

— J'ai gâché deux années de ma vie avec la mauvaise personne, et maintenant il faut que je recommence tout à zéro.

Elle sent ses joues la brûler.

— Recommencer quoi à zéro ?

— Je ne sais pas, essayer de trouver quelqu'un avec qui faire ma vie ?

Son estomac se noue quand elle songe qu'elle doit avoir l'air désespérée.

T'es vraiment naze.

— Et qu'est-ce que ça veut dire pour vous « faire votre vie » ? demande-t-il.

— Vivre ensemble, le mariage, les enfants, les vacances, voyager, partager des expériences, je ne sais pas, faire les trucs normaux que font les gens normaux à mon âge.

Elle renifle et se pince le nez.

Non. Retiens-toi.

Ses yeux brillent, et elle se mord la lèvre inférieure pour l'empêcher de trembler.

Non non non non non non non.

Le silence est perturbé par sa déglutition bruyante.

Le Dr Hicks la fixe, ce qui ne l'aide pas. Il sait qu'elle est sur le point de se mettre à pleurer. Il veut probablement qu'elle le fasse : ça sera top pour l'émission.

Et voilà.

Elle attrape un mouchoir et essuie rapidement la larme qui coule sur sa joue. Mais elle ne peut plus se retenir. Elle cesse de se mordre la lèvre, s'empare d'une poignée de mouchoirs et se met à pleurer.

— Pourquoi pleurez-vous ? demande le Dr Hicks sans bouger.

Il se contente de rester assis là à la regarder. Il ne l'aide pas. Il s'en fiche.

— Je me déteste, je suis pathétique.

Elle essaye de reprendre son souffle entre deux sanglots et saisit encore des mouchoirs pour empêcher la caméra de voir son visage affreux. Quand elle baisse les mains, un des mouchoirs se prend dans ses cils. Elle l'arrache le plus vite possible.

Voilà, c'est ça. Cette image va devenir un meme.

— Je suis désolée, je ne pensais pas réagir comme ça, dit-elle avant de se moucher en priant pour que la morve ne coule pas partout quand elle retirera sa main. Je croyais que j'avais tourné la page. Je n'ai même pas ressenti de tristesse quand Jamie m'a larguée, juste de la colère. Ce sont des larmes de colère.

— Pleurer est parfaitement naturel. Être en colère aussi. Mais après qui êtes-vous en colère ?

— Lui… Moi.

— Pourquoi ?

Elle prend une profonde inspiration et exhale à travers ses lèvres tremblotantes. Elle baisse la tête et se met à déchiqueter ses mouchoirs.

— Je pensais que j'avais tout prévu. Je croyais que j'allais me marier et avoir des enfants. Que je serais exactement comme toutes mes amies qui ont déjà des kilomètres d'avance sur moi. Et maintenant j'ai perdu tout espoir. Je suis de nouveau célibataire, j'ai gâché deux années de ma vie et je ne retrouverai plus jamais personne. Je finirai seule, sans enfants, sans famille et sans amis. Et c'est tout ce que je mérite. Je savais que Jamie n'était pas le bon. J'avais vu tous les signes. Les énormes néons qui clignotaient devant moi en disant *Ce n'est pas le bon ! Il ne te rend pas heureuse !* Je suis en colère parce que je me suis laissée tomber et j'ai gâché mes chances d'avoir une vie heureuse et normale. Qu'est-ce qui cloche chez moi ? Pourquoi j'ai aussi mauvais goût en hommes ?

— Amy, est-ce que vous croyez qu'il y a quelque chose qui cloche chez vous ?

— J'en sais rien ! (Sa voix tremble de nouveau, mais elle a déchiré tous ses mouchoirs et elle n'a plus rien pour enfouir son visage. Elle appuie les doigts sur ses yeux.) Je suis moche, grosse, vieille et ennuyeuse ? J'ai la peau qui pend sous les bras, de grosses narines, et je respire trop fort ? répond-elle à toute allure.

— Est-ce que vos amis vous décriraient ainsi ?

— Non. Mais ils sont trop occupés pour savoir qui je suis devenue, pleurniche-t-elle. Pour ce qu'ils en savent, j'aurais très bien pu tout quitter pour rejoindre un cirque, épouser un homme de passage et pondre trois mômes. En fait, si j'avais eu trois enfants, j'aurais existé à nouveau pour eux. Les gamins sont le ticket d'entrée pour rejoindre leur club VIP.

— Pourquoi sont-ils trop occupés ?

— Ils organisent des *baby showers*, des anniversaires, ils refont leurs sous-sols et réservent des vacances familiales.

Je sais que ce n'est pas leur faute, que c'est la vie qu'ils sont censés vivre. C'est la vie que je suis censée vivre, moi aussi. Mais je n'arrête pas de faire de mauvais choix qui ne cessent de m'en éloigner.

— Est-ce que vous vous comparez beaucoup aux autres ?

— Non, ment-elle.

— Et les réseaux sociaux ? Vous les utilisez ? (Il s'empare de l'iPad pour taper quelque chose.) Je vois beaucoup de femmes de votre âge qui pensent que leurs amis ont une vie plus intéressante que la leur à cause de ce qu'elles voient sur Instagram et sur Facebook.

— Pas vraiment.

« Oui ! Tout le temps ! », voilà ce qu'elle devrait répondre. Elle devrait dire : « C'est toujours ce que je fais quand j'attends un truc. Trente secondes avant que l'eau bouille ? Je regarde quelques stories. Le feu piéton vient de passer au rouge ? Je regarde ce que les autres viennent de faire durant la dernière demi-heure. Je monte un escalier en faisant attention où je mets les pieds ? Rasoir ! Je dois absolument savoir avec qui Sarah est allée boire un verre, ça m'est égal si je me casse le cou. »

La vérité, c'est que c'est son écran qui lui dit bonjour le matin et bonne nuit le soir. Et le script ne change jamais.

1. Ouvrir Instagram.

Parcourir les stories, puis faire défiler le fil. Te sentir déprimée parce que tu n'es pas au même endroit que @lottietheexplorer. Te sentir encore plus déprimée quand tu vois que la cuisine de Jane fait la taille de ton appart.

2. Ouvrir Facebook.

Faire défiler une avalanche de posts sponsorisés sur les régimes. Cliquer sur un article qui liste les animaux de compagnie les plus à la mode. Te détester de perdre ton temps comme ça.

3. Ouvrir la version numérique du Daily Mail.

Cacher ton écran de la vue de Jamie. Éviter tous les articles concernant Love Island. *Craquer et lire un article sur des célébrités de bas étage qui ont perdu du poids. Te jurer de supprimer l'application demain.*

Le Dr Hicks lui met l'iPad sous les yeux, interrompant sa rêverie.

— Amy, je voudrais que vous m'expliquiez ce que vous faites sur cette photo.

Il faut quelques secondes à Amy pour comprendre ce qu'elle voit.

— Où vous avez trouvé ça ? demande-t-elle, perplexe.

C'est la photo du lancer de bouquet au mariage d'Angela trois ans plus tôt. À l'arrière-plan, on voit un groupe de femmes qui se bousculent pour l'attraper en hurlant, les bras levés, les yeux fiévreux. Amy ne fait pas partie du groupe ; elle se tient sur le côté, l'air ennuyé, un bras le long du corps et une coupe de champagne à la main. Amy se souvient très bien de cette réception. Enfin, pas de la réception en elle-même mais du lendemain : tout le monde l'avait abreuvée de messages parce qu'elle avait roulé des pelles à l'oncle d'Angela, un quinqua geignard, sur la piste de danse. Elle avait eu envie de mourir. C'était le dernier d'une série de choix éthyliques et terriblement hasardeux qui avaient suivi sa rupture avec Ben. Elle était la seule célibataire à ce mariage, elle voulait se sentir désirée ce soir-là et, après deux bouteilles de vin, il faisait l'affaire. Après ça, elle n'avait plus bu une goutte d'alcool pendant un mois.

— Nos documentalistes l'ont trouvée, explique le Dr Hicks. J'aimerais savoir à quoi vous songiez à ce moment-là.

— Je pensais que le lancer de bouquet rend les femmes pathétiques. Comme si on voulait toutes se marier à tout prix. Comme si on était rivales et qu'on faisait la course à l'autel. Je ne voulais pas participer à ça par principe, répond-elle en essayant de se ressaisir.

— Intéressant, constate-t-il en lui reprenant l'iPad des mains. (Il le repose sur la table et la fixe.) Et vous dites que vous voulez vous marier ?

— Je ne voulais pas attraper le bouquet parce que je trouve ça embarrassant. Ça ne veut pas dire que je ne veux pas me marier.

Il opine et tape sur l'écran.

— Amy, j'ai une dernière question à vous poser.

— D'accord, répond-elle en rassemblant ses mouchoirs.

— Est-ce que vous étiez amoureuse de Jamie ?

— Oui, répond-elle vivement, un peu trop sur la défensive.

— Qu'est-ce que vous aimiez chez lui ?

Son cerveau bugue. Qu'est-ce qu'elle aimait chez lui ?

Il a une belle peau. Un joli sourire. Il remplit le lave-vaisselle. Il fait à manger. Il a un job. Il ne vit pas dans un taudis. Il est intelligent.

— Il était intelligent. Pardon, je veux dire qu'il est intelligent.

— L'intelligence est importante pour vous chez un partenaire ?

— Oui, bien sûr.

— Pourquoi ?

— Ça facilite la conversation, je suppose.

— De quoi parliez-vous avec Jamie ?

— De plein de trucs. La vie. Son job. Les affaires courantes.

En fait, les discussions avec Jamie étaient au point mort depuis des mois. Leurs interactions tournaient autour de la présence ou non de lait dans le frigo, du menu du dîner et des allées et venues de Jamie à la salle de sport. De temps en temps, ils parlaient de Leader+. Jamie demandait à Amy son avis sur un logo ; elle choisissait celui qu'elle préférait, et il en sélectionnait toujours un autre. Elle avait compris depuis longtemps que ce n'était pas la peine d'évoquer son job à elle. Il répondait toujours « Je n'en sais rien, Cochonnette. Fais ce que tu dois faire », ce qui était absurde une fois sur deux. Il n'avait pas toujours été comme ça. Au début, il était investi. Intéressé. Il l'aidait avec son CV, il cherchait des contrats pour elle, il avait même lu quelques-uns de ses articles et l'avait submergée d'éloges. Mais, au bout d'un an, il avait cessé de faire des efforts. Il avait compris qui elle était vraiment. Elle n'allait nulle part, et il le savait.

— Amy ? demande le Dr Hicks en se penchant en avant.

— Oui, pardon ?

Elle cligne des yeux et reporte son attention sur le présent.

— Est-ce que vous avez déjà parlé de votre relation ?

— Parfois, répond-elle.

Jamais.

— De quelle manière ? Qu'est-ce que vous avez évoqué ? Vous pouvez me donner un exemple ?

— Il m'a donné un double de la clé de son appartement en me disant que je pouvais l'utiliser quand je le voulais. Enfin, tant que je le prévenais.

Le Dr Hicks la dévisage.

Oui, c'est bon, merci. Je me rends compte que c'est

complètement débile. Mais cette clé prouvait que notre relation était sérieuse. On ne donne pas sa clé à quelqu'un si on a l'intention de le larguer.

— Avez-vous discuté de ce que cette clé signifiait pour votre relation ?

— Non. J'ai pensé que c'était inutile. C'était symbolique.

— Et votre avenir ? Vous en avez parlé ? Le mariage, les enfants, ce genre de choses ?

Un jour, Jamie l'avait appelée « bobonne » : elle traversait une phase durant laquelle elle préparait leur déjeuner tous les jours pour l'emporter au boulot. Elle ne le faisait pas pour jouer les épouses modèles mais pour économiser de l'argent. Le commentaire l'avait à la fois irritée et charmée. Il lui avait donné l'impression qu'il la prenait pour sa bonne, et en même temps elle était contente qu'il pense à elle en ces termes. Et elle s'en était voulu de cette piètre satisfaction.

Tu ne peux pas dire ça devant les caméras, tu vas avoir l'air conne.

— Un jour, il m'a appelée « bobonne », répond-elle.

Oh ! Amy.

Le Dr Hicks la fixe de nouveau.

Elle soupire et se frotte les yeux, consciente des traînées que le mascara a laissées sur ses joues.

— Non, pas vraiment, poursuit-elle. Désolée, mais c'est difficile de trouver des exemples quand on est filmée. J'ai besoin de temps. Et de faire une pause.

— D'accord, Amy. Je pense que ça suffit pour aujourd'hui.

— C'est ce que je viens de dire.

Il attrape l'iPad et commence à pianoter. Amy se demande si elle doit s'excuser. Elle n'a pas l'impression d'avoir dit quoi que ce soit d'offensant, mais elle devrait probablement s'excuser d'être dans cet état de détresse.

— J'aimerais que vous fassiez des devoirs. Pour préparer notre séance de la semaine prochaine, déclare le Dr Hicks en se levant pour se diriger vers une imprimante de l'autre côté de la pièce.

Amy l'observe de dos. Gilet marron. Pantalon en velours marron. Mocassins marron. Ses vêtements sont élimés, et le peu de cheveux qui lui reste est en bataille. Il doit avoir près de soixante ans. Pas d'alliance, mais tous les hommes ne portent pas la leur.

— Je n'arrive pas à croire que Pete porte son alliance, quelle tapette ! avait lâché Jamie en riant avant de monter dans le taxi qui les ramenait de chez Jane l'année dernière – leur dernier dîner de couple.

Amy détestait cette expression, et elle lui avait déjà demandé de ne plus l'utiliser.

— Pourquoi il ne la porterait pas ? avait-elle rétorqué, irritée.

— Ce sont les femmes qui portent des bagues. Les vrais hommes portent des Rolex.

Il avait haussé les sourcils et baissé le menton de cet air qui disait clairement : « Qu'est-ce que t'es conne. » Amy entretenait une relation ambivalente avec cette attitude ; elle était très arrogante, alors pourquoi la trouvait-elle aussi sexy ?

— Les vrais hommes ne devraient pas se soucier de ressembler à de vrais hommes, avait-elle affirmé tout en contemplant la pluie qui s'écrasait contre la vitre du taxi. Ils devraient porter ce qu'ils veulent. Si les femmes portent leur alliance, il n'y a aucune raison que les hommes ne mettent pas la leur.

— Depuis quand tu as viré féministe ? avait-il demandé. La petite Cochonnette veut renverser le patriarcat ?

— Non. (Elle avait la chair de poule. Elle était incapable de dire si c'était parce qu'il lui répugnait ou parce qu'il était en train de l'embrasser dans le cou.) Cochonnette veut prouver que tu es un porc sexiste.

Il avait ricané, elle avait ri. Fin de la conversation.

Comment avait-elle pu laisser passer ça ? Quand est-ce qu'elle avait accepté de descendre aussi bas ? Qu'est-ce qui lui était arrivé ? La Amy de ses vingt ans aurait arrêté le taxi, sauté à l'extérieur et se serait barrée après avoir dit d'un ton cassant à Jamie de ne plus jamais la contacter. Ce qui s'était passé c'est qu'elle avait atteint la trentaine et découvert La Peur. La peur de ne pas trouver son âme sœur. Elle ne voulait pas mourir seule et elle avait accepté ce qui auparavant lui aurait paru inacceptable.

L'imprimante se met en route, la tirant de ses pensées. Le Dr Hicks regagne son siège avec une feuille A4 sur laquelle figurent trois questions.

Amy Wright. Jour 4 – Première séance. Devoirs à faire.

Quand est-ce que Jamie vous a rendue heureuse ?

Quand est-ce que Jamie vous a rendue malheureuse ?

Citez ce dont vous avez besoin pour être heureuse en couple.

Amy parcourt la liste. Le Dr Hicks lui tend un stylo.

— On en discutera la semaine prochaine, explique-t-il en se rasseyant et en rallumant de nouveau l'iPad. Au revoir Amy. Bonne chance avec le bébé.

— Merci, répond-elle en se levant.

Les mouchoirs usagés se répandent au sol.

Chapitre 10

— TU PEUX LE REPRENDRE ! hurle Jackie derrière la tête de Ben, son poupon aux yeux vitreux et à la bouche couverte de croûte.

— Où est la tienne ? demande Amy, amusée, en le tenant à bout de bras.

Il pue.

— Sous une couverture où on ne peut ni la voir, ni l'entendre, ni la sentir, rétorque-t-elle en s'éloignant. Pourquoi vouloir faire des gosses ? Ça me dépasse ! Tu m'entends, Aaron ? Pourquoi vouloir s'infliger ce putain de cauchemar ?

Jackie se laisse tomber sur le canapé et pousse un profond soupir.

— Ne me dis pas que tu en veux un, toi aussi ? demande-t-elle à Amy.

— Un jour, si. Je suis fille unique et j'ai toujours pensé que ça devait être sympa d'avoir une famille.

— Ah. (Jackie lève la main pour faire un *high five*.) Moi aussi je fais partie du club des enfants uniques. Est-ce que Jamie s'en est déjà servi contre toi ? Aaron disait tout le temps que j'avais le syndrome de l'enfant unique ; traduction : selon lui j'étais égoïste et pourrie gâtée. Apparemment, je ne m'intéresse à personne d'autre qu'à mon père et moi.

— Jamie me disait toujours que j'avais le syndrome de l'enfant unique parce que j'étais trop exigeante, ce qui était complètement faux. Je pense qu'il cherchait juste quelque chose à me reprocher. Est-ce que tes parents t'ont gâtée ? Les miens, un peu.

— Je n'ai qu'un parent. C'est mon père qui m'a élevée. Ma mère a mis les voiles quand j'étais encore bébé. Il n'avait pas vraiment les moyens de me gâter, mais je suppose qu'on est très fusionnels. On ne laisse pas entrer grand-monde dans notre cercle. C'est ce qu'Aaron ne supportait pas, explique-t-elle en baissant les yeux. (Elle déglutit.) J'espère que mon père va s'en sortir sans moi pendant l'émission. Je vais le voir tous les jours, tu sais. Je ne devrais pas être là, bon sang, peut-être que je suis vraiment Jackie l'Égoïste.

Elle prend une profonde inspiration et soupire.

— J'espère que j'ai pris la bonne décision en restant. Pour nous. Papa et moi. Pas Aaron : ce connard sans cœur ne sait pas ce qu'est une famille. Il peut aller se faire foutre.

— Pourquoi tu es restée ? demande Amy doucement.

— J'avais besoin de m'échapper de la réalité pendant quelque temps. Et on a besoin de l'argent. Le but de cette émission est peut-être de nous aider à trouver une relation sérieuse mais, personnellement, je n'ai aucune envie de laisser entrer un autre homme dans ma vie. « Nos vies », je devrais dire. Je dois inclure mon père. On est vraiment dans la merde, j'ai été licenciée l'année dernière, du coup je n'ai pas pu aider mon père comme je l'aurais voulu. Je veux gagner pour lui. Pour qu'il ait une vie meilleure. Pour le rembourser de tout ce à quoi il a renoncé pour moi. Mais je ne vois pas comment je vais pouvoir prétendre être la Perle alors que je suis tout l'inverse. Je me suis dit que, même si je ne gagnais pas, ça me ferait de la pub.

Désolée, tu ne voulais sûrement pas que je te déballe tout ça. Et Aaron qui pense que je sais garder des secrets. Cet abruti n'a aucune idée de qui je suis.

— Si ton père a la télé, il pourra te voir tous les jours. Je suis certaine qu'il est très content pour toi, affirme Amy en la serrant contre elle.

— Il avait l'air. Enfin, content mais surtout perplexe. Je l'ai appelé pour m'assurer qu'il allait bien. Je ne suis pas sûre qu'il ait vraiment compris de quoi je lui parlais, mais je lui ai donné la chaîne et l'heure. On est super soudés tous les deux. Je n'ai jamais permis à quoi ou qui que ce soit de s'interposer entre nous.

Ben refuse encore une fois de s'endormir, le petit morveux. Cela fait trois nuits qu'il la fait courir dans tous les sens. Il est 1 heure du matin, et Amy fait les cent pas pour le bercer depuis deux heures. Tout le monde est couché depuis longtemps, et la fatigue la rend folle.

Les bébés ne crient pas aussi longtemps, si ? Elle envisage l'idée de se rendre dans le Confessionnal pour expliquer que le poupon bugue. Comment font les vrais parents avec les vrais enfants ? Elle songe à Jane et à ses jumeaux et elle se sent coupable d'avoir pensé que Jane exagérait en affirmant que c'était dur d'être mère. Et Jane subit ça puissance deux. Amy ne peut pas faire ça. Elle ne le pourra jamais. Elle n'y arrive pas avec celui-là, et pourtant ce n'est qu'un poupon.

— Comment ça va ? chuchote une voix depuis le seuil de la porte.

Amy sursaute.

Kathy pénètre dans le salon sur la pointe des pieds, jette

un coup d'œil sur Ruth, son bébé angélique, puis se dirige vers Amy les bras tendus pour lui prendre le poupon.

— Ah, merci, je ne sens plus mes bras, déclare-t-elle en les frottant et en s'asseyant.

Elle boit une gorgée de thé qu'elle recrache aussitôt : il est glacé. Elle ne peut même pas boire une tasse de thé.

— Bon sang, mais comment tu arrives à faire, Kathy ? demande-t-elle.

— N'écoute pas ceux qui prétendent que la maternité n'est que rires et chansons. Ce sont des menteurs. C'est le job le plus difficile que j'aie jamais accompli. Ce qui ne veut pas dire grand-chose puisque je n'en ai pas eu d'autre.

Les vagissements de Ben se transforment en gémissements assourdis. Il a l'air de se calmer enfin.

— On dirait bien que je ne sais pas m'y prendre, soupire Amy.

Elle sourit mais se sent inutile.

— Ne t'inquiète pas, c'est juste un test. (Kathy lève les yeux vers les caméras fixées au plafond.) Ils n'ont pas besoin de me tester, puisque je suis déjà mère. Ce défi est une perte de temps pour une femme de mon âge.

— Peut-être que tu es là pour nous guider. Même si je ne sais pas du tout ce que tu as fait pour l'endormir.

Ben a complètement cessé de pleurer, et il dort profondément, la respiration lente.

— J'ai adoré être mère, mais ce n'était pas mon rêve. Je voulais être infirmière. Puis j'ai rencontré Jeremy, et notre premier enfant est né peu après. Puis le second, soupire-t-elle en installant avec précaution Ben dans son berceau. Ce qui me met en colère c'est que je savais qu'on finirait par divorcer. Je le sentais. Tu sais, il ne remerciait jamais les gens qui le laissaient passer. En voiture. Il a toujours pensé qu'il valait mieux que les autres et qu'il pouvait s'en tirer à bon compte. Tu as déjà rencontré ce genre de type ?

Oh que oui ! Un des trucs qui l'horripilaient le plus chez Jamie était sa façon de ne jamais s'effacer devant les autres. Quand il marchait sur le trottoir, il avançait en ligne droite et forçait tout le monde à s'écarter. Aucune excuse, jamais de « pardon ». Amy contournait les gens tandis que lui forçait le passage. Ils finissaient souvent par marcher chacun de leur côté, lui loin devant. Une fois, elle s'était arrêtée pour voir combien de temps il lui fallait pour se rendre compte qu'elle avait disparu. Il avait tellement avancé qu'elle l'avait perdu de vue, puis il lui avait envoyé un texto pour lui ordonner de se dépêcher.

Leur conversation venait de donner une idée de blog à Amy. *99 alertes rouges*, un site sur lequel les femmes pourraient poster tout ce qui était rédhibitoire chez un homme.

— Bref, poursuit Kathy. J'ai rencontré Jeremy au moment où j'allais commencer l'école d'infirmière, et tout s'est précipité. On s'est fiancés au bout de trois mois, mariés au bout de six, et j'étais enceinte au bout de neuf. Sa concession automobile marchait bien, et on a décidé que je n'avais pas besoin de travailler. Que ce serait mieux pour la famille si je restais à la maison pour tout gérer.

— Ça fonctionne pour certains, constate Amy en se disant qu'elle s'ennuierait à périr.

— Je ne savais pas ce que je faisais, j'étais trop jeune pour prendre cette décision. Mes parents ont approuvé l'idée, mais ils appartenaient à une autre génération. Pendant longtemps, on a été heureux, et j'ai oublié mes rêves d'infirmière. On avait de l'argent, je me sentais en sécurité et j'aimais passer tout ce temps avec mes enfants. Ils avaient besoin de moi, et ça me valorisait. Et puis ils sont devenus adolescents et ils n'ont plus eu autant besoin de moi. Jeremy non plus. Il avait ouvert des succursales dans tout le pays et il était tout le temps en déplacement. J'avais l'impression d'être à la retraite anticipée et je pensais que c'était trop tard pour commencer une carrière. J'errais chez moi sans rien à faire et personne sur qui veiller. On a eu une grosse dispute à cause de ses très nombreuses absences ; il m'a dit que j'étais devenue autoritaire et ennuyeuse. Que je n'étais plus utile à personne et qu'on ferait aussi bien de m'abandonner sur un iceberg et de me laisser dériver.

Amy se retient de rire, abasourdie par l'énormité de la chose. Comment Kathy avait-elle pu rester avec son mari après ça ?

Comment Amy était-elle restée avec Jamie après que ce dernier lui avait dit qu'elle était chiante ? Elle avait vécu la même chose. Et elle était restée, elle aussi.

— Il y a eu un million de signes, mais je les ai tous ignorés. Je n'avais pas d'argent, pas d'expérience. Et puis il n'était pas toujours comme ça. Le lendemain, il m'a rapporté des fleurs et des chocolats. On est sortis dîner, et il m'a dit que j'étais jolie, ce qui était le premier compliment qu'il me faisait depuis des années. Il s'est excusé. Alors, j'ai continué comme ça en espérant qu'une fois qu'il serait à la retraite on pourrait reprendre comme quand on avait vingt ans. Et puis, il y a dix-huit mois, les excuses ont cessé tandis que les insultes ont continué. Et il a commencé à sentir un parfum qui n'était pas le mien. Ensuite, j'ai trouvé dans la voiture un élastique à cheveux qui n'appartenait ni à ma fille ni à moi. Il y a trois mois, il m'a dit que notre mariage était fini. Qu'il avait rencontré quelqu'un qui était plus à son goût. Qu'il était heureux. Et qu'il voulait que je déménage. Après vingt-cinq ans. J'ai compris que c'était la fin, mais je ne savais pas quoi faire.

Amy se demande comment elle aurait réagi dans la même situation. Elle aime à croire qu'elle se serait montrée à la hauteur, qu'elle aurait flanqué Jamie à la porte, se serait payé un relooking hors de prix et qu'elle aurait rencontré un beau milliardaire. Sauf que la vie n'est pas un film ; elle serait probablement retournée chez ses parents et aurait passé trois mois à *stalker* la nouvelle petite amie de son ex sur Facebook.

— Tu as fracassé sa bagnole à coups de batte de base-ball comme Beyoncé ?

— Bizarrement, je suis restée très calme. Je savais qu'il avait une liaison, j'attendais juste qu'il crache le morceau. J'avais envie de vomir rien qu'en le voyant, mais je ne voulais pas partir parce que je ne savais pas où aller. J'ai refusé de divorcer. Il ne pouvait pas me mettre dehors parce que la maison est à nos deux noms. Je sais que ça a l'air mesquin, mais j'ai adoré le voir bouillir de rage en constatant que je continuais à vivre comme si cette conversation n'avait jamais eu lieu. Comme si cette inconnue n'avait pas débarqué dans ma maison et dormi dans la chambre d'amis au-dessus du garage que Jeremy occupait depuis un an. Et puis il y a eu cette émission. Il m'a dit qu'il voulait qu'on déjeune avec les enfants ; c'était mon anniversaire, le salaud. Mais je suis ravie d'être ici. C'est le truc le plus excitant qui me soit arrivé de toute ma vie et la seule chance que j'ai de gagner un million de livres. Au-delà de l'argent, je veux prouver que je peux faire ça toute seule et que j'existe aussi sans ma famille.

— Je trouve ton calme incroyable. Quand Jamie m'a larguée ici, j'étais au bout de ma vie.

Amy se revoit en train de pleurer et de hurler dans le Confessionnal devant tout le monde. Elle grimace.

— Ne t'inquiète pas pour ça. Les autres ont réagi comme toi. Amy, tu as toute la vie devant toi. Au moins, tu n'as pas perdu trop de temps avec ton ex, sinon tu aurais fini comme moi.

— Ça ne me paraît pas si mal, répond Amy.

— J'ai eu deux merveilleux gamins. Qui se fichent royalement que leurs parents divorcent : ils sont trop occupés à dépenser leur salaire dans les bars, rétorque Kathy en se dirigeant vers la chambre. Mais je les aime.

Ben se met à chouiner à l'instant où Kathy disparaît, et Amy se cache sous un coussin en priant pour qu'il se taise. Kathy a raison. Au moins, elle n'a perdu que deux ans de sa vie, pas une seconde de plus. Elle sait que Jamie l'aurait remplacée pour un modèle plus jeune dans dix ans. Il veut toujours passer pour le meilleur. C'est peut-être ça le fond de l'histoire ; il a rencontré quelqu'un d'autre. Si elle avait son téléphone, elle pourrait le *stalker* et chercher des indices. Elle a beau le détester, l'imaginer avec une autre la rend malade.

Chapitre 11

Amy nettoie le vomi qui jonche le sol de la cuisine pour la troisième fois depuis ce matin. Le liquide visqueux et jaunâtre est tombé sur ses tongs et s'est répandu entre ses orteils. Si ça avait été du vrai vomi, elle aurait gerbé à son tour. Elle est sidérée par le réalisme anatomique de ces poupons en plastique. Le faux lait avec lequel les colocataires les nourrissent ressort par un trou ou par un autre, et Amy est passée malgré elle maîtresse dans l'art de nettoyer les deux.

Certaines des concurrentes s'adaptent moins bien que d'autres à cette fausse maternité. Un peu plus tôt dans la journée, Amy a surpris Jackie en train de nettoyer les fesses d'Alice, qu'elle tenait par la tête, avec le tuyau d'arrosage du jardin. Gemma se sert de Bel comme d'un haltère et dépose un baiser sur son front chaque fois qu'elle fléchit le bras.

— Ça aurait fait une super story Instagram, non ? commente-t-elle en posant Bel sur le canapé avant de s'avachir à côté d'elle dans un grand soupir. Bordel, j'arrive pas à croire que ça fait déjà une semaine qu'on est là. Je suis en train de rater tellement de stories. Et tous les commentaires que je vais devoir rattraper…

Les autres s'en tirent un peu mieux. Pour Kathy, c'est

comme une seconde nature : elle console, nourrit et endort Ruth sans un soupir, ni un cri, ni une bouteille de sauvignon blanc. Hattie est une véritable mère koala et garde Sophie collée à la hanche vingt-quatre heures sur vingt-quatre. Ça lui a attiré des ennuis sur Le Mur : elle a été accusée par les téléspectateurs d'étouffer son poupon en dormant. Elle a pleuré et s'est excusée.

À la grande surprise d'Amy, Lauren semble avoir un don pour ça, alors qu'elle avait l'air d'être la moins maternelle de toutes. Seb est de loin le bébé le plus calme de la maison. Lorsque Amy lui a demandé si elle ajoutait du whisky dans le biberon, elle lui a répondu :

— Je suppose qu'en tant que DJ je suis habituée à être tout le temps fatiguée. Ma sœur m'a dit un jour qu'élever un enfant était une question de routine, je fais donc toujours la même chose en boucle. C'est super chiant, mais on dirait que ça marche.

Quand Ben ne hurle pas, il vomit. Et, quand il ne vomit pas, il hurle. Lorsque Amy s'en est plainte à haute voix, elle a reçu des conseils très utiles de la part du public.

@allyal1984 Un seul mot, Amy – du scotch ! :))) #LODLA #mauvaisemere

@lovaboyv247 Tu as essayé de lui donner le sein ? À poil ! #LODLA #nichons

— Bon sang, les mecs sont vraiment tous répugnants, commente Gemma en passant devant l'écran, Bel dans les bras.

— Ed Sheeran a l'air gentil, objecte Amy en posant Ben pour aller aux toilettes.

— Et Benetton Cumbercross ! s'écrie Hattie depuis le couloir.

Amy s'apprête à la corriger, mais se reprend. C'est presque le bon nom. Presque.

Lorsque Amy revient dans la pièce, elle trouve Ben en train de pleurer par terre. Elle le ramasse et jette un regard inquiet à l'écran de commentaires. Sa gaffe n'est évidemment pas passée inaperçue.

@samirmu200 Ha ! Amy est débile. Je ne lui confierais pas mon poisson rouge ! #LODLA

@erina Tout le monde sait qu'on ne doit jamais laisser un bébé seul ! JAMAIS ! Je pensais qu'elle s'en tirerait mieux que ça... #LODLA

— Je me suis absentée une seconde ! Comment les mères font-elles pour pisser, bon sang ? Je ne vais pas aller aux toilettes avec lui, c'est trop bizarre, réplique-t-elle en emmenant Ben dans la chambre pour sa sieste du matin.

Après sept jours passés dans ce zoo humain, c'est devenu le moment de la journée qu'elle préfère, avec sa sieste de l'après-midi et la nuit. Elle commence à comprendre qu'elle ne sera jamais une Hattie, capable de jouer à « coucou, caché » pendant des heures avec Sophie. Ni une Lauren, qui répète les mêmes gestes à l'infini. Ni une Kathy, qui a consacré toute sa vie à des enfants qui finiront par la quitter quoi qu'il arrive.

Peut-être que la maternité n'est pas si géniale que ça.

Peut-être que tout le monde fait semblant.

Au moins, Amy n'en a pas trop pris pour son grade sur Le Mur à la suite de son erreur. Jackie, elle, s'attire les foudres du public pour la façon dont elle manipule Alice.

@frenchiefanatic2 Ce n'est pas une paire de baskets, espèce de connasse ! #jackie #LODLA

@candykan90 Maltraitance ! Prévenez les services d'aide à l'enfance ! #jackie #LODLA

— Qui modère ça ? demande Amy en revenant au salon, bien fort pour faire semblant de ne pas entendre Ben hurler dans la chambre. Ce genre de commentaire pourrait faire vriller quelqu'un.

— Les producteurs n'en ont rien à foutre, Amy, répond Jackie en lançant Alice en l'air comme un ballon. La seule chose qui les intéresse, c'est l'audimat. Si quelqu'un pète un plomb, c'est tout bénef.

— Tordus, commente Lauren en berçant Seb sur ses genoux.

— Amy ! Ben a besoin de quelque chose ! s'exclame Hattie depuis la chambre.

— Arrrghhh, gémit Amy, la tête entre les mains.

— Ça va ? s'inquiète Gemma. Tu veux que j'y aille ?

— Non, c'est bon, je suis juste fatiguée, répond-elle en frottant ses yeux rouges. Je suis la seule à haïr mon bébé ?

— La mienne est une grosse tête de nœud, rétorque Gemma en souriant. Pense à l'argent, Ames.

Lorsque Amy retrouve Ben, il est étendu dans une mare de vomi. Il lui tarde que ce petit con en plastique puant sorte de sa vie. Vivement que le défi soit terminé.

Quand elle revient au salon, Ben calé sur la hanche, des commentaires sur Le Mur attirent son attention.

@tonytalk65 Il faut qu'Amy se prenne en main et qu'elle s'achète une paire de couilles ! #lol #LODLA

— Beurk, c'est exactement le genre de commentaire que pourrait faire Jason, déclare Gemma. Mais il aurait fui à toutes jambes si je l'avais largué dans ce genre d'émission, même avec dix millions de livres à la clé. Il faut du cran pour rester ici.

@smashthepat Elle a déjà une paire de couilles : on appelle ça des ovaires. Tu n'es pas drôle @tonytalk65. #lesexismenestjamaisdrole #LODLA

@tonytalk65 Et voilà, c'est parti. Pourquoi les femmes sont-elles incapables de rire d'elles-mêmes ? Allez, détends-toi @smashthepat #lesfeministesnontaucunhumour #LODLA

@smashthepat On rira quand tu diras un truc drôle. Attention : pour être drôle il faut que ce soit intelligent. Ça risque de te poser problème @tonytalk65 #LODLA

@tonytalk65 C'est quoi ton problème @smashthepat, t'as tes règles ? Ou c'est juste la maladie de la vache folle ? #drôle #haha #LODLA

— Mais ferme-la, connard, marmonne Gemma.

Chapitre 12

— Il y a des tapis de yoga disposés en cercle dans le jardin, annonce Hattie un peu plus tard dans la journée, campée derrière la fenêtre, une tasse de thé à la main.

Les autres la rejoignent près de la porte-fenêtre, leur bébé sur une hanche, leur mug en main.

— Le yoga me fait péter, signale Lauren. Désolée d'avance.

Gemma éclate de rire et la prend dans ses bras.

— Tu es vraiment magique, ne change rien.

Diiiiiing dooooong.

Jackie sursaute brusquement et laisse tomber Alice.

— Merde ! (Elle se penche pour la ramasser et lui renverse du café bouillant sur la tête.) Merde, merde, merde ! bégaye-t-elle en essuyant d'un revers de manche le crâne du poupon.

Alice se met à pleurer.

— C'est la sonnette de la porte d'entrée ? demande Kathy.

Diiiiiing dooooong.

— J'arrive ! crie Hattie en faisant un geste en direction de la porte.

— Je m'occupe de ta fausse fille, Hatster, propose Jackie en posant sa tasse sur la table basse pour s'emparer du bras de Sophie, qui se déboîte aussitôt.

Hattie hurle, horrifiée.

— Oh ! putain, désolée, ma grande, déclare Jackie en riant avant de balancer Alice sur le canapé derrière elle. (La poupée se met à brailler en volant dans les airs.) Je suis naze pour ça, pas vrai ? L'instinct maternel, mon cul, conclut-elle en tirant la langue tout en rattachant le bras dans le mauvais sens.

Sophie ressemble à un zombie avec son bras déboîté, sa tête presque décapitée et son gémissement guttural.

Diiiiiing dooooong.

— Coucou ! Y a quelqu'un ? demande une voix assourdie.

Diiiiiing dooooong. Diiiiiing dooooong. Diiiiiing dooooong.

Hattie abandonne à contrecœur Zombie Sophie avec Jackie et se hâte vers la porte tandis que les autres se rassemblent dans le salon. Elles entendent la porte s'ouvrir, puis une voix familière leur parvient.

— Est-ce que c'est… Hugo Jones ? murmure Amy.

— On dirait bien, répond Gemma en levant les yeux au ciel et en s'affalant sur le canapé, Bel sur les genoux. C'est un vrai connard, je l'ai rencontré à une conférence d'influenceurs l'année dernière. Il a essayé de m'expliquer comment gagner des followers en utilisant le ciblage. Comme si je ne le savais pas. D'après lui, comment j'ai atteint 120 000 followers ? Un abruti fini.

— C'est le mec de médite ? demande Lauren.

Le fameux coach de pleine conscience Hugo Jones – ou HuJo – était devenu célèbre en inventant le #médite, un mouvement devenu viral l'année précédente. L'idée était de laisser tomber ce qu'on était en train de faire, de méditer pendant une minute, puis de le poster sur Instagram. HuJo avait réuni une énorme *fanbase* de gens assis en tailleur n'importe où, chez le marchand de journaux, les quais de train et – plus agaçant – dans les wagons du métro aux heures de pointe. Une fille avait même fait la une des médias en méditant pendant une minute lors d'un enterrement, avec sa famille en train de pleurer derrière elle. Depuis, il avait décroché une matinale télé hebdomadaire et une colonne quotidienne dans *Metro*. Et, quand il ne posait pas torse nu sur son toit terrasse qui surplombait Primrose Hill, il s'exhibait avec des pop stars sur les plages de Los Angeles.

Amy est trop gênée pour admettre qu'elle le suit, même si c'est de manière passive. *Pas maintenant, HuJo,* songe-t-elle chaque fois qu'elle croise sur son fil une de ses photos incitant à la minute de méditation.

Hattie revient en courant dans le salon, essoufflée.

— C'est... c'est...

Elle se penche et pose les mains sur ses genoux, haletante.

HuJo se glisse derrière elle, un matelas de yoga sous le bras.

— HuJo ! achève-t-il à sa place. Namasté, mesdames, dit-il d'une voix plus basse. Comment allons-nous cet après-midi ? Est-ce que vous vous sentez bénies ?

Il s'incline, les mains jointes, et son chignon haut rebondit et lui frappe le front. Amy a l'impression qu'il a une couille sur la tête.

Un chœur de bonjours peu enthousiastes lui répond.

— Oh ! mes chéries, on ne se sent pas reconnaissantes, aujourd'hui ? Pourquoi ces froncements de sourcils ? demande-t-il en les considérant une à une.

— Si, si, moi, si, répond Hattie en souriant.

Debout près de lui, elle le regarde avec une admiration béate.

— C'est bien, Hattie. Suivez-moi. Je vais vous rendre heureuses !

Une seconde plus tard, les bébés cessent brutalement de brailler tous en même temps.

— Bordel, t'es vraiment flippant, lâche Lauren en posant Seb, inerte, dans son berceau.

Les concurrentes s'installent sur les matelas étalés dans le jardin, et HuJo enlève son T-shirt. Se mettre torse nu pour une séance de pleine conscience paraît un peu superflu.

— Tout d'abord, mesdames, commence HuJo en cambrant le dos et en contractant les bras pour mettre en valeur ses muscles, merci d'être avec moi ici aujourd'hui.

Il ferme les yeux et inspire par le nez.

— On a le choix ? marmonne Gemma.

HuJo rouvre les yeux.

— C'est justement cette histoire de choix qui m'amène ici. Voulez-vous connaître l'une des plus grandes vérités de la vie ? On ne peut pas choisir ce qui nous arrive, mais on peut décider de notre façon de réagir. Aujourd'hui, les filles, je vais vous apprendre à cesser de réagir de manière disproportionnée. J'appelle ça « Garder son Calme ».

Il les regarde, dans l'attente d'une réaction. Il est déçu.

— Bon, quand je dis « garder son calme », d'après vous, qu'est-ce que j'entends par là ?

— Oh ! je sais ! Calme ta joie ! crie Hattie, tout excitée. J'ai un mug de Grumpy Cat avec cette citation.

— Moi, mon mug dit « Je bois les larmes de mes ennemis », répond Lauren.

HuJo ignore ostensiblement la conversation.

— Je rigole, c'est pas un mug mais un poster au-dessus de mon lit.

— Ce que j'entends par calme, c'est vraiment C. A. L. M. E. C pour Calme-toi avant d'agir, A pour Affiche un sourire, L pour Lâche prise, M pour tires-en le Meilleur et E pour Et tout ira bien. Être C. A. L. M. E. est la clé pour réagir à n'importe quelle situation avec le bon degré d'émotion. Surtout dans les relations. Il s'agit de discipliner votre esprit, de réguler votre humeur et de contrôler l'instinct naturel qui vous pousse à péter un plomb, les filles.

— N'importe quelle situation ? demande Jackie d'un air cynique.

— Absolument n'importe laquelle, affirme-t-il en se levant avant de marcher autour d'elles comme un prédateur encerclant sa proie.

Une fois parvenu derrière Jackie, il se penche pour lui masser les épaules. Elle se dégage aussitôt et pivote en lui lançant un regard meurtrier.

— Pardon, Jackie, mais tu as l'air vraiment à cran, peut-être à cause de la maternité ? Je voulais juste t'aider à te détendre. Désolé, j'aurais dû te prévenir.

Il s'accroupit près d'elle, beaucoup trop près.

— Le problème n'est pas de me prévenir, mec, mais de me demander la permission. Et la réponse est non et sera toujours non.

Elle s'éloigne de lui sans cesser de le foudroyer du regard.

HuJo acquiesce, se redresse et regagne son matelas.

— Cette réaction me permet de passer à la suite. J'ai créé C. A. L. M. E. pour les femmes, car votre cerveau fonctionne différemment du nôtre. Vous réagissez de façon excessive parce que c'est votre cœur qui répond, et non votre cerveau. Vous êtes trop émotives. En fait, vous êtes programmées pour ressentir de la peine, du stress, de la colère, de la contrariété et de la jalousie. Vous êtes programmées pour… dramatiser.

— On devrait se comporter comme des paillassons ? C'est ce que tu es en train de dire ? l'interrompt Jackie.

HuJo ferme les yeux, inspire lentement, puis exhale bruyamment par le nez.

— De nombreuses femmes m'ont remercié d'avoir sauvé leur couple. Tu veux bien me donner une chance de sauver le tien, Jackie ?

Hattie lève les bras.

— Tu es C. A. L. M. E. en ce moment ? demande-t-elle en se penchant en avant.

— Oui, Hattie. Tu vois ? Si j'avais réagi de manière excessive et crié sur Jackie, je n'aurais fait qu'empirer la situation.

Jackie croise les bras en soupirant.

— Maintenant, les filles, je vais vous demander de raconter une situation personnelle récente dans laquelle un partenaire vous a contrariée et d'expliquer comment vous avez réagi. Puis nous verrons ensemble s'il s'agit d'une réaction excessive, trop faible ou au contraire juste de votre part. Fermez les yeux, clarifiez vos idées, respirez et réfléchissez.

Amy ferme les paupières et pense à tout ce que Jamie faisait pour l'agacer.

Il matait les autres femmes et tournait ça à la rigolade au lieu de le cacher.

Il trouvait toujours du temps pour se rendre à la salle de sport, mais n'en avait jamais pour fréquenter sa famille.

Il ne l'invitait plus à boire un verre au pub avec ses amis.

Si elle prenait un biscuit, son regard suivait sa main et, si elle protestait, il s'énervait et prétendait qu'il se contentait de la taquiner.

Il lui demandait comment elle était devenue le sosie de Bob l'Éponge.

C'est comme le menu de Netflix : il y a tellement de choix qu'on ne sait plus sur quoi cliquer.

— Et si on commençait par toi, Hattie ? Raconte-nous une anecdote dans laquelle un petit ami t'a contrariée.

Hattie rougit et elle regarde les autres concurrentes.

— Il y a quelques mois, Dylan a lacéré tous mes vêtements moulants. Il m'a dit que j'étais trop grosse pour m'habiller comme ça et qu'il ne voulait pas que les gens me dévisagent. Il a prétendu que c'était pour mon bien, mais il y avait des fringues que j'adorais dans le tas. Des souvenirs. Il a même jeté la robe que je portais pour notre bal de promo.

Le groupe pousse un petit cri scandalisé.

— Quel *control freak* ! marmonne Gemma. Je lui aurais coupé la bite.

— Ce qui est évidemment une réaction excessive, Gemma. Qu'as-tu fait, Hattie ?

— Je me suis enfermée dans la salle de bains, je me suis couchée dans la baignoire et j'ai pleuré jusqu'à ce que je finisse par m'endormir. On n'a qu'une chambre. Le lendemain matin, je suis partie avant son réveil, je suis restée trois jours chez mes parents et je n'ai répondu à aucun de ses messages me suppliant de revenir. Et, quand j'ai fini par rentrer, j'ai fait comme s'il ne s'était rien passé.

— C'est aussi une réaction excessive. Dylan a mal agi, mais ta réponse n'était pas appropriée. Tu as fait un caprice et tu as boudé. C'était puéril, déclare HuJo en posant les mains à plat sur le matelas. Tu ne pourrais pas te permettre de faire ça si tu avais un vrai bébé, n'est-ce pas ?

— Mais, quand j'essaye de discuter, il se met dans des rages folles, répond Hattie. Ça m'effraye. Un jour, il a hurlé tellement fort que les voisins sont venus voir ce qui se passait. Il ne me laisse pas m'exprimer et il ne m'écoute jamais. Je n'arrive pas à m'imposer, je ne suis pas assez coriace. Alors, je laisse tomber.

— Je te conseille de ne pas répondre tout de suite. Attends qu'il se soit calmé, va te préparer un thé et laisse passer l'orage. Ça, ça aurait été la réaction C. A. L. M. E. au lieu de claquer la porte en boudant.

— Je n'ai pas claqué la porte, je me suis cachée comme une souris. C'est lui qui a hurlé en bas de l'escalier pendant une heure.

HuJo fait comme s'il n'avait rien entendu et se tourne vers Lauren, qui arrache des brins d'herbe en soupirant, l'air de s'ennuyer à périr.

— Lauren, et si on passait à toi ?

— Oh la la la ! répond-elle en s'allongeant à demi, appuyée sur les mains. Mon ex a pété un plomb quand il a découvert avec combien de personnes j'avais couché. Il a affirmé que les vraies femmes n'écartaient les cuisses pour personne et que je n'étais pas le genre de femme qu'on épouse et à qui on fait des enfants.

Un autre petit cri choqué de la part du groupe.

— Et maintenant, vous vous demandez toutes avec combien de personnes j'ai couché, pas vrai ? lance Lauren en riant.

Elles ricanent.

Amy aimerait bien ressembler à Lauren. Elle s'assume à

mort et a l'air de se ficher éperdument de ce que les autres pensent d'elle.

— Je lui ai répondu qu'il avait une petite bite et que c'était certainement pour ça qu'il n'avait couché qu'avec deux femmes. Et qu'il n'était pas le genre de mec qu'on épousait parce qu'il était nul au lit. Au fait, rappel et avertissement : il s'appelle DAVID DICKSON et il est ingénieur en informatique, dit-elle avec un clin d'œil en direction de la caméra. Je vous soutiens, les filles.

— Tu es fière de ta réaction, Lauren ? demande HuJo en toussotant, l'air embarrassé.

— Carrément, oui.

— Insulter quelqu'un en utilisant la taille de son pénis, c'est immature et c'est aussi contre-productif que claquer la porte en boudant comme l'a fait Hattie. Pourquoi mordre à l'hameçon ? Tu aurais dû sourire, t'excuser que ton passé rende votre relation impossible et sortir la tête haute.

— Donc, c'est à elle de s'excuser, d'accepter d'être traitée de salope et de tourner la page ? s'indigne Jackie. C'est des conneries. Lauren, j'aurais réagi exactement de la même façon que toi, c'était une réaction parfaitement normale. Et je te signale, HuJo, que tu veux nous apprendre à réagir au lieu d'apprendre aux mecs à ne pas se comporter comme des connards. J'ai comme l'impression que tu prends les choses à l'envers, pas vrai ?

Les colocataires marmonnent leur approbation et se tournent toutes vers HuJo, qui ignore leurs remarques.

— Les adultes parlent, les enfants font des caprices et insultent les autres. On est des adultes, pas vrai, les filles ? répond-il en ignorant royalement la remarque de Jackie.

— Nous ne sommes pas des robots ! Rester calme dans ces deux situations est impossible ! s'écrie Gemma. Comment sourire quand on se fait traiter de grosse salope ? On ne peut pas tourner les talons en disant : « Oh ! navrée que tu penses ça, je vais y aller ! »

— Bien, Gemma, à toi, déclare HuJo avec un sourire moins éclatant qu'au début. Qu'est-ce qui t'est arrivé ?

Gemma se penche en avant, les coudes sur les genoux.

— Un soir, j'étais tranquillement assise sur le canapé devant la télé et j'essayais de trouver le texte de mon post Instagram pour le selfie que j'avais pris avec un nouveau rouge à lèvres qu'une marque venait de m'envoyer. Soudain, Jason s'est tourné vers moi et il a pété un plomb sans aucune raison. Il m'a dit : « T'as pas entendu ce que je viens de dire ? » Et j'ai dit : « De quoi tu parles ? » Et il a dit : « Je veux une jardinière d'herbes aromatiques comme celle qu'on vient de voir dans l'émission. » Alors j'ai dit : « Oui pourquoi pas, on n'a qu'à en acheter une. » Je pensais que ma réponse lui ferait plaisir, mais il m'a fait la gueule jusqu'à ce qu'on aille se coucher. Une fois au lit, il a commencé à dire que mes followers comptaient plus que ma famille, que j'étais accro, que ce n'était bon ni pour moi ni pour nous. Il m'a dit que ma mère pensait la même chose. Que je ne pouvais pas m'éloigner de mon smartphone plus de deux secondes. Alors j'ai dit que c'était pas ma faute, que je recevais des milliers de notifications à la seconde et que je ne pouvais pas les ignorer : je suis obligée de répondre à mes followers sinon ils arrêteront de me suivre. Il a dit qu'il en avait ras le bol d'être ignoré et que mes amis en avaient plein le dos de me voir poser au lieu de profiter de leur compagnie chaque fois qu'on se voyait. J'ai répondu qu'il était peut-être juste jaloux parce que j'avais 120 000 followers. Il a dit qu'il n'en avait rien à foutre de mes followers, qu'ils en avaient tous marre de parler à quelqu'un qui avait toujours le nez sur son écran. Alors j'ai dit : « Ah oui, t'en as marre de tous les trucs gratuits qu'on m'envoie comme ce vélo d'appartement hors de prix ? » Il m'a tourné le dos en marmonnant que, si je postais le selfie avec le rouge à lèvres, alors ça voulait dire que je me moquais de ses sentiments et de notre couple. Je me suis sentie coupable, mais c'est mon boulot. Qu'est-ce que j'étais censée faire ?

Le groupe essaye de comprendre cette histoire confuse et ponctuée de « il a dit, j'ai dit ». Kathy rompt le silence.

— Et alors ? Tu l'as posté ?

— Ben oui, j'étais obligée, j'ai été payée pour ça. J'ai mis en légende que le rouge baiser m'avait donné envie de baiser. Et dans la nuit on s'est réconciliés.

Elle éclate de rire et cligne de l'œil.

— Tu n'avais donc pas l'intention de faire un compromis et de modifier en quoi que ce soit tes habitudes, même si ça le contrarie ? demande HuJo. Est-ce vraiment une leçon que tu voudrais transmettre à bébé Bel quand elle sera grande ?

— Je sais que je passe beaucoup de temps sur mon téléphone, reprend Gemma, mais je ne peux pas faire autrement, c'est ça qui paye les factures. Je ne me permettrais jamais de lui demander de ne pas aller bosser un matin ; c'est pareil sauf que mon job à moi ne s'arrête pas à 17 heures. Instagram ne marche pas comme ça. Et Jason aura le droit de venir chouiner quand il se passera des baskets gratuites et de tous les autres cadeaux.

Pour être honnête, Amy trouve qu'ils ont tous les deux raison. Jamie passait beaucoup plus de temps sur son téléphone depuis quelque temps. Et ça ne se limitait pas au fait de le garder avec lui quand ils étaient à table : il le faisait aussi quand ils couchaient ensemble. Au cas où il recevrait tel ou tel appel, disait-il. « Je dois montrer que je suis disponible non-stop ». Mais pourquoi aurait-il reçu des coups de fil à 21 heures un dimanche ?

Lorsque HuJo interroge Amy, elle raconte la fois où Jamie a accepté d'aller dîner chez Jane avant de se désister à la dernière minute en prétextant qu'il avait trop de travail. Amy s'y était rendue seule, comme d'habitude ; elle s'était retrouvée entourée de couples et elle l'avait excusé. Lorsqu'elle l'avait appelé en sortant, il n'avait pas décroché. Elle avait essayé une deuxième fois, en vain. Puis il lui avait téléphoné à 1 heure du matin : il était dans une boîte de nuit. Elle n'avait pas ouvert la bouche pendant tout le coup de fil tandis qu'il expliquait qu'il était en train de réseauter. Elle s'était contentée de lui envoyer dans la foulée un message lui disant qu'il était égoïste. Il n'avait jamais répondu. Jamais. Sans signe de lui le lendemain soir et comme elle savait qu'il avait lu le message – les deux traits bleus l'attestaient, merci la technologie –, elle s'était inquiétée : et s'il était tombé dans un fossé ou avait été agressé ? Elle l'avait appelé, et il avait décroché comme si de rien n'était en marmonnant qu'il avait la gueule de bois.

— Et il a même réussi à me convaincre de lui apporter à manger, un jus détox et du paracétamol. Je suis une vraie pigeonne. Et on n'a jamais parlé de mon message.

— Ta réaction était beaucoup trop faible, déclare Gemma. Je me serais pointée chez lui au petit matin et je lui aurais donné une bonne raison d'avoir la migraine.

Gemma se tourne vers HuJo qui ne dit rien.

— Je ne voulais pas avoir l'air exigeante, explique Amy. Je ne voulais pas qu'il croie que ça me blessait.

— Et c'est à ça que sert C. A. L. M. E. Je trouve que ta réaction était appropriée, eu égard aux circonstances. Tu lui as dit ce que tu ressentais avec ton message et ensuite tu as lâché l'affaire. Et, en lui rendant service le lendemain, tu t'es comportée comme une adulte.

— Ou une carpette ! intervient Jackie. Ne le prends pas mal, Amy, mais ta réaction était une invitation à recommencer quand il voulait.

— Jamie aurait dû remercier sa bonne étoile d'avoir une petite amie comme toi et pas comme moi, ajoute Gemma.

— Amy, combien de temps es-tu restée avec Jamie après ça ? demande HuJo.

— Dix-huit mois.

— Exactement.

Jackie articule silencieusement *Non mais c'est quoi ce mec ?* à l'intention du reste du groupe.

À la fin de la séance, pendant laquelle il n'a convaincu personne, HuJo distribue des bracelets C. A. L. M. E.

— Souvenez-vous, les filles, si vous vous retrouvez dans une situation sensible, jetez un coup d'œil à votre bracelet et obligez-vous à ne pas dramatiser. (Il les dévisage.) Et n'oubliez pas qu'on vous regarde : plus vous serez calmes, plus vous engrangerez de points.

Personne ne répond. Personne n'enfile son bracelet. Et le soir, après quelques verres de prosecco pour fêter le départ des bébés de l'horreur, le mantra est récrit par une Jackie un peu pompette.

Casse-toi de cette émission
Apprends à t'aimer
Laisse tomber ce que pensent les autres : on s'en tape
Mets-toi en haut de ta liste : tu passes en priorité
Écoute tes désirs

Les colocataires dînent tôt – du poulet, de la salade sans sauce et du chou-fleur râpé qui ressemble à du riz.

— C'est du keto ! explique Gemma, tout en présentant sa spécialité aux autres.

— C'est moi, murmure Jackie à Amy en prenant soin que personne d'autre ne puisse entendre, ou ce chou-fleur a un goût de basket qui pue ?

Elles éclatent de rire, puis se taisent lorsque Gemma revient, ravie d'avoir préparé le dîner.

— Est-ce que quelqu'un est triste que les bébés soient partis ? demande Hattie.

— NON ! répondent les candidates à l'unisson.

Diiiiiing doooong.

Les colocataires échangent un regard, perplexes.

— J'espère que c'est le livreur de pizzas ! s'écrie Jackie en se levant pour aller ouvrir.

— C'est pas sympa ! proteste Gemma.

Jackie ouvre la porte en riant. Les autres la regardent depuis la table de la salle à manger. Une femme menue avec des cheveux jusqu'aux épaules entre dans la maison, la main tendue.

— Bonjour, Jackie. Je m'appelle Flick. Je suis la concurrente numéro sept.

SEMAINE 2

Chapitre 13

Felicity Brimble, ou Flick pour les intimes, a un teint lumineux, des cheveux blonds soyeux et parfaitement brushés, des yeux étincelants et une taille aussi épaisse que la cuisse gauche d'Amy. Il est à peine 8 h 30 du matin, et on dirait un mannequin miniature : manucure impeccable, petite robe noire à manches longues, escarpins couleur chair, une touche de blush, un peu de mascara et une trace de gloss.

L'arrivée de Flick la veille au soir a été étrangement calme. C'est comme si elle était contente d'être là. Il n'y a pas eu de drame ou de larmes. Elle s'est présentée rapidement, a rangé ses vêtements immaculés et parfaitement pliés dans son placard, puis elle s'est douchée et couchée avec un masque hydratant. Même si les colocataires ont trouvé ça bizarre, elles ont été plutôt soulagées de rester entre elles pour célébrer le départ de bébés brailleurs et leur première nuit ininterrompue.

Ce matin, Flick traverse le salon en trottinant et s'assied de côté sur le canapé, les jambes étroitement croisées. Amy remarque qu'elle n'a absolument pas de cellulite et elle déplace subtilement un coussin pour dissimuler ses propres cuisses.

— Je n'arrive pas à croire que j'ai manqué la première

semaine de l'émission ! s'exclame Flick en repoussant ses cheveux derrière ses épaules et en dévoilant des dents blanches et alignées comme celles d'une star de cinéma.

— Je n'arrive pas à croire que tu as trente-quatre ans, répond Kathy. Je te donne au maximum vingt et un !

Flick rougit légèrement sous le compliment.

— Tu exagères, Kathy, mais merci !

— Est-ce que tu te maquilles toute seule ? demande Gemma en scrutant le visage de Flick. Comment tu arrives à avoir des sourcils aussi bien dessinés ? C'est quoi ton secret ?

— Des heures de pratique, ma chère. Je suis un peu perfectionniste, confie Flick à voix basse.

Amy a du mal à détourner les yeux de la nouvelle ; elle est un peu impressionnée, mais aussi soupçonneuse. Flick s'est fait larguer moins de douze heures auparavant. En public. Où sont le visage rouge et gonflé et les torrents de larmes ? La seule émotion un peu forte qui a traversé son regard c'est la surprise lorsque Lauren a roté un peu plus tôt dans la cuisine.

— Euh, répond Jackie en riant tout en escaladant le dossier du canapé pour se laisser glisser de l'autre côté. Tu te rends compte que tu es dans *Les Oubliées de l'Amour*, n'est-ce pas ? La pire émission de téléréalité du monde ? Tu as plutôt de la chance d'avoir échappé à la première semaine.

— Quoi ? Mais je l'adore ! proteste Flick en souriant. Je vous regarde tous les jours depuis le début.

— Tu as posé une semaine de congés ou bien ? demande Amy.

— Non, je bosse chez moi. Vous m'avez tenu compagnie.

Tu sais, Amy, tu devrais vraiment arrêter de te ronger les ongles, dit-elle en riant tout en agitant l'index.

Amy glousse à son tour pour ne pas vexer Flick.

— Qu'est-ce que tu fais dans la vie ? demande Kathy.

— Voyons voir, répond-elle en jouant avec ses cheveux. Je suis cuisinière, femme de ménage, jardinière, secrétaire, décoratrice d'intérieur, comptable, infirmière, psy, chauffeuse. (Elle sourit et les considère.) Je suis en quelque sorte mère au foyer.

— Avec tous ces jobs, tu dois gagner une fortune, crie Jackie en s'éloignant vers la cuisine.

— J'étais mère au foyer de deux enfants, déclare Kathy en riant. Mauvais karma !

— Mauvais karma ? répète Flick en se tournant vers elle, l'air inquiet. Comment ça ?

Kathy est surprise.

— Pas vraiment. Désolée, je plaisantais.

— Quel âge ont tes enfants ? demande Amy pour changer de sujet et, avec un peu de chance, détendre l'atmosphère.

— Eh bien, réplique Flick en baissant les yeux. C'est pour ça que j'ai dit « en quelque sorte ». Je n'ai pas d'enfants. Pas encore. J'y travaille ! affirme-t-elle en levant les yeux avec un sourire.

— Qui veut un mimosa ? propose Jackie en revenant avec un plateau de flûtes remplies de prosecco et une brique de jus d'orange.

— Juste un jus pour moi, merci, dit Flick.

Les autres échangent un regard surpris.

— Tu vas avoir besoin de boire ici, affirme Jackie avec un sourire tout en secouant la tête. C'est la seule manière de survivre, dit-elle en remplissant une flûte de jus de fruits.

— Non, ça ira, répond Flick. Je ne bois pas beaucoup.

Lauren se sert à son tour, puis lui demande :

— Allez, Flick, dis-nous-en plus sur l'enfoiré qui t'a larguée ici.

— Oh non, il n'est pas du tout ce genre d'homme. En fait, je suis toujours en couple. Il s'appelle Simon, et on est ensemble depuis quatre ans. On s'est rencontrés dans mon ancien travail. Je suis pédiatre, enfin j'étais pédiatre. J'ai vu l'annonce pour l'émission dans *Real Men* et j'ai décidé de postuler. Je voudrais qu'on m'aide à m'améliorer.

— Je croyais que l'idée, c'était de réunir des nanas qui venaient de se faire larguer, remarque Kathy en échangeant un regard étonné avec les autres concurrentes.

Elles sont toutes perplexes.

— C'est ce qu'on m'a répondu quand j'ai postulé, explique Flick. Mais on m'a rappelée il y a quelques jours. Ils m'ont dit qu'ils avaient changé d'avis et que ce serait marrant de vous faire un coup bas, une semaine après le début de l'émission. Et me voilà. Je suis un coup bas !

— Pourquoi tu lis *Real Men* ? demande Gemma en plissant le nez.

— Je le lis tout le temps. Ça m'aide à comprendre ce que veulent les hommes. L'autre jour, il y avait un article expliquant qu'ils détestent les femmes trop maquillées, déclare-t-elle en observant les lèvres roses et les sourcils crayonnés de Gemma.

— Ouais, perso je préfère m'en tenir à *Cosmo*, réplique Gemma.

— Flick, intervient Jackie, l'air préoccupé, tu te rends compte que cette émission est atroce, n'est-ce pas ? Tu as compris qu'elle était écrite par une bande de mecs qui veulent nous laver le cerveau et nous faire croire qu'on a besoin de s'améliorer ?

Flick la dévisage en silence pendant quelques instants, puis elle sourit.

— Attention, Jackie, les hommes détestent les femmes qui se prétendent féministes. Et puis je suis certaine qu'on peut tous s'améliorer. Si j'étais célibataire, je me sentirais très chanceuse d'être ici. *Les Oubliées de l'Amour* va vous donner à toutes la possibilité de trouver – et de garder – un homme bien, comme mon Simon.

— Je ne suis pas certaine d'en avoir envie, déclare Jackie.

— Pourquoi es-tu là, alors ? demande Flick.

— Parce que ça me fait marrer, bien sûr.

— Dis-moi, Flick, reprend Kathy. Qu'est-ce qui t'occupe autant chez toi, si vous n'êtes que tous les deux ?

— J'ai arrêté de travailler pour sauver notre couple. Même si Simon et moi travaillions ensemble, on avait des horaires très lourds et on bossait tous les week-ends. On ne mangeait jamais ensemble, on se croisait juste le matin et le soir, on se saluait vaguement dans les couloirs devant les salles d'opération. Quand on passait du temps ensemble, on discutait de points administratifs ennuyeux ou des travaux à faire à la maison. Quel est l'intérêt d'être en couple si on ne fait jamais rien d'intéressant ensemble ?

— Ça me paraît être la relation idéale, au contraire, plaisante Amy en espérant que Jamie l'entendra.

— Je détestais ça. Depuis que je ne travaille plus, on parle de nous et pas des réparations à effectuer parce que je m'en suis déjà chargée. On ne pourrait pas être plus heureux.

— Ça a l'air, ouais..., grince ironiquement Lauren.

— Pourquoi c'est toi qui restes à la maison, et pas Simon ? demande Jackie.

— La clinique a été toute ma vie, nuit et jour, pendant

cinq ans. Il me tardait de faire un break et de me consacrer à autre chose pendant un temps, répond-elle en souriant.

— Être mère ou épouse ou petite amie au foyer, c'est bien, si c'est ce que tu veux, ajoute Kathy. Tant que tu ne mets pas tous tes œufs dans le même panier, crois-moi. Et tant que Simon ne te traite pas comme sa bonniche.

Elle descend le reste de son mimosa et agite son verre en direction de Jackie pour lui signifier qu'elle en veut un deuxième.

— Simon travaille dur pour nous faire vivre tous les deux, se défend Flick. Le moins que je puisse faire, c'est de cuisiner et de faire le ménage. Je ne crois pas que ce soit trop demander. Si ça le rend heureux, alors ça me rend heureuse.

— C'est bien ça le problème, Flick, rétorque Kathy. Tu travailles dur pour le soutenir, n'est-ce pas ? Mais la différence, c'est que toi tu n'es pas payée.

Amy sent son cœur s'accélérer ; elle lâche la question qui lui brûle les lèvres :

— Mais, Flick, qu'est-ce que tu fais ici ? Tu as dit que tu avais besoin de t'améliorer mais aussi que Simon et toi ne pouviez pas être plus heureux. Du coup, quel est l'intérêt ? Comment ton couple peut-il être parfait si tu te retrouves ici avec nous ?

— C'est vrai que ce n'est pas très juste par rapport à celles qui se sont fait larguer, précise Hattie.

— J'ai dit que nous ne pouvions pas être plus heureux, pas que nous étions parfaits. Un couple, c'est un travail permanent, affirme Flick en haussant les épaules. Pourquoi vous êtes là, vous ? Si c'est seulement pour l'argent et la gloire, ce n'est pas juste non plus. J'ai l'impression qu'aucune de vous ne prend cette émission au sérieux. Vous restez assises là à dire du mal des hommes, à saboter les défis et à refuser d'admettre que vous avez des défauts.

— On a chacune nos raisons de rester ici, mais on veut aussi montrer à tout le monde que les femmes subissent une pression et une surveillance permanentes, réplique Amy en faisant de son mieux pour paraître aussi calme que Flick. Cela étant, si ton but dans la vie c'est d'être la parfaite femme au foyer des années 1950, c'est ton choix.

Amy soupire et se tourne vers les autres, à la recherche de soutien.

— C'est exactement ça. C'est mon choix. (Flick baisse les yeux.) Et je suis heureuse.

— Oui, tu n'arrêtes pas de le répéter.

— Donc, si tu gagnes, poursuit Jackie, Simon décrochera un million de livres ?

— Non, *nous* décrocherons un million de livres.

— Eh bien, conclut Jackie en souriant, on dirait qu'il a la situation bien en main.

Chapitre 14

Amy n'a certainement pas été la meilleure fausse mère, mais elle n'a pas non plus été la pire. Jackie a probablement raflé le titre quand elle a foncé dans le jardin pour balancer Alice dans la piscine afin de faire taire les hurlements de celle-ci avant de retourner cuisiner tranquillement. Lauren s'est rapprochée pour empêcher le drame, mais c'était déjà trop tard. Alice n'a plus jamais pleuré après ça. Hattie a proposé d'organiser un enterrement, mais Jackie lui a signalé qu'elle comptait tester la cryogénisation en casant feu bébé Alice dans le congélateur à côté du frozen yogurt zéro pour cent.

Plus de vomi à essuyer, plus de biberons, plus de couches, plus de lecture ni de comptines, plus besoin d'avoir peur de le tuer ni de se sentir bête chaque fois que les téléspectateurs se moquent d'elle.

Durant le défi *Oh My Baby !* les commentaires les plus cruels ont toujours émané de parents qui avaient l'air de passer leur temps à les scruter et les juger. Quoi que les colocataires fassent, il y en avait toujours un pour être « complètement choqué » et ravi de leur dire qu'elles s'y prenaient comme des manches. Comme le commentaire ce matin.

@mamofchampions Quelle demeurée poserait un bébé sur le plan de travail pour se préparer un thé ? #amy #LODLA

— Bel exemple pour vos enfants, mam machin ! J'espère que vous aimerez aller leur rendre visite en prison quand ils seront plus grands, avait crié Amy en retour.

Une mini-dispute avec Flick et voilà qu'elle remettait à sa place par écran interposé @mamofchampions. D'habitude, Amy n'est pas aussi rebelle, surtout quand il n'y a pas la barrière virtuelle pour protéger son anonymat. Peut-être que Gemma, Jackie et Lauren déteignent sur elle. Dans tous les cas, ça lui plaît.

Se retrouver projetée dans le monde très concurrentiel des parents est une des peurs qu'éprouve Amy concernant la maternité. Elle a déjà été exposée à ce genre d'horreur lors d'un des cafés matinaux de Jane auquel elle avait été invitée, pensant, à tort, qu'elles ne seraient que toutes les deux. La présence des jumeaux était déjà suffisamment pénible, mais toutes ses copines des cours d'accouchement les avaient rejointes. Elles étaient tellement bruyantes qu'elles avaient fait fuir les autres clients. Pendant deux heures, ça avait été à qui braille le plus fort pour se vanter des réussites de Roo, Delilah et Zebedee, leurs informes bébés couinant de six mois. Elle se souvient être restée assise là, ignorée des autres, à se demander pourquoi elles ne se montraient pas plus encourageantes les unes avec les autres au lieu de s'engager dans cette compétition puérile. On voyait bien qu'elles en bavaient toutes. L'épuisement se lisait dans leurs regards, et leurs sourires forcés ne trompaient pas. Mais personne ne voulait admettre que c'était dur. Parce que l'admettre, ce serait passer pour une mauvaise mère.

Une de ses collègues avait fait une apparition au bureau avec son nouveau-né le mois dernier, et Amy s'était sentie obligée de s'extasier devant la progéniture. Sa collègue n'était pas une Jane et elle s'était montrée sincère ; elle avait raconté à Amy qu'elle n'avait pas fermé l'œil depuis deux semaines, qu'elle tournait en rond chez elle et qu'elle avait peur d'avoir fait une énorme erreur. Que la maternité était une terrible déception et qu'elle devait résister le plus longtemps possible. Puis elle avait confié son bébé à Amy pendant une durée anormalement longue tandis qu'elle bavardait avec les autres ; le bébé avait vomi sur chacune de ses épaules et lui avait fracassé les deux tympans.

Amy jette un coup d'œil à Flick, qui regarde par la fenêtre d'un air abattu depuis quelques minutes.

— Tout va bien ? demande Amy.

— Oui. Je suis juste triste d'avoir raté le défi bébé, c'est la seule chose que je voulais vraiment faire. Vous avez tellement de chance d'avoir vécu ça, les filles.

— Ne t'inquiète pas, ici tout est possible. S'il le faut, ils vont revenir. Comme dans un film d'horreur.

— J'espère. J'adorerais voir comment Simon réagirait. Moi avec un bébé…

Les autres concurrentes les rejoignent sur le canapé. Tout le monde a l'air soulagé, même celles qui ont plongé dans la maternité corps et âme.

L'écran s'allume, et le générique démarre.

« OUIIIIIIIINNNNNN, OUIIIIIIIIIINNNNN ! »

— Bonsoir, appétissantes mamans ! Je parie que ce son ne vous manquera pas, pas vrai ? hurle Adam en surgissant derrière un membre du public avant de courir le long de l'allée, une couche géante à la main, tandis que la foule hurle de rire.

— C'est vraiment un connard, marmonne Lauren alors qu'Adam saute sur son fauteuil devant les six berceaux.

— Quel premier défi, mesdames et messieurs ! On a poussé nos candidates tout droit dans les affres obscures de la maternité pendant quatre jours et si, pour certaines, ce fut du gâteau...

Images de Kathy en train d'endormir Ruth en lui chantant une chanson, suivies des « aaaaah » attendris du public.

— ... pour d'autres, ce ne fut pas une partie de plaisir !

Images de Jackie en train de ranger Alice dans le congélateur sur la musique de *Psychose.*

— Pour analyser avec nous le comportement de nos candidates au cours de ce défi, nous accueillons ce soir le célèbre pédiatre Dr Michael Macpherson et Clarissa Fenton-Brown, l'autrice de *Mère Nature,* le guide moderne de la parentalité traditionnelle !

Les deux invités font leur entrée sous les applaudissements nourris du public, examinent les berceaux avec un mélange d'admiration et de dégoût, puis s'installent sur le canapé.

— Dr Mike et Clarissa F-B, dites-nous ce qu'on a hâte d'entendre. Quelles ont été les meilleures et les pires mères cette semaine ?

— Le titre de la pire mère s'est joué à un cheveu entre Jackie et Gemma, répond Dr Mike sous sa moustache blanche. Les femmes naissent naturellement avec l'instinct maternel, c'est ainsi qu'elles sont faites, peu importe ce qu'elles disent.

— Pas moi, Dr Moustache-de-mes-fesses ! crie Jackie à l'écran.

— Cela étant dit, j'ai de sérieux doutes concernant les capacités de certaines femmes, continue-t-il. La couronne de la honte revient à Jackie. C'est la pire mère de la semaine et probablement la pire mère tout court. Non seulement elle a tué Alice et l'a fourrée dans le congélateur, mais en plus elle a cassé le bras de la pauvre Sophie. C'était très éprouvant à voir.

Il secoue la tête, et sa moustache s'agite.

— Je suis d'accord avec Dr Mike, intervient Clarissa. Son comportement est effroyable. Et c'est dommage pour Hattie, qui s'en tirait très bien jusque-là. Elle avait mis en place une excellente routine.

Hattie rayonne.

— Bravo, Hattie ! s'écrie Gemma en lui donnant une tape dans le dos.

— Pourquoi est-ce que les gens n'arrivent pas à comprendre que ce n'est qu'une poupée, bon sang ! s'exclame Jackie en riant.

— Allons, Jackie, tu sais très bien que ça n'a jamais été le cas. C'était beaucoup plus important que ça, affirme Flick en battant des cils devant une Jackie sidérée avant de reporter son attention sur l'écran en sirotant lentement sa tisane au citron.

— Que pensez-vous de la seule véritable mère du groupe, Kathy ? Dr Mike ?

— Ruth est en excellente santé, glousse-t-il. Sa tension est parfaite, elle rayonne et n'a pas une égratignure. Un magnifique bébé. Bravo à la maman. Excellent travail.

— Kathy n'aurait pas pu se montrer plus patiente ni plus professionnelle. Mais je ne peux pas lui décerner tous les points. Regardez ça, Adam, déclare Clarissa en désignant l'écran géant.

Des images granuleuses de Kathy en train de bercer Ruth apparaissent sur l'écran. La caméra zoome : Kathy essuie les larmes qui coulent sur ses joues.

Les colocataires se tournent toutes vers Kathy qui secoue la tête.

— Ce n'était rien, j'étais juste fatiguée. Comme nous toutes.

— Que voulez-vous dire, Clar ? demande Adam en lui tendant le micro.

— Les bébés sont des éponges, Adam. Ils absorbent les émotions négatives, le stress, la pression psychologique. Kathy n'aurait pas dû pleurer en présence du bébé. Mères, c'est à vous que je m'adresse – si vous sentez monter les larmes, éloignez-vous et cachez-vous. La maternité est un job difficile, mais c'est le vôtre. Vous l'avez accepté. C'est la plus grande responsabilité qui vous incombera jamais. Utilisez votre légendaire flegme britannique.

— Et comment Amy s'en est-elle tirée ? Clarissa ?

— Amy est une nouvelle mère typique. Elle ne sait pas s'y prendre, mais elle s'est montrée gentille. Elle l'a trop nourri, trop fait dormir, et n'a mis en place aucune routine. Pas étonnant qu'elle se soit plainte d'être fatiguée. Amy a le potentiel pour être une bonne mère, mais elle devra apprendre en quoi ça consiste avant de faire un enfant, déclare Clarissa en lançant un regard sévère en direction de la caméra.

— Évidemment que je ne sais pas m'y prendre, je ne me suis jamais occupée d'un bébé de ma vie ! proteste Amy.

— Ignore-les, ma puce, la console Gemma en lui tapotant la jambe. Tu t'en es super bien tirée.

— Il ne me reste plus qu'une question à poser, poursuit Adam. Qui est la meilleure maman ? Notre mère de la semaine ?

Radieux, Dr Mike se lève pour aller prendre Seb dans son berceau.

— Le petit Seb est en pleine forme. Lauren dit qu'elle n'a jamais fait ça de sa vie, donc c'est un talent inné chez elle. Cette fille doit absolument se trouver un partenaire pour rendre service au monde, dit-il, l'œil brillant.

— Je ne suis pas du bétail, espèce de vieux pervers ! crie Lauren en direction de l'écran.

— Remarque intéressante, docteur, répond Adam. Clar ?

— Je suis d'accord avec lui. Une maternité sans fautes du début à la fin. Lauren s'en est tenue à sa routine, elle a nourri Seb exactement comme il le fallait, elle était là quand c'était nécessaire mais sans trop le couver. Ce sera une mère fantastique !

— C'est peut-être ce que tu crois, Clar, mais je préférerais me crever un œil. Une nuit de baby-sitting par mois me suffit largement.

Le public pousse des hurlements de joie lorsque Adam lance Seb en l'air et que Dr Mike se précipite pour le rattraper.

— Mesdames et messieurs, crie Adam dans le micro, je suis ravi de vous annoncer que nous avons notre gagnante pour le défi maternité ! C'est la légendaire Lauren !

— Bravo ! D'après toi, quel est le prix ? demande Gemma.

— Une bouteille de vodka, ça serait sympa, répond Lauren en regardant l'écran. Et peut-être un message vocal pour dire à David que je ferais une excellente mère.

— Ou un panneau lumineux géant devant son bureau, ajoute Amy.

— N'oublie pas de mentionner son micro-pénis, plaisante Kathy.

— Tu as raison, ce serait injuste de ne pas prévenir l'ensemble de la population féminine.

Lorsque la récompense arrive, elles ont du mal à se retenir de rire.

— Ils se foutent de nous, non ? demande Lauren,

impassible, en brandissant le bon d'achat de mille livres chez une marque d'articles de puériculture.

— Je le prends ! s'exclame Flick avec enthousiasme.

Flick est la coqueluche du Mur.

D'un côté, elle suscite la fureur de certains internautes parce qu'elle encourage une vision de la femme datée et très genrée.

@emilyg238 Un petit pas pour l'homme, un immense pas en arrière pour la femme. Merci beaucoup Flick, t'es vraiment une attardée de haut niveau #LODLA

@alicedecker94 Je suis une femme et ma place EST dans la cuisine. Les pieds sous la table. À attendre que mon mec me prépare un sandwich. #LODLA

Mais, de l'autre, elle a aussi regroupé de nombreux soutiens.

@oldbarrymorgan Ma mère adorait sa cuisine ! Enfance heureuse ! Mariée depuis 50 ans ! #LODLA

Le hashtag #teamflick commence à prendre sur Twitter, et certains envisagent de faire des T-shirts avec des slogans différents.

FLICK EST L'AVENIR.

JE SOUTIENS FLICK.

SOYEZ PLUS COMME FLICK.

Amy est épuisée par le débat entre l'écran et le canapé et elle n'a qu'une envie : être seule. Elle renonce à dîner avec les autres et prend une douche suivie d'une séance de chouchoutage personnel ; la salle de bains apparaît comme la seule échappatoire. Là-bas, pas de caméras ; et les bruits du salon sont filtrés par le dortoir qui se trouve entre les deux pièces.

Le visage dissimulé par un masque qui lui donne l'air d'un yéti, elle se tartine de lait pour le corps, puis s'enferme dans les toilettes avec un miroir et une pince à épiler. Ses poils sur le menton ont repoussé, et elle n'a aucune envie qu'ils deviennent une source de commentaires sur Le Mur.

Une fois couchée, elle entend les autres concurrentes poursuivre leur conversation après le dîner et répondre agressivement à tous les commentaires. Elle se sent coupable de ne pas y participer pour défendre la cause, mais elle est fatiguée et elle a eu assez d'émotions pour la journée.

Alors que le sommeil l'emporte lentement, la porte de la chambre s'ouvre, et des pas lents traversent la pièce en direction de la chambre. Elle ouvre un œil et aperçoit Flick en train de pleurer silencieusement, assise sur le sol de la salle de bains – elle ne s'est pas rendu compte que la porte est entrouverte. Lorsqu'elle voit dans le reflet du miroir qu'Amy la regarde, elle sursaute. Elle se lève, lisse sa jupe et ferme la porte sans un mot.

Chapitre 15

— Toc toc ! Je me suis dit que tu aimerais boire une tasse de thé, dit Flick sur le seuil de la chambre le lendemain matin.

Amy se redresse brusquement et se frotte les yeux. Quand sa vision s'ajuste et qu'elle remarque les lits vides, elle est soudainement gênée d'être la dernière à se lever. Elle se passe les doigts dans les cheveux en se demandant si Flick a envie de lui parler de ce qu'elle éprouve. Amy ne se sent pas vraiment qualifiée pour lui donner des conseils, mais elle peut lui proposer une solution concrète comme « Arrête de lire les commentaires sur Le Mur » ou juste une épaule pour pleurer et une oreille pour se plaindre.

— J'ai préparé à tout le monde des toasts et des œufs brouillés. Je te laisse les tiens au chaud ? demande-t-elle en pressant la main d'Amy.

Elle fait comme s'il ne s'était rien passé la veille.

— Merci, j'arrive dans une minute, répond Amy en se levant et en se dépêchant de faire son lit.

— Je peux te montrer une astuce ? demande Flick.

— Bien sûr.

Flick trottine vers son lit de l'autre côté du dortoir et sort un spray d'une boîte glissée dessous.

— Tu connais Amanda Jackson, de *The Wife House* ? C'est une de ses astuces, explique-t-elle en souriant. De l'eau infusée à la lavande. L'eau aide à enlever les plis, et la lavande donne aux draps une senteur douce et apaisante qui aide à trouver le sommeil.

— Pourquoi tu as apporté ça avec toi ?

— J'aime utiliser mes propres produits ménagers. Regarde bien.

Elle vaporise les draps, puis les tire fermement, les rabat sous le matelas et passe la main dessus pour effacer les plis. Puis elle s'arrête pour admirer son travail, l'air positivement ravi.

— Merci, dit Amy avec un demi-sourire. Ça te dirait de faire ça tous les matins ?

— Ha ! tu vois, Amy ? Être amie avec une femme au foyer des années 1950, ça a du bon, finalement, non ?

Une fois douchée, Amy retrouve les filles installées sur le canapé, les yeux rivés sur Le Mur comme si elles avaient passé toute la nuit là. Hattie, le nez quasiment collé à l'écran, se ronge les ongles, Jackie et Gemma jouent à la guerre des pouces sur le canapé, et Kathy essaye désespérément d'éviter que leurs grands gestes renversent son café. Amy a l'impression d'être en train de faire un drôle de rêve et elle se frotte les yeux pour être sûre qu'elle est bien réveillée. Sa vie ressemble à ça à présent. Prendre son petit déjeuner avec une bande de quasi-inconnues sous la surveillance de spectateurs qui lui rappellent constamment si ce qu'elle fait est bien ou non. Elle plisse les yeux. Elle flotte toujours au milieu du classement sur Le Traqueur.

Flick dépose une assiette d'œufs brouillés sur la table avant de s'asseoir en face d'elle. Lorsque Amy se rend compte que Flick compte bien la regarder manger, elle se hâte d'engloutir son petit déjeuner. Les œufs sont délicieux, mais ce n'est guère étonnant de la part d'une femme qui vit dans sa cuisine, si ?

— Fabuleux, merci.

— J'y ajoute du maïs et du persil. C'est la recette préférée de Simon, répond-elle en souriant.

— Il a bien de la chance.

Amy commence à comprendre que la mission de Flick sur Terre est de s'occuper des autres. De médecin, elle est devenue une mère sans enfants. C'est sympa mais un peu étouffant.

Diiiing doooong.

— Oooooh ! s'écrie Gemma en bondissant du canapé pour aller ouvrir.

Les colocataires se lèvent et se dirigent vers le couloir pour voir ce qui se trame.

Gemma ouvre la porte, et des salutations excitées s'élèvent.

— SALUT ! ! ! !

— Coucou, les filles !

— Oh la la la !

— Waouh !

Toute une troupe se rue dans la maison, équipée de ceintures à maquillage, en tirant des valises derrière elle. Amy les connaît tous et elle sourit, radieuse, pour la première fois depuis des jours.

— Bon sang, c'est de la folie ! crie Gemma en faisant des bonds comme un chiot excité. (Elle se précipite de nouveau vers les invités qu'elle embrasse un par un.) Je n'arrive pas à y croire, je vous aime tellement !

— Hello, les filles ! les salue Katie Carroway, la star et directrice de *La Brigade de l'École de Beauté*, l'émission de téléréalité où des étudiants en cosmétique s'affrontent pour relooker des mères débordées qui « ont perdu leur charme naturel ». Elle attend que l'excitation retombe un peu avant de s'exhiber devant la caméra dans sa veste militaire kaki, ses leggings en cuir et des bottines rouges. Son carré argenté reconnaissable entre mille étincelle sous son béret rouge.

— Voyons voir ce que nous avons là, annonce Katie en se dirigeant vers les concurrentes qu'elle examine une par une.

Elle s'immobilise devant Hattie et passe les doigts sur ses tempes en secouant la tête d'un air désapprobateur.

— Oh ! non, ça ne va pas le faire du tout. Il faut tout changer, mesdames ! Vous avez besoin d'un gros ravalement de façade mais, soyez rassurées, c'est pour ça que nous sommes là. Nous sommes l'équipe officielle du glamour de *Les Oubliées de l'Amour* !

Elle monte l'escalier pour s'adresser à toutes les colocataires sous les applaudissements de ses étudiants.

— Mesdames, mesdames, mesdames ! (Elle les dévisage en agitant l'index dans tous les sens.) Ou devrais-je dire Mes paresseuses, mes paresseuses, mes paresseuses ? Car c'est bien ce que vous êtes. J'en ai marre des femmes qui lâchent l'affaire dès qu'elles ont passé la trentaine. La beauté est un investissement à long terme sur vous-même. Sur votre confiance. Votre vie amoureuse, si vous souhaitez en avoir une. Mais c'est aussi un engagement. Quand je vous regarde, j'ai envie de pleurer.

Amy se retient d'éclater de rire en voyant Gemma bouche bée, l'air offensé.

— Savez-vous ce que je vois ? poursuit Katie. Je vois des femmes qui ont quitté la course. Je suis obligée d'être cruelle pour votre bien. Je sais que vous êtes toutes fabuleuses derrière votre peau orange (elle regarde Gemma), vos cheveux affreux (un coup d'œil à Hattie) et ces sourcils déconcertants (conclut-elle à l'intention d'Amy qui fronce lesdits sourcils et les caresse). OK, les sourcils fournis sont à la mode, ma chérie, mais il faut quand même leur donner une forme.

Amy se décompose en cherchant les poils en liberté. Elle imagine Jamie en train de se moquer d'elle derrière son écran, et le rouge lui monte aux joues.

Jackie croise les bras et toussote bruyamment.

— Je pense parler au nom de toutes en disant que nous sommes satisfaites de notre apparence, merci mais non merci.

— Hum, la contredit Gemma. Parle pour toi, Jacks, moi je veux un relooking complet !

— Moi aussi, marmonne Hattie. Mes cheveux sont un désastre.

— Je suis d'accord avec toi, Jacks. Je n'ai pas besoin de relooking. De toute façon, je fais de la radio, déclare Lauren d'un ton neutre.

— Jackie et Lauren, reprend Katie. Tous les jours, je permets à des femmes de se sentir plus sûres d'elles et plus puissantes. Le maquillage n'est pas censé cacher votre beauté naturelle mais la mettre en valeur. J'aime à penser que je donne à toutes les femmes l'allure des plus grands mannequins tout en respectant l'originalité de chacune et une piqûre de confiance en soi pour gagner les batailles du quotidien. Lauren, tu ne passes pas à la télé, c'est vrai, mais je parie que ta voix est plus agréable et posée quand tu te sens sûre de toi. Quant à toi, Jackie, tu portais un rouge à lèvres rouge le jour de ton arrivée ici. Est-ce qu'il ne te donne pas du courage ?

— Un peu, avoue Jackie en haussant les épaules.

— Bien sûr que si ! s'écrie Katie. Mesdames, il n'y a aucune honte à vouloir être la meilleure version de soi-même grâce à une touche de rouge ou un lisseur à cheveux. Allez, mes soldats, nous avons plein de choses à vous apprendre d'ici demain soir.

Les filles échangent un regard.

— Qu'est-ce qu'il y a demain soir ? demande Amy en leur nom à toutes.

Katie fait signe à sa troupe de déployer son matériel.

— Oups, j'en ai trop dit. Motus et bouche cousue.

Katie a attribué un étudiant à chaque concurrente, et les candidates se retrouvent alignées en rang sur les chaises de la salle à manger face à des miroirs portatifs recouverts de draps. Amy déteste ce genre de miroirs, à tel point qu'elle ne va chez le coiffeur que deux fois par an. Ils lui donnent l'air d'un rat mouillé et, quand elle ne peut poser le regard nulle part ailleurs, voir son reflet équivaut à une véritable torture. Peut-être qu'elle pourra demander à son coiffeur de couvrir le miroir la prochaine fois.

— Bon, mesdames, on va commencer par vous indiquer ce qui pose problème chez vous. Préparez-vous : nous serons d'une sincérité brutale. Mes étudiants diront ce qu'ils pensent de votre look actuel, et je les évaluerai sur leur analyse. Ensuite, on débutera le relooking et on vous embellira avec tous les outils dont nous disposons. On y va ?

La première à passer est Jackie. L'étudiant qui s'occupe d'elle est un petit rouquin à l'air timide et à la voix mal assurée.

— Bon, Matthew. Dis-moi ce dont Jackie a besoin, aboie Katie.

— Hum. Ses tresses sont emmêlées et elles fourchent,

ce qui leur donne un aspect mat et non pas soyeux. Elle a besoin d'une huile pour les faire briller, mais je dois bien prendre garde de ne pas en mettre sur sa peau, qui est grasse. Elle a des boutons sur la zone T, ce qui rend sa peau inégale. Je vais appliquer une lotion tonique à base d'arbre à thé et un fond de teint à base d'eau pendant le maquillage.

— Excellent diagnostic ! s'exclame Katie en lui tapotant le dos.

Matthew a l'air soulagé.

Katie se dirige d'un pas martial vers Hattie.

— Bon sang, Jarryd, qu'est-ce qu'on a là ?

Jarryd murmure quelque chose à l'oreille de Katie. Elle se penche ensuite vers Hattie.

— Est-ce que tu t'es coupé les cheveux toute seule, Hattie ? demande Katie à voix basse.

— Oui, répond-elle, les yeux baissés. J'ai regardé un tuto sur YouTube.

Katie et Jarryd échangent un regard.

— Bien, Hattie, nous allons te montrer comment une coupe de cheveux professionnelle peut te donner confiance en toi, affirme Katie en souriant. Ensuite, Jarryd ?

— Je vais lui faire une coupe courte à la Michelle Williams et appliquer un gloss couleur chocolat pour illuminer son teint olivâtre. En parlant de teint, sa peau est un peu grise en ce moment ; je vais arranger ça avec un masque iridescent et appliquer un fond de teint légèrement jaune pour lui donner un teint frais et rayonnant.

— Ça a l'air génial, pas vrai, Hattie ? commente Katie en lui pressant l'épaule.

Hattie hoche la tête avec un sourire timide.

Katie continue en ignorant presque Flick.

— Ma chérie, on dirait que tu es allée chez le coiffeur il y a quelques jours à peine. Je ne suis pas certaine de pouvoir obtenir un tel résultat moi-même ! s'écrie-t-elle en enroulant une mèche de cheveux autour de son doigt.

— Je suis allée chez le coiffeur juste avant l'émission, avoue Flick en souriant tout en se caressant les cheveux. Et je fais un brushing tous les matins.

— Ça se voit. Pas une mèche de travers. (Katie se déplace pour admirer sa nuque.) Avoir le temps de faire un brushing tous les matins ! Comme je t'envie ! Et pour le maquillage ?

— Je n'aime pas me maquiller trop lourdement, j'aimerais un look très naturel. Pas de rouge à lèvres. Ni trop de blush. Je ne crois pas que les hommes aiment embrasser des clowns, déclare-t-elle en riant.

— Oh. (Katie se redresse.) Ils préfèrent peut-être aller se faire foutre.

Flick la regarde s'éloigner, effarée.

Amy redoute d'entendre ce qu'ils ont à dire sur ses joues rebondies et ses sourcils broussailleux.

— Je ne vois pas de problème particulier, Katie, constate Rachel, l'étudiante, tout en enroulant une mèche de cheveux d'Amy autour de ses doigts. Mais son look est un peu… passe-partout.

— Oui, elle a un bon potentiel mais pas de forte identité visuelle. Qu'envisages-tu ?

— Une restructuration de la coupe pour encadrer son visage et mettre en valeur ses pommettes saillantes.

Traduction : joues de hamster.

— Et un maquillage naturel dans les bruns, pas de rose ni d'orange, histoire de lui donner ce look parisien désinvolte. Comme Audrey Hepburn dans *Diamants sur canapé*.

— J'adore, Rachel, beau boulot. Il me tarde de voir le résultat.

Quand Katie passe à Lauren, cette dernière la coupe aussitôt :

— Pas touche, ma chérie, annonce-t-elle avec un sourire. Ce style, c'est vraiment moi, et je n'ai pas l'intention d'en changer. Rien à faire de ce que peuvent en dire les autres, ajoute-t-elle avec un regard pour la caméra.

— Même pas le…

— Non.

— Ou la…

— Non et re-non.

— Est-ce que je peux juste te montrer…

— Waouh ! Stop ! Repose immédiatement cette paire de ciseaux et recule doucement pour que je te voie.

— Très bien. Cela nous donnera plus de temps pour… Kathy !

Katie arrive au bout de la ligne des candidates et croise les bras avant de secouer la tête d'un air désapprobateur.

— Et Dieu sait qu'on va en avoir besoin.

Kathy fronce les sourcils.

Durant la séance, Rachel explique tout ce qu'elle fait à Amy. Elle lui apprend à utiliser le *contouring*, à épiler ses sourcils sans qu'ils soient trop fins et à mettre de l'*highlighter* au creux de l'arc de ses lèvres pour mieux les définir. Malgré les remarques désagréables qu'elle a faites au début, elle se révèle sympa, et Amy apprécie les conseils. Elle adore le maquillage, mais se contentait jusqu'à présent de s'en tartiner aléatoirement en espérant que le résultat soit joli.

Bientôt, l'heure de la révélation finale a sonné, et les

concurrentes ferment les yeux tandis qu'on enlève les draps qui recouvrent les miroirs.

Elles prennent toutes une profonde inspiration, suivie par un silence absolu, et se penchent en avant pour mieux contempler leur reflet.

Gemma pousse un petit cri.

— J'ai l'impression d'être une princesse ! s'exclame-t-elle en voyant les boucles sombres qui cascadent sur ses épaules. Bordel, pourquoi je n'ai pas mon téléphone ? ! râle-t-elle, tout en tendant le bras et en mimant la prise de selfies.

— Ne te sous-estime pas ! Tu es une reine ! proteste Katie en l'étreignant par-derrière.

Amy n'écoute pas vraiment. Elle est complètement subjuguée par son propre reflet. Ses mentons ne font plus qu'un.

— Rachel, j'adore, tu as fait des miracles !

Elle sourit en agitant ses cheveux.

— Ce n'est pas la première fois qu'on me le dit ! répond Rachel avec un sourire radieux en passant les mains dans les cheveux d'Amy. (Elle se penche pour lui murmurer à l'oreille.) Tu es ma préférée. Et plein de téléspectateurs sont d'accord avec moi, je te le jure !

Amy s'adosse à sa chaise en poussant un soupir de soulagement. Elle jette un coup d'œil en direction de Flick qui n'a pas dit grand-chose depuis que les miroirs sont découverts. Elle n'a pas vraiment changé. Son étudiant, Ollie, lui a fait un soin du visage et il l'a maquillée comme elle l'a demandé.

— Saintes couilles, Hattie, tu es fabuleuse ! s'écrie Gemma.

Les autres se tournent aussitôt pour la regarder. Gemma a raison : Hattie est métamorphosée. Ses yeux sont lumineux et ouverts, sa peau lisse et en bonne santé, et ses cheveux sont très courts et élégants.

Elle sourit, gênée, et se caresse la nuque.

— Qu'en pensez-vous, les filles ? demande Kathy.

Cette dernière semble tout droit sortie de la une de *Vanity Fair*, entre les *smoky eyes*, les sourcils sombres et les lèvres *nude*. Ses cheveux blonds ont été éclaircis et coupés court, puis tirés en arrière, un peu dans le style de Sharon Stone. Elle se lève, marche un peu et tourne sur elle-même sous les acclamations des autres concurrentes.

— Oh ! n'importe quoi, déclare-t-elle en riant. Je ne pense pas qu'un *smoky eye* change quoi que ce soit au fait que je suis devenue invisible le jour de mes cinquante ans.

— Ce sont des conneries ! proteste Katie. Est-ce que Cindy Crawford est invisible ? Et Julianne Moore ? L'âge n'est pas une barrière. Ce sont des pensées limitantes que nous nous imposons nous-mêmes.

Kathy contemple son reflet et sourit.

— Regardez Jackie ! s'exclame Lauren.

Jackie a tout d'une déesse. Ses tresses sont brillantes, sa peau lumineuse, et elle porte le même rouge à lèvres que le jour de son arrivée.

— Je me sens belle. Tant qu'on ne se bat pas pour savoir qui est la meilleure.

— Mais Jacks, je ne me maquille pas pour être plus belle que les autres, je le fais pour gagner de l'assurance. Pour être moi, réplique Gemma en faisant la moue devant son miroir. J'adore ce look, conclut-elle en s'envoyant un baiser.

Le débat est coupé court.

Colocataires. Veuillez gagner le salon.

Un message les attend sur l'écran du téléviseur ; il est précédé de l'intitulé « Rendez-vous mystérieux n° 1 ».

Gemma,

Ça te dit une bière dans le Jardin Secret à 18 heures demain soir ?

Sois à l'heure.

Dylan.

Des bavardages excités envahissent la pièce pour commenter ce premier rendez-vous, mais Lauren les calme toutes.

— Attendez. L'ex de Hattie s'appelle Dylan, non ?

Elles se tournent toutes vers Hattie. Cette dernière contemple l'écran en se rongeant les ongles.

Chapitre 16

— Je n'irai pas ! Hors de question. Déso, pas déso ! s'écrie le lendemain matin Gemma en direction de la caméra. Je ne perdrai pas une minute de ma vie avec cet enfoiré de première. (Gemma se laisse tomber sur le canapé à côté de Hattie.) Les copines avant les mecs, conclut-elle en brandissant le poing.

— Ce n'est pas un enfoiré de première, marmonne Hattie.

Gemma lui lance un regard surpris.

— Hat. Il t'a traitée de grosse et a découpé tes vêtements !

— Peut-être qu'il le regrette, suggère Hattie.

Gemma. Veuillez vous rendre dans le Confessionnal, s'il vous plaît.

— Ils commencent par nous dire d'oublier nos ex, puis ils nous torturent en les faisant défiler sous notre nez. Tout est bon pour faire de l'audimat, c'est ça ? Rendez-vous mystère, mon cul ! râle Jackie depuis le canapé.

— Je suis désolée pour celle qui devra se taper un rencard avec Jeremy. Il mâche la bouche ouverte et postillonne en parlant, plaisante Kathy en jouant avec sa frange.

Elle s'admire dans le reflet de la porte vitrée. Elle reste

perdue dans ses pensées pendant quelques secondes avant de se tourner vers les autres en souriant.

— D'ailleurs, j'aimerais bien que celle qui ira prendre un verre avec lui lui fasse passer un message. Dites-lui que je le remercie. Participer à cette émission m'a ramenée dans le monde des vivantes. Je ne suis plus Kathy, son ex-femme : je suis Kathy. Moi. Et je suis tellement contente que je me vois enfin pour la première fois en vingt-cinq ans. Ah, et aussi qu'il enlève enfin sa boucle d'oreille. Ça lui donne l'air d'un vieux con.

Elles éclatent de rire en chœur.

— Je confirme, approuve Amy en riant.

Kathy hoche la tête en frissonnant.

— Moi aussi j'ai un message pour Jamie. Qu'est-ce que j'ai foutu avec lui pendant aussi longtemps ? Il y a une semaine, j'étais furieuse d'avoir perdu deux ans de ma vie mais maintenant je peux aller où je veux, voyager quand je veux et regarder toutes les conneries que je veux à la télé. Et je peux aller me coucher sans avoir besoin de le voir s'admirer dans le miroir en faisant son yoga.

— Mmm…, commence Jackie avant de s'interrompre. Voilà le mien : je suis désolée que tu aies eu l'impression de passer après mon père. Mais je suis encore plus désolée d'avoir cru que tu me soutiendrais quand les emmerdes surviendraient alors qu'en réalité tu m'as enfoncée. Depuis que je suis ici, j'ai ouvert les yeux et j'ai compris que je pouvais me soutenir toute seule. Je n'ai pas besoin de toi. Je n'en ai jamais eu besoin.

— Moi, mon message, c'est que j'ai toujours simulé, murmure Lauren.

Elles éclatent de rire. C'est à ce moment que Flick entre dans la pièce.

— Qu'est-ce que j'ai raté ?

— Gemma a un rencard avec l'ex de Hattie ce soir, explique Jackie en tendant le doigt vers l'écran du téléviseur. Elle va sauter sur l'occasion pour lui faire passer un message en personne.

Flick regarde fixement l'écran avant de demander :

— Vous croyez que tous nos ex vont participer à l'émission ? Je n'arrive pas à imaginer que Simon acceptera. Ou qu'il aura le temps de le faire. J'adorerais qu'il vienne, évidemment. Mais je suppose qu'il n'est pas vraiment mon ex.

— Quel message tu voudrais lui faire passer ? demande Amy.

Flick s'assied lentement sur le dossier du canapé et repousse une mèche de cheveux.

— J'espère que tu es fier de moi, déclare-t-elle en souriant.

Jackie ricane.

— Bon, je suis obligée d'y aller, crie Gemma en revenant du Confessionnal, sinon je serai éliminée demain, même si les votes sont en ma faveur. Connards. Hattie, je suis vraiment désolée, ma chérie, je dois rester dans le jeu.

Hattie relève la tête.

— Ce n'est pas grave, Gem. J'aimerais que tu fasses passer un message à Dylan, répond-elle d'un ton résolu.

— Bien sûr. Tout ce que tu veux.

— Dis-lui que plus jamais il ne m'insultera, ni ne m'enverra des tonnes de textos quand je suis au boulot, ni ne me hurlera dessus pendant des heures quand il a un coup dans le nez alors que j'essaye de dormir avant de repartir travailler. J'ai assez supporté ce loser qui ne fiche rien de ses journées ni de sa vie. J'attends davantage de la mienne. Cette fois-ci, c'est pour de bon. Je ne reviendrai pas.

Les autres femmes la regardent avec un mélange de compassion, de colère et de fierté.

— On est fières de toi, Hats, déclare Amy en lui pressant l'épaule. On dirait bien que c'est la meilleure décision de ta vie.

— Je m'en occupe, Hattie. (Gemma se lève et met les mains sur les hanches.) Où sont les ciseaux ? J'en connais un qui a besoin d'un petit rafraîchissement.

Chapitre 17

Amy est de retour dans la Salle de Thérapie. Elle observe le Dr Hicks feuilleter ses notes sur la table depuis ce qui lui semble une éternité. Il finit par trouver son dossier qu'il parcourt, les lunettes posées sur le bout du nez.

— Amy, lors de notre précédente séance, je vous ai demandé de réfléchir à votre relation. Vous l'avez fait ?

— Oui.

Elle est gênée à l'idée de révéler ses pensées les plus intimes aux gens qui regardent l'émission et plus encore à ses amis et sa famille. Mais elle espère que Jamie écoute.

— Commençons par la première question. Quand est-ce que Jamie vous a rendue heureuse ?

— Je suis plus à l'aise à l'écrit qu'à l'oral : est-ce que je peux lire mes notes ?

— Faites ce qui est le mieux pour vous.

— D'accord. (Elle pousse un soupir, puis prend une profonde inspiration.) Jamie me rendait heureuse quand j'avais l'impression que mon opinion comptait pour lui. Quand il m'envoyait un message sans raison. Quand il voulait voir mes amis et qu'il était charmant et drôle en soirée. Quand il disait que je faisais partie de son avenir. Quand il me présentait à ses amis comme Mrs O'Connor.

Quand il parlait d'autre chose que d'argent. Quand il me faisait rire mais pas à mes dépens. Quand il avait envie de passer toutes les nuits avec moi. Quand il me disait qu'il n'avait jamais rencontré quelqu'un avec qui il avait autant d'affinités et qu'on ferait le tour du monde ensemble.

Elle tousse pour mettre l'accent sur son dernier point, avant d'ajouter :

— Mais je ne me rappelle pas la dernière fois que tout ça est arrivé.

Le Dr Hicks ne répond pas tout de suite. Il lui adresse un sourire et tapote sur son iPad.

— Merci, Amy. Passons à la deuxième question. Quand est-ce que Jamie vous a rendue *malheureuse* ?

Pour la deuxième fois, elle fait appel à sa raison et ignore le tremblement dans sa voix.

— Quand il a arrêté de m'inviter à boire des verres avec ses amis et qu'il a cessé de venir au pub avec les miens. Quand il m'a dit que j'étais bizarre de vouloir voir mes parents et qu'il était toujours trop occupé pour m'accompagner. Quand il ne s'intéressait plus qu'à l'argent et à son corps. Quand il a oublié où je travaillais il y a quelques mois. Quand il a commencé à envoyer des textos et à répondre au téléphone à table. Quand il a arrêté de dîner avec moi. Quand il avait envie de coucher avec moi uniquement lorsqu'il était bourré ou qu'il avait la gueule de bois. Quand il a arrêté de me dire bonjour le matin. Et de m'embrasser le soir. Quand il m'a dit que j'étais chiante. Quand il s'est moqué de mon double menton, de la peau qui pend sous mes bras, des deux boudins que je me trimballe à la place des cuisses. Quand il m'a donné la clé de chez lui mais m'a fait promettre de toujours le prévenir avant de venir. Quand il a lourdement insisté pour que je comprenne bien que ce n'était pas une invitation à emménager chez lui. Quand il m'a fait croire que j'étais sa future femme pour ensuite me traiter comme une invitée dans son appartement. Quand il m'a appelée Cochonnette.

Le Dr Hicks la regarde avec bienveillance.

— Dites-moi, Amy, quel effet ça fait d'écrire tout ça ?

Elle se souvient de la douche brûlante qu'elle a prise après avoir rédigé cette liste. Elle s'est frottée de toutes ses forces en essayant de visualiser ses doutes, ses craintes et ses angoisses aspirés dans la bonde. Elle a imaginé qu'elle changeait de peau et que c'était une toute nouvelle Amy qui sortait de la douche.

— Ça me fait du bien de dire tout ça à haute voix. J'ai passé un an à faire semblant de croire devant tout le monde, moi comprise, que Jamie et moi allions quelque part et à trouver des excuses à son comportement. Mais révéler la vérité, l'accepter et la verbaliser ne me remplit plus de honte. Je regrette juste de ne pas l'avoir fait plus tôt.

Le Dr Hicks prend quelques notes sans se presser avant de lever les yeux sur elle.

— Ne soyez pas trop dure envers vous, Amy. Les habitudes sont difficiles à briser. Ne vous concentrez pas sur ce que vous avez fait mais sur ce que vous faites maintenant. Je suis ici pour vous aider à mieux comprendre qui vous êtes et ce qui vous rend heureuse, dit-il en souriant. Ce qui m'amène à la dernière question. (Il baisse les yeux sur ses notes.) Nommez les choses qui vous rendent heureuse dans le cadre d'une relation.

Amy s'éclaircit la voix.

— Pour être heureuse, j'ai besoin de sentir que la relation a un but, du sens. Qu'elle est vraiment importante pour l'autre comme pour moi. Je veux quelqu'un qui me donne l'impression que ma vie est plus riche quand il est là, et, réciproquement, que j'enrichis aussi la sienne. Comme dans ma relation avec ma meilleure amie, Sarah. Pourquoi je ne parviens pas à avoir cette même sensation de complicité avec un mec ? J'ai envie de faire partie d'une équipe solide et soudée. On n'a même pas besoin d'être une super équipe qui gagne tout ; on peut même perdre joyeusement ensemble parce que tout ce qui compte c'est d'être à deux et de savoir que l'autre assure nos arrières et nous soutient, peu importe ce qui se passe.

— Est-ce que Jamie remplissait l'un de ces besoins ?

Elle soupire.

— Non. Dans les six premiers mois de notre relation, peut-être. Et aucun à la fin. Jamie me donnait l'impression d'être le maillon faible. Et tout ce qu'il a apporté dans ma vie c'est un paquet d'insécurités et de complexes. Je veux quelqu'un qui me dise qu'il aime tout de moi, les verrues, le double menton, la peau de mes bras et tout le reste. Mais est-ce que j'attends trop d'une relation ? Est-ce que je suis trop exigeante ? Je ne sais même pas si ce type de relation existe dans la vraie vie.

— Amy, répond le psy en se redressant. Traitez votre rupture comme une toile blanche. Sur cette toile blanche, vous pouvez peindre un nouvel avenir rempli de tout ce qui vous rend heureuse. Arrêtez d'avoir peur qu'on vous trouve exigeante. Ignorez les critiques et cessez de regarder ce que peignent les autres. Concentrez-vous sur vous. Prenez votre temps. Et arrêtez de vous refuser le bonheur qui est le vôtre. À quoi ressemble votre tableau ?

— Une plage en Thaïlande ? répond-elle avec un petit rire en haussant les épaules.

— Pourquoi pas ?

Il lui sourit, se lève et se dirige vers un écran fixé au mur. Il l'allume puis se tourne vers elle.

— J'aimerais qu'on parle à présent de vos buts dans la vie, en commençant par le défi de la maternité. Je vous ai observée attentivement avec Ben et j'aimerais vous poser quelques questions.

— D'accord, répond-elle avec un rire nerveux.

Elle a peur de devoir défendre son score et d'être obligée de justifier certaines bourdes malencontreuses.

— Quels sont vos buts dans la vie ? demande-t-il.

Vaste question.

Elle prend le temps de réfléchir.

Ouvrir un blog.

Voyager.

Vivre des aventures.

Trouver l'amour.

Fonder une famille.

Et un foyer.

Être libre.

— Amy ? l'interrompt-il. À quoi pensez-vous ?

— Je pense que je veux tout avoir. Mais je sais que c'est impossible. Je veux fonder une famille et voyager. Je veux des enfants et être libre. La vérité c'est que, lorsque je vois des bébés, ça ne me donne pas du tout envie d'en avoir, ça me rend plutôt anxieuse. On dirait de petites ancres. Mais je ne devrais pas penser ça à mon âge, n'est-ce pas ? Comment puis-je vouloir à la fois un foyer et dormir sous une tente au bord d'un ravin ? J'ai l'impression qu'il y a deux Amy en moi. J'ai un pied dans l'avion et un autre sur le tarmac et je n'arrive pas à savoir ce qui m'épanouirait le plus. En ce moment, l'idée d'acheter une maison, de fonder une famille et de faire carrière ne m'enthousiasme pas. En revanche, je suis tout excitée à l'idée d'être une sardine transpirante en train d'essayer de héler un tuk-tuk sur la route de Khao San, mon ordinateur sous le bras, noyée dans les odeurs de poussière, de pots d'échappement et d'épices.

Elle s'interrompt et s'imagine à Bangkok.

Rien ne t'empêche de partir. Tu pourrais partir d'ici. Tu pourrais y être demain si tu veux.

Elle se force à revenir au présent.

— Mais ensuite le tic-tac de l'horloge biologique devient une sirène de pompier, et je me rappelle que le temps file à toute vitesse et que j'ai passé l'âge de ce genre de rêve.

Elle soupire et se triture les mains avant de reprendre :

— L'intrépide aventurière en moi a pris sa retraite il y a cinq ans. J'ai eu la possibilité de partir et je ne l'ai pas saisie. J'ai choisi Jamie et je dois assumer mon erreur. J'aimerais juste cesser de fantasmer sur ma fuite. Je suis fatiguée d'entendre la voix dans ma tête me supplier de sauter dans un avion en abandonnant tout derrière moi. Ce n'est pas normal. Ça m'encombre la tête.

— Amy, la norme est un standard que vous vous êtes imposé en vous comparant aux autres, répond le Dr Hicks. Vous pourriez aspirer plutôt à être la version la plus authentique et naturelle de vous-même. De cette manière, vous n'auriez plus d'autre point de comparaison que vous-même. Si vous ne vous sentez pas prête à fonder une famille, c'est votre nature. Vous changerez peut-être dans quelques années. Peut-être pas.

— Mais je veux avoir des enfants, docteur Hicks. Je voudrais juste qu'on ne me mette pas la pression à cause de mon âge. Je ferais une très mauvaise mère maintenant.

Le psy allume l'écran.

— Vous avez trente-deux ans, Amy, pas cinquante-deux. Vous avez le temps de faire des enfants, et la pire des choses serait de vous précipiter. Je suis assez d'accord avec vous, vous n'êtes pas prête. Regardez.

Il appuie sur la télécommande en souriant.

La première séquence montre la première fois qu'Amy a vu Ben en train de hurler dans son berceau. Elle commence par reculer, puis elle arbore une expression à mi-chemin entre la terreur et la répulsion. Dans le deuxième extrait, Amy tient Ben calé sur la hanche. Elle heurte violemment sa tête contre le chambranle de la porte en franchissant le seuil de la chambre, regarde autour d'elle pour vérifier que personne n'a rien vu, puis ôte une écharde du crâne du poupon. Dans la troisième séquence, on voit Amy courir vers la salle de bains pour sauver Ben du lavabo débordant d'eau dans laquelle il est en train de flotter à plat ventre. Dans le quatrième extrait, Jackie et elle remplacent le contenu de leur biberon en le remplissant directement au robinet à prosecco. Elles nourrissent leur bébé, puis se laissent tomber sur le sol en hurlant de rire.

— Dois-je continuer ? demande le Dr Hicks en haussant comiquement un sourcil.

— C'est bon, j'ai compris. Mais ce sont des poupons en plastique. Je ne ferais jamais ça à un vrai bébé ! répond-elle en riant.

Le Dr Hicks arrête le montage et éteint le téléviseur.

— Bien sûr, et je le sais. Vous n'êtes pas un monstre. Mais *Oh My Baby !* a été conçu pour vous aider à comprendre si la maternité vous était agréable. Si vous appréciiez cette responsabilité. Si vous étiez prête à l'endosser. Maintenant que le défi est terminé, j'ai une dernière question pour vous. Vous sentez-vous prête ?

Après quelques secondes, elle finit par répondre :

— Non.

— Bien. Je suis ravi que nous soyons parvenus à terminer la séance en résolvant un de vos conflits intérieurs. La maternité peut attendre.

Lorsque Amy quitte le Dr Hicks, elle a l'impression qu'on lui a ôté un poids des épaules. Elle se précipite tout droit vers le dortoir, dans lequel tout le monde est en train d'aider Gemma à choisir une tenue pour son rendez-vous.

Hattie a l'air nerveuse de la tournure que prennent les événements.

— Hattie, ne te bile pas, ordonne Gemma d'un air sérieux. Je ne m'habille pas pour ton ex. Je veux juste montrer au public comment je peux être canon !

Elle étale toute sa garde-robe sur le lit avant de choisir trois robes.

— Ce n'est pas ça le problème. Je n'ai juste pas envie que tu le rencontres. Tu vas trouver que j'ai été folle de me mettre avec lui.

— Je pense surtout qu'il est fou de t'avoir abandonnée ici, mais je suis contente qu'il l'ait fait.

Gemma examine les robes. La première est noire, moulante et très courte, la deuxième est une combi-short en cuir rose et la troisième, en dentelle blanche, lui couvre à peine les fesses. Elle finit par la sélectionner et parade dans la chambre.

— C'est un décolleté de fesses ! C'est comme un décolleté mais sur le cul ! C'est génial, non ?

— Tu aurais l'air classe même avec une capote sur la tête, ma chérie, affirme Jackie. Assure-toi juste que le tissu est assez élastique pour que tu puisses lui filer un coup de poing si le besoin s'en fait sentir.

— Facile !

Gemma s'accroupit sur ses escarpins de douze centimètres, lance un crochet du gauche puis un uppercut et finit par un coup de pied circulaire.

Flick est debout dans un coin, les bras croisés.

— Tu ne peux pas sortir comme ça, tu as la moitié des fesses à l'air ! Mets une culotte, au moins.

Gemma s'immobilise, agacée.

— Oui, papa... Sauf que je ne peux pas mettre une culotte, ça cacherait mon décolleté de fesses. Et c'est mon plus bel atout.

Flick secoue la tête.

— Et après tu t'étonnes de te faire siffler dans la rue. Il me tarde de voir les commentaires sur Le Mur demain.

— Je n'y peux rien si les hommes sont incapables de se contrôler. Mon corps, mon image, mon choix, conclut-elle en se donnant une tape sur les fesses.

— Quand j'aurai une fille, elle aura interdiction de sortir habillée comme ça.

— Mais putain, Flick, atterris un peu. (Gemma sort de la salle de bains, tourne sur elle-même et fait gonfler ses cheveux.) Les femmes ne devraient pas être obligées de cacher leur corps juste parce que les hommes sont trop sous-développés pour voir un bout de peau sans bander aussitôt.

Les colocataires se réunissent devant la télé. À l'écran, Dylan fait les cent pas dans le Jardin Secret. Il porte une chemise noire ample avec de fines rayures blanches, un jean trop grand pour lui et des mocassins noirs cirés. Bizarrement, ça le fait paraître encore plus jeune que lorsqu'il portait son attirail d'ado gamer sur la photo. Les producteurs ont décoré le jardin de guirlandes de lampions, de bougies, de roses rouges, et une bouteille de champagne patiente dans un seau à glace. Dans n'importe quelle autre situation, l'ambiance serait romantique.

Pour la première fois, Hattie est remontée à la sixième position sur Le Traqueur. Le rendez-vous de son ex, Dylan, a fait parler d'elle.

— Il a vraiment fait un effort, souffle-t-elle en découvrant son ex. Je ne me souviens même pas de la dernière fois où il s'est préparé comme ça pour moi.

Amy croise le regard de Lauren, et Kathy réconforte Hattie en lui frottant le dos. Cette dernière finit par cacher son visage derrière ses mains. On l'entend renifler.

— Hattie, ma chérie…, commence Lauren en se rapprochant d'elle sur le canapé. Tu vas trouver quelqu'un qui se dépassera chaque jour un peu plus pour te faire plaisir. J'en suis certaine, et tu peux me faire confiance car j'ai une super intuition. Tu mérites quelqu'un qui te considère comme un trésor parce que tu es vraiment géniale, et je t'interdis d'en douter. Dylan est un abruti fini, et tu n'as pas de temps à perdre avec les abrutis finis.

Elles se retournent toutes vers l'écran quand la porte du Jardin Secret claque ; Gemma entre d'un pas assuré et lâche un vague « salut ». Dylan se précipite pour tirer la chaise de son invitée avant qu'elle s'y asseye.

— Comme c'est délicat ! approuve Flick. Ça fait plaisir de voir que la galanterie n'est pas morte.

Tandis que Gemma s'assied, Dylan se dévisse le cou pour regarder les fesses de la jeune femme, bouche grande ouverte et langue pendante.

— Oh…, lâche Kathy en jetant un regard à Hattie.

— Sérieusement ? s'écrie cette dernière. Mais regardez-le, on dirait un chien devant un steak !

— C'est un chien, Hattie, répond Jackie en se glissant derrière elle et en la serrant dans ses bras. C'est un putain de chihuahua nain avec une minuscule queue au garde-à-vous.

Dylan attrape la bouteille de champagne avant de s'asseoir et lutte avec le bouchon. Après plusieurs tentatives peu concluantes, Gemma s'impatiente, lui prend la bouteille des mains et la débouche avec un geste de karaté.

— Waouh ! Canon comme technique ! commente Dylan en riant jusqu'à ce qu'il s'aperçoive que son invitée reste de marbre. Tu es jolie. J'adore ta robe… surtout le dos, ajoute-t-il avec un clin d'œil qui déclenche aussitôt l'apocalypse.

— Bordel ! Mais t'as quel âge ? hurle Gemma. C'est la première fois que tu vois les fesses d'une femme ou quoi ? Je sais que ce n'est pas le cas, parce que tu as la chance d'avoir Hattie dans ta vie. D'ailleurs, je me demande vraiment comment t'as fait pour la séduire, parce que t'as rien pour toi alors que cette fille est en or massif. En ce moment, elle est assise derrière l'écran, à voir son ex complètement pervers en train de mater mes fesses comme un ado en rut. Tu sais quoi ? En fait, je suis contente qu'elle assiste à ça. Ça va l'aider à prendre conscience que tu es pitoyable. Grandis un peu, mec, et apprends ce qu'est le respect.

— Mon Dieu ! s'insurge Flick en secouant la tête. Comment espère-t-elle attirer les hommes en se comportant de la sorte ? Elle va tous les faire fuir. Et honnêtement, je les comprends. Elle n'a aucune dignité.

— BRAVO, Gemma ! crie Jackie. Tu es une reine !

Amy observe Hattie ; même si ses joues brillent encore

de quelques larmes récalcitrantes, un sourire étire ses lèvres, comme si Gemma venait de chanter la berceuse la plus douce du monde. Pendant quelques instants, elles oublient toutes que demain l'une d'entre elles devra partir.

Chapitre 18

— Cette femme vit sur une autre planète. Elle est tellement à l'ouest qu'elle ne se rend même pas compte qu'elle n'a aucune empathie, marmonne Jackie dans le dortoir à l'intention d'Amy.

Elles ont reçu un message vocal plus tôt au petit déjeuner, leur annonçant joyeusement une nouvelle des plus déplaisantes. Dans quelques heures, l'une d'entre elles partira.

Ce soir, c'est la première élimination de l'émission, et tout le monde est sur les nerfs. Même Kathy, qui d'habitude est toujours très zen, a envoyé bouler Flick lorsque cette dernière a affirmé que les femmes ne devraient pas faire passer leurs enfants avant leur mari et qu'elle ne fera jamais passer Simon en second quand ils auront des enfants parce que ce serait lui donner la permission de la tromper.

— Je ne pense pas qu'elle soit méchante, répond Amy en chuchotant elle aussi. C'est juste qu'elle ne réfléchit pas avant de parler. On dirait surtout qu'elle dit tout ça en espérant que Simon l'entende. Je ne crois pas que sa remarque visait vraiment Kathy ; elle a juste oublié à qui elle parlait. En plus, elle s'est excusée platement après, je parie qu'elle culpabilise.

— Mais est-ce que ce n'est pas pire ? Elle ne se rend

même pas compte qu'elle dit n'importe quoi. Et ses excuses sont toujours exagérées. Quand on répète un million de fois qu'on est désolé, ce n'est pas parce qu'on est navré de ce qu'on a fait mais parce qu'on ne veut pas se sentir coupable. Je trouve qu'elle donne un très mauvais exemple. Tu as vu à quoi ressemblent ses fans sur Le Mur. Ils sont tarés, conclut-elle avant de quitter la pièce en laissant Amy seule avec ses pensées.

Jackie a peut-être raison. Flick exagère parfois avec les attentions, la nourriture, les incessantes propositions de thé. Et Kathy l'a rabrouée sèchement après qu'elle s'est excusée. « Bon sang, Flick, arrête de m'étouffer, je vais très bien ! » a-t-elle soupiré.

Il y a des fois où Amy voudrait l'attraper par les épaules et la secouer très fort pour la débarrasser de tous ses jugements détestables et rétrogrades. D'autres fois, elle se sent désolée pour Flick et déconcertée par son obsession de l'approbation de Simon. Flick est intelligente. Intelligente au point d'être médecin. Elle est pédiatre, bon sang ! Comment peut-elle vraiment croire que combler les besoins de son mari est plus important que de sauver des enfants ? C'est comme si cet homme l'avait empoisonnée, et tous ces concepts toxiques sur le mariage, les relations et l'apparence sont les symptômes d'une maladie vraiment grave. Flick est malade. Et c'est effarant de voir le nombre de fans qui la soutiennent et l'encouragent. Le Mur est devenu un terrain fertile et inquiétant pour tous les racistes, sexistes et bigots que comptent les recoins sombres d'Internet. La plupart de leurs commentaires citent Flick hors contexte et donnent à ses paroles une signification bien plus sinistre que ce qu'elle a dit. C'est du moins ce que pense Amy. Et ce qu'elle espère.

Amy est en train de récurer la salle de bains à la javel du sol au plafond pour gérer le stress qui l'a envahie à l'idée d'être éliminée ce soir. Elle a trouvé plusieurs touffes de cheveux, deux faux ongles, un string et assez de pinces à cheveux pour ouvrir une boutique sur eBay. Mais tout ça ne lui donne pas autant envie de vomir que l'émission qui va avoir lieu.

— Pardon, Amy ! s'écrie Flick en la bousculant.

Elle ouvre le robinet, se passe de l'eau sur le visage, puis se met à pleurer au-dessus du lavabo.

— Est-ce que ça va ?

Amy se redresse, incertaine. Est-ce que Flick aime qu'on la prenne dans les bras ? Elle lui frotte le dos pour voir.

Flick pivote aussitôt. Aucune trace de ses pleurs ; ses yeux sont à peine humides, et la peau de ses joues est parfaite. C'est agaçant. Mais l'irritation d'Amy se transforme en pitié quand elle voit les yeux de Flick se remplir à nouveau de larmes. Amy ouvre les bras, et Flick se jette contre elle de tout son poids. Enfin, son poids de cinquante kilos.

— Qu'est-ce qui s'est passé ? murmure Amy.

— Je suis devenue la mascotte d'horribles mâles blancs suprémacistes, Amy ! Ils ont mis ma photo sur un fichu T-shirt, comme Che Guevara ! Je ne suis là que depuis une semaine à peine !

Amy lutte pour réprimer son rire quand elle visualise Flick avec un béret et le poing levé. Non, elle doit plutôt porter un petit tablier et un plumeau.

— Ils n'ont pas le droit de faire ça, Flick. Tu pourrais peut-être faire une déclaration pour dire que tu ne soutiens pas leurs idées et demander aux producteurs de les arrêter. Jackie doit savoir quoi faire, elle est avocate.

— Jackie me déteste. Comme tout le monde. Quand

je ne te pousse pas à bout, je me mets à dos la moitié des téléspectateurs parce qu'ils croient que je hais les femmes, renifle-t-elle. Je n'aurais jamais dû participer à cette émission, c'était une idée stupide. Simon et moi étions parfaitement heureux comme ça. Pourquoi ai-je joué les trouble-fêtes ?

— Peut-être parce que tu n'étais pas si heureuse que ça ?

Flick contemple le sol pendant un instant.

— Merci d'avoir nettoyé la salle de bains, dit-elle en gagnant la porte, la tête haute. C'est top. J'apprécie, vraiment.

Il ne reste plus qu'une heure avant l'élimination, et les concurrentes, sur leur trente et un, ne quittent pas Le Traqueur des yeux.

Jour 12

1. Gemma
2. Jackie
3. Flick
4. Amy
5. Lauren
6. Kathy
7. Hattie

Colocataires, dirigez-vous vers le salon, s'il vous plaît. L'élimination commencera dans quinze minutes.

Sur Le Mur, les commentaires se succèdent tellement vite qu'il est quasiment impossible de les lire avant qu'ils disparaissent au bas de l'écran. Amy est de plus en plus nerveuse. Le milieu du classement n'est pas une zone sûre. Elle n'ose pas imaginer ce que doivent ressentir Kathy et Hattie. Kathy qui a la possibilité de vivre pour elle, pour une fois. Kathy qui n'a nulle part où aller parce que son mari et sa copine ont décidé que la maison était à eux. Et puis il y a Hattie, qui veut désespérément se réinventer et apprendre à vivre sans Dylan. Hattie qui est devenue dépendante des autres concurrentes et qui compte sur leur amitié, leur amour et leur soutien. Comment survivra-t-elle toute seule une fois dehors ?

@larnimarni Kathy est trop vieille pour cette émission. Il est temps de partir. #virezkathy #LODLA

@superwomanly Hattie est trop grosse. Elle ne devrait pas passer à la télé. #virezhattie #LODLA

@jkraze C'était quoi cette tenue hier, Gemma ? Pute ! #virezgemma #LODLA

— C'est excitant, constate Flick en s'installant à l'extrémité droite du canapé.

— Flick, intervient Jackie en versant du prosecco dans les verres de tout le monde. On va dire au revoir à quelqu'un ce soir. Je sais que l'intelligence émotionnelle n'est pas vraiment ton truc, mais essaye d'être un peu plus délicate, d'accord ?

Flick croise le regard d'Amy et baisse les yeux. Amy est sur le point de demander à Jackie d'être un peu plus sympa, mais elle n'en a pas le temps.

— Bonsoir, chères colocataires ! hurle Adam Andrews face à la caméra, tandis que la maquilleuse applique la dernière touche à son visage. Il est 21 heures. Et vous savez ce que ça signifie…

Une sirène retentit, et la caméra recule. Adam est dans sa loge. Ses cheveux sont plaqués en arrière par le gel, et il porte un smoking à paillettes.

— C'est la première élimination en direct des *Oubliées de l'Amour* ! beugle-t-il.

Le générique démarre, et il se rue hors de la loge, le cameraman sur les talons. Dans les couloirs du studio, il lève les mains pour faire des *high five* avec les gens qu'il croise.

— Ooooh, il y a Sam ! dit Flick. Il m'a dit que j'avais de grandes chances de gagner.

— À moi aussi, réplique aussitôt Jackie.

Adam saute à bas de la scène et remonte l'escalier en courant au milieu du public en délire. La caméra continue à le suivre par la porte arrière dans le parking où il lève les bras pour saluer les milliers de gens agglutinés dehors.

— Putain de merde, marmonne Jackie.

Amy n'en croit pas ses yeux. Comment cette émission encore inconnue au bataillon deux semaines plus tôt a-t-elle gagné autant de fans ? Elle regarde les autres : toutes sont également abasourdies. Les pancartes reflètent leurs sentiments mitigés. Et certaines sont moins absurdes que d'autres.

FLICKEZ-LUI LA PAIX !

KATHY LA COUGUAR !

HATTIE T'AS HÂTE !

Amy ne comprend pas bien le dernier message et, à en croire l'air perplexe de Hattie, elle non plus.

— Bienvenue à tous pour notre première élimination en direct ! hurle Adam tandis que des feux d'artifice se mettent à crépiter dans le ciel, résonnant à la fois à l'écran et dans la maison.

— Bon… je crois qu'on ne va pas y échapper, commence Lauren. Ça va le faire, t'inquiète.

Elle rassure Hattie en enroulant le bras autour de ses épaules, et Amy se couvre les oreilles pour se protéger du brouhaha tandis qu'Adam donne un coup de pied dans une pancarte qui proclame ADAM EST UN CON ! Puis il regagne le studio en courant, redescend l'allée et saute sur son siège face à trois invités qui lui font face, assis sur le canapé.

— Nous attendions tous cette soirée avec impatience parce que ce soir… nous allons pouvoir virer une des colocataires ! Avec moi pour cette émission exceptionnelle, un groupe de nos fans les plus célèbres, qui sont ici pour parier sur la première concurrente qui quittera l'aventure avec un coup de pied au cul, dit-il à la caméra en frappant l'air du pied.

La caméra se tourne vers le premier invité, Archie Martucci, ancien présentateur de *Les Riches dans la rue*, une émission dans laquelle les concurrents devaient vivre dans la rue pendant un mois pour empocher la somme à gagner – l'émission avait été annulée après la disparition d'un des participants. Archie lève les pouces à l'intention de la caméra.

— Le mec disparu a été retrouvé ? demande Jackie.

Les autres haussent les épaules.

La célébrité suivante est Sonia Cole, qui envoie un baiser au public. C'est une ancienne playmate reconvertie dans les relations publiques, qui a publié l'année précédente un livre confession dans lequel elle raconte ses nombreuses liaisons avec des membres du Parlement.

— Beurk, je la déteste, marmonne Flick. Elle est vulgaire.

La dernière invitée leur est bien connue : c'est Katie Carroway de *La Brigade de l'École de Beauté*, qui s'est teint les cheveux en bleu vif pour l'occasion.

— Bon, les célébrités, je vais vous demander à chacun qui d'après vous sera éliminée ce soir et pourquoi. Archie, à toi !

— Eh bien, Adam, répond Archie d'une voix nasale

et monocorde, c'est forcément Hattie. Qui d'autre ? Elle occupe la dernière place du classement depuis le début. Hattie l'hippopotame ne plaît pas aux téléspectateurs. C'est triste. Mais elle ne m'intéresse pas.

Lauren attrape la main de Hattie et la serre.

— C'est juste un loser qui veut faire le buzz. Il raconte n'importe quoi, ignore-le, Hattie, ajoute Gemma.

— Et toi, Sonia, quelle est ta prédiction pour ce soir ? poursuit Adam.

— Je ne serais pas surprise qu'Amy soit éliminée, répond Sonia d'une voix rauque. Et je m'en fiche royalement.

Le cœur d'Amy se serre.

— Oh ! polémique ! Pourquoi pensez-vous ça ? demande Adam.

— Parce que c'est une plante verte ! Les téléspectateurs veulent voir de l'action, pas une limace morte ! Désolée, Amy, ne le prends pas personnellement, je pense que tu es bien mignonne, mais ce n'est pas comme ça qu'on gagne.

Amy jette un coup d'œil au Traqueur, terrifiée à l'idée d'avoir subitement chuté à la dernière place. Mais ce n'est pas le cas : étrangement, elle est remontée d'un cran.

— Je ne suis pas d'accord avec Sonia, contre Katie. Je pense que le fait qu'Amy ne participe à aucun psychodrame la rend extrêmement sympathique. Qu'y a-t-il de mal à vouloir qu'une des concurrentes soit normale ?

— Je veux des larmes, des gifles et des crêpages de chignon, réplique Sonia. C'est ça la bonne télé. Gardons les longues discussions et les débats politiques pour les émissions sérieuses. C'est chiant !

Le public l'acclame en riant.

Katie a l'air dégoûtée.

— Vous voudriez donc une émission dans laquelle les femmes seraient toujours hystériques et en souffrance ?

— C'est un peu exagéré, intervient Adam. Katie, si tu votes pour sauver Amy, qui veux-tu virer de l'aventure ?

— Flick.

— Mais tu as été super sympa avec elle pendant le relooking ! s'écrie Adam.

— Je n'ai rien contre elle, c'est juste que je ne comprends pas ce qu'elle fait là. Elle est en couple, elle n'a rien à apprendre. Elle ne peut pas avoir le beurre et l'argent du beurre.

Le public se met à huer. Flick soupire.

— Je ne les ai pas obligés à me prendre. Ils m'ont appelée.

— D'accord, poursuit Adam. Tu *veux* que Flick s'en aille, mais d'après toi qui sera éliminée ce soir ?

— Hattie, bien sûr. La pauvre n'a aucune chance d'être sauvée par le public.

— Bien, bien, bien, dit Adam en se tournant vers la caméra. Nous sommes à deux contre un pour le départ de Hattie, mais nous ne sommes pas encore tout à fait prêts à couper le cordon, mes amis. Parce que nous avons un dernier invité spécial, à qui nous avons réservé une place sur le canapé. Il la connaît mieux que personne...

— Oh ! noooooon ! lance Hattie, paniquée. Ils n'ont pas fait revenir Dylan ? !

— T'inquiète pas, ma puce, chuchote Gemma. Il est loin d'ici.

— Merci d'accueillir pour la deuxième fois notre Dr Howard Hicks !

Hattie respire.

Le public applaudit à tout rompre tandis que le psy

descend l'allée moitié courant, moitié marchant, en souriant et en agitant la main.

— Alors, Howard, dit Adam d'un air sérieux. Nous avons peu de temps devant nous. Je voudrais savoir quel sera d'après vous l'impact de cette élimination sur notre première perdante ? Comment Hattie le prendra-t-elle ?

— Eh bien, toussote le Dr Hicks, n'oubliez pas qu'il n'est pas certain que Hattie soit éliminée. Le Traqueur dans la salle à manger n'est que le reflet des réseaux sociaux. C'est un algorithme qui s'appuie uniquement sur les mentions positives ou négatives des concurrentes sur Internet. Ce système est par exemple incapable de détecter le sarcasme. Si je disais « Mais oui, *bien sûr* que Hattie va gagner » d'un ton sarcastique, l'ordinateur enregistrerait que, pour moi, Hattie va gagner. Et pas le contraire, alors que c'est pourtant ce que je voulais dire.

Adam le dévisage, l'air perdu, et le public garde le silence. Quelqu'un éternue.

— Vous pensez donc que Hattie sera sauvée ce soir ? demande Adam.

— Non, ce n'est pas ce que j'ai dit, rétorque le Dr Hicks. Je dis juste qu'il ne faut pas se fier au Traqueur, il n'est pas exact.

— D'accord, j'ai compris ! hurle Adam en faisant une grimace idiote qui prouve le contraire en direction du public, lequel éclate de rire. Revenons à ma première question : que ressentira l'éliminée ?

— Que ressentiriez-vous, Adam ?

— Je serais très embarrassé, pour être honnête, je voudrais me rouler en boule dans un coin et mourir en silence, répond-il en riant.

— Peut-être. La concurrente qui sera éliminée en premier

ressentira certainement un mélange d'émotions. Elle sera d'abord humiliée d'avoir été rejetée. Puis elle sera ravie d'être libre de regagner le monde et de retrouver sa famille et ses amis. Et enfin, quand elle verra la foule amassée dehors, elle ressentira certainement de l'appréhension qui se transformera en excitation quand on l'acclamera, répond-il en souriant. Elles sont entrées dans la maison en tant que femmes lambda et vont en ressortir en célébrités. Leurs visages seront reconnus par des milliers de personnes dans tout le pays, et il ne sera plus question de sortir acheter une brique de lait en jogging et tongs.

— Et si la foule la hue ? demande Adam.

— Il est possible que ça arrive, oui, acquiesce le Dr Hicks.

— Oh non, oh non, oh non ! murmure Hattie.

— Tous ceux qui huent sont des pauvres types, la réconforte Jackie.

— Merci à tous mes invités ! s'exclame Adam, le doigt posé sur son oreillette. On me dit qu'il ne reste que trente secondes avant la révélation et qu'on est en train de comptabiliser et vérifier les derniers votes. Quelle candidate va être sauvée par le public ? Qui sera la première à quitter la maison après presque quinze jours à se faire de nouvelles amies, à découvrir ses plus noirs secrets avec notre célèbre psy, à se faire relooker et bien d'autres choses encore ?

Un compte à rebours apparaît sur l'écran géant derrière lui, et il incite ses invités à se lever et à se tenir par la main, comme s'ils attendaient le passage à la nouvelle année.

5…

4…

3…

2…

1…

Les colocataires se mettent à crier, et des explosions retentissent : des paillettes envahissent l'écran. Elles sont tellement nombreuses que pendant de longues et douloureuses secondes les concurrentes ne peuvent pas lire qui est éliminée.

Les paillettes tombent comme un rideau.

C'est Kathy.

Les colocataires mettent la main sur leur bouche, et Amy tourne la tête vers Le Traqueur. Le Dr Hicks avait raison. Hattie est toujours à la dernière place, mais Kathy est celle qui a réuni le moins de votes.

— Je n'y crois pas ! Kathy ! s'écrie Amy en attrapant la main de la quinquagénaire. Personne n'a jamais dit du mal de toi !

Kathy, vous avez cinq minutes pour faire votre valise et quitter la maison.

Les colocataires se réunissent pour consoler Kathy sur le canapé. Elle se frotte le visage de la main.

— Ne pleure pas, Kathy. Tu es libre ! dit Lauren en la serrant fort entre ses bras.

Après plusieurs secondes, Kathy s'écarte un peu et révèle un sourire radieux.

— Je sais ! Je suis ravie de sortir d'ici ! explique-t-elle, rayonnante, en se levant. Je savais que je ne gagnerais jamais à cause de mon âge et je n'ai jamais eu envie d'aller jusqu'au bout. Je voulais juste vivre une expérience inédite et commencer une nouvelle vie. Et j'ai eu tout ça en seulement deux semaines. Je suis libre ! hurle-t-elle en se dirigeant vers le dortoir. (Elle réapparaît rapidement avec sa valise.) Je ne démarrerai pas avec un million de livres, mais dix mille suffisent à repartir du bon pied.

Les autres lui disent adieu et la serrent dans leurs bras avant de la regarder gagner la porte d'entrée en acier. Le bouton PARTIR est vert pour la première fois. Elle se tourne une dernière fois vers elles pour agiter la main. Puis la porte se referme derrière elle, et Kathy n'est plus là.

Chapitre 19

— Ichya des chens dans l'charchin, marmonne Hattie, appuyée contre la baie vitrée.

— Ça va, Hat ? demande Amy, perdue dans ses pensées.

Assise sur le canapé, elle lit sur Le Mur un débat enflammé qui cherche à déterminer qui de Gemma ou Jackie gagnerait si elles se battaient et si les femmes devraient avoir des abdos façon tablettes de chocolat ou non. Tout ce qu'elle peut faire pour soutenir ses colocataires c'est hurler son indignation contre l'écran. Elle a du mal à s'habituer à l'absence de son téléphone : régulièrement, elle le cherche dans sa poche avant de s'asseoir et, chaque fois qu'elle se réveille, elle tâtonne sur sa table basse à la recherche du précieux appareil. Elle s'en sort quand même mieux que Gemma, qui a pris l'étrange habitude de *scroller* dans sa paume.

— Tu peux répéter, Hat ? demande Lauren. Essaye peut-être d'avaler ton sandwich au fromage avant.

Bruit de déglutition.

— Il y a des gens dans le jardin, répète Hattie.

Amy et les autres se retournent aussitôt.

— Qu'est-ce qu'il se passe là-bas ? demande Gemma,

essoufflée après une séance sur le tapis de course qu'elle est la seule à utiliser.

— Il y a un souci ? s'inquiète Flick, qui sort de la chambre avec un masque hydratant sur le visage.

Elles se regroupent toutes derrière la fenêtre. Jackie toque à la vitre, mais les intrus continuent de s'activer sans même un regard. Ils sont en train de déballer des pupitres d'écolier en bois et des chaises.

— On dirait qu'ils installent une classe, commente Amy.

— Bien, bien, bien, que vont-ils encore essayer de nous apprendre ? raille Jackie en grimpant sur le canapé pour se laisser tomber de l'autre côté. J'espère vraiment que c'est un cours de couture : savoir comment repriser des chaussettes serait du plus bel effet sur mon CV.

Mesdames, veuillez vous asseoir dans le salon.

— Argh, cette musique va finir par me tuer, râle Lauren quand le générique retentit dans la maison.

L'écran s'allume sur Adam, installé dans un fauteuil.

— Il y a trois mois, nous avons mené une enquête en partenariat avec *Real Men magazine* pour découvrir la réponse à l'une des plus grandes questions de la vie. Qu'est-ce qui rend les hommes heureux ? (Il se caresse le menton.) Pour répondre à cette interrogation et vous apprendre, à vous, les filles, comment garder un homme, voici l'éditeur en chef de *Real Men Magazine*, Danny Wells, et notre Dr Howard Hicks !

Un vingtenaire à l'air arrogant et avec une moustache en trait de crayon façon Clark Gable se dirige en courant vers la scène. Il dépasse le Dr Hicks et frappe le poing contre celui d'Adam avant de se laisser tomber sur le sofa en mâchant un chewing-gum et en agitant la main en direction de la caméra. Le Dr Hicks les rejoint quelques secondes plus tard.

— Dis-moi, mec, comment ça va ? demande Adam en riant.

— Super bien, mec, super bien. C'est ouf d'être là, c'est l'émission du moment, tu peux me croire. Pas vrai, les filles ? Comment allez-vous ? Elles sont adorables.

Il cligne de l'œil en souriant avant de se tourner vers le Dr Hicks. Il frappe le poing contre le sien avant de faire semblant de laisser tomber un micro. L'échange est confus et embarrassé.

— Ah, Danny est super mignon, commente Gemma en jouant avec ses cheveux.

— Que ceux qui sont dégoûtés que les filles ne soient pas en uniforme d'écolière lèvent la main ! crie Danny au public en levant haut le bras.

Gemma laisse tomber sa mèche et croise les bras avant de marmonner :

— Je retire ce que j'ai dit. Ce mec craint.

— Le responsable s'appelle Howard Hicks, répond Adam. Rabat-joie ! dit-il avec une grimace avant d'enchaîner. Danny, dites-nous ce que vous allez faire avec les candidates aujourd'hui.

— Les filles, Adam… je vais commencer par le commencement. Il y a trois mois, nous avons tweeté un message simple mais profond à l'attention de nos followers. Il disait… (Il s'interrompt pour faire son petit effet et trace un trait imaginaire en l'air.) « Le problème avec les femmes, c'est… » Et nous avons laissé la suite vide. Les résultats ont été complètement dingues, Adam, nous avons reçu des milliers de réponses. Je peux te dire une chose, c'est que Jay-Z doit revoir sa copie !

— Quatre-vingt-dix-neuf problèmes tous causés par une femme ?

— Ha ! exactement, Adam, exactement.

Amy déteste cette chanson. Jamie la chantait tout le temps, il trouvait hilarant de remplacer *I got 99 problems but a bitch ain't one*[1] par *I got 99 problems and this bitch is one*[2] en la désignant du doigt sur la piste de danse.

Le Dr Hicks intervient :

— Nous avons passé six semaines à analyser les réponses, à les classer et à leur accorder un ordre de priorité en fonction de leur poids émotionnel. Certaines réponses étaient plus profondes que d'autres. Voici deux exemples pour vous aider à comprendre. Une réponse superficielle est : « Le problème avec les femmes, c'est qu'elles s'attendent à ce qu'on mette la main au porte-monnaie. » Une réponse profonde, c'est : « Le problème avec les femmes, c'est qu'elles s'attendent à ce qu'on les entretienne. »

— Ça, c'était il y a vingt ans, mon gars ! répond Jackie. À l'époque où on ne pouvait pas avoir des postes qui nous rémunéraient convenablement.

Adam hoche vigoureusement la tête.

— Fascinant. Et comment allez-vous utiliser ces informations pour aider nos concurrentes ?

— Facile, répond Danny. Nous allons leur apprendre ce qu'il faut faire et ne pas faire pour garder un homme une fois en couple. Ce n'est pas un test. Ni un défi. Enfin, je suppose que rester silencieuses plus de cinq minutes est un véritable défi pour elles, pas vrai, les mecs ? Ah, ah, je plaisante, les filles !

1 « J'ai 99 problèmes mais aucun à cause d'une salope »

2 « J'ai 99 problèmes et cette salope-là en est un »

— Quand je vois Gemma, je ne sais pas, renchérit Adam en s'esclaffant.

Danny l'imite en se frappant le genou. Le Dr Hicks leur lance un regard désapprobateur.

— Hé ! s'exclame Gemma en regardant les autres participantes.

— Connards, jure Jackie entre ses dents.

Dehors, des bureaux sont alignés sur deux rangées, et sur l'écran de cinéma en plein air on peut voir Adam, Danny et le Dr Hicks. Danny porte un uniforme de prof : pantalon en velours, gilet en laine et fausses lunettes. Il ressemble au Dr Hicks qui, lui, est habillé comme ça en toutes circonstances.

— Bonjour, mesdames, et bienvenue à « Gardez-les au chaud ! », crie Adam. Ce cours a pour but de vous apprendre tout ce que vous devez savoir pour rendre un homme heureux. Pendant une heure, vous découvrirez tout ce que nous trouvons insupportable, comment éviter de nous tyranniser et les façons de booster votre libido pour nous empêcher de vous larguer en emportant avec nous la vie dont vous rêvez. DING DING ! Adieu les cloches du mariage et les enfants, et bonjour les chats, la bouffe à emporter et les soirées télé.

— C'est une perspective plutôt pas mal, répond tranquillement Hattie.

Amy contemple les autres concurrentes. Elles dévisagent toutes Adam, ahuries. Elle a envie d'éclater de rire en voyant Gemma le fusiller du regard tandis que Lauren a fermé les yeux pour se contenir. Pendant ce temps, Jackie écrit à toute allure sur la feuille de papier posée devant elle.

Amy se penche pour lire par-dessus son épaule. Le titre de sa liste est : « Le problème avec les hommes, c'est... ».

— Nous avons passé toutes les réponses des internautes au peigne fin pour les classer en catégories claires, intervient le Dr Hicks. Ces catégories comprennent l'apparence, le comportement, le sexe, la communication, le caractère et la stabilité émotionnelle. Ce sont les problèmes clés pour des milliers d'hommes qui sont ou ont été en couple avec des femmes. Nous allons évoquer toutes ces catégories, expliquer quels sont les problèmes principaux et vous révéler certaines des réponses que nous avons reçues.

Danny prend la parole à son tour.

— Les filles, ce cours est semi-interactif. Il se peut qu'on vous pose des questions, mais on veut surtout que vous écoutiez en silence et que vous preniez des notes. Ne nous interrompez pas. Si vous avez besoin d'explications supplémentaires, levez la main. Vous avez compris ?

— Oui, je pense qu'un chien aurait compris, rétorque Jackie à haute voix.

— Très bien, allons-y, alors ! La première catégorie concerne l'apparence, déclare Adam en cliquant sur la télécommande.

Une femme magnifique apparaît sur l'écran. Amy jette un regard à Flick en se demandant si elle aussi voit la ressemblance.

Règle n° 1 : Ne vous laissez pas aller.

— Voici Kelly. Kelly est une représentation de la femme idéale générée par ordinateur, à partir des données que nous avons réunies. Nous ne disons pas pour autant que vous devez toutes lui ressembler.

— J'espère bien, répond Jackie en désignant sa peau. Je suis noire, mec.

Le Dr Hicks tousse, l'air embarrassé, et précise :

— Nous ne sommes pas en train de dire que toutes les femmes devraient être blondes aux yeux bleus. Nous voulons vous parler de son apparence soignée.

Danny clique de nouveau, et Kelly se transforme en une femme beaucoup plus âgée à l'air maussade. Elle fait deux fois son poids, ses cheveux gris sont emmêlés, et elle n'est pas maquillée. Elle porte un survêtement trop grand, des Ugg sales et est en train de manger un hamburger.

Gemma éclate de rire.

— Hé, mais c'est moi le dimanche matin !

Danny la fusille du regard.

— On parlera des femmes et de l'humour plus tard, Gemma. Les filles, voici Kelly si elle se laisse aller. Plus de la moitié de nos réponses disaient que le problème avec les femmes, c'est qu'elles se laissent aller. Un jour ou l'autre, elles cessent de s'intéresser à leur style, à leur silhouette et à leur féminité. Certains hommes se plaignent aussi que leurs femmes ne sont pas aussi propres et agréables à regarder après avoir eu des enfants. Les hommes sont des créatures visuelles et ils détestent que les femmes cessent de faire un effort pour être jolies. Ils n'aiment pas que vous choisissiez de porter des pantoufles plutôt que des escarpins. Ça leur donne l'impression que vous ne vous intéressez plus à eux.

Danny clique une troisième fois, et une troisième version de Kelly apparaît. Elle est plus vieille mais toujours mince, et elle porte une jupe et des talons hauts. Elle tient un jus détox vert en souriant, et ses cheveux sont parfaitement brushés.

— Voici Kelly la Couguar, qui porte toujours son alliance ! Kelly Je-me-laisse-aller n'a pas d'alliance, pas vrai ? C'est parce que son mari n'a pas signé pour une femme grosse, mal fagotée et revêche. La règle est donc simple, les filles. Ne vous laissez pas aller.

Amy lève la main.

— Et où est-on censées trouver le temps et l'énergie de se faire un brushing, se vernir les ongles, repasser notre jupe, se préparer un jus détox et sourire tous les jours ? Je n'y arrive pas et je n'ai même pas d'enfants. Quand je rentre du boulot à 19 heures, je suis épuisée et je pourrais citer mille manières plus sympas de me détendre.

— Tu pourrais te lever une heure plus tôt, suggère Danny. C'est un petit prix à payer pour rendre ton amoureux heureux d'être avec toi et personne d'autre. Et ça boostera aussi ta confiance en toi. Et il n'y a rien de plus sexy que la confiance. Enfin, dans des proportions raisonnables. On ne veut pas non plus d'une femme avec trop d'ego.

Amy ne l'admettra jamais, mais il lui a fallu trois mois pour oser se montrer à Jamie sans fond de teint. Quand elle avait commencé à passer la nuit chez lui, dès qu'elle se réveillait elle se rendait dans la salle de bains sur la pointe des pieds. Puis elle se brossait les dents, appliquait du fond de teint et vaporisait un tout petit peu de parfum dans l'air pour faire croire à Jamie qu'elle sentait naturellement le jasmin. Ensuite, elle se recouchait sans faire de bruit en essayant désespérément de ne pas laisser de taches de maquillage sur les taies d'oreiller Harrods, fermait rapidement les yeux et faisait semblant de bâiller. Un jour, il avait trouvé une trace de fond de teint sur la taie et était entré dans une rage folle. Lorsqu'elle avait enfin cessé cette routine épuisante, il n'avait de toute façon rien remarqué.

Le Dr Hicks avance un peu et prend la télécommande des mains de Danny. Une photo de deux mannequins au lit apparaît sur l'écran. Ils rient, allongés en cuillère, lui derrière elle.

Règle n° 2 : Faites un effort au lit.

— Est-ce qu'elle a pété sur sa jambe ? murmure Lauren.

Elles éclatent toutes de rire, à l'exception de Flick, qui se retourne pour la faire taire.

— Les filles, les hommes ne répondent pas seulement à la stimulation visuelle, mais aussi à la stimulation sexuelle, continue Danny. Le deuxième plus gros problème dont se plaignent les hommes concerne leur vie sexuelle. Ou plutôt son absence. Les femmes atteignent leur maturité sexuelle au tout début de la trentaine. Après ça, les hormones peuvent faire chuter votre libido. Ma théorie, c'est que c'est lié à la confiance en soi. Si vous ne vous sentez pas séduisantes, vous n'avez pas envie de baiser. Vous avez peur d'être rejetées et donc vous rejetez. C'est un cercle vicieux. Voici un tweet d'un de nos followers.

> Ma femme et moi faisions l'amour cinq fois par semaine avant d'avoir des enfants. Maintenant, elle est trop fatiguée, elle a trop mangé ou elle se sent trop grosse. J'en ai assez qu'elle me repousse. Si ça ne cesse pas, j'irai voir ailleurs. Pourquoi rester avec quelqu'un qui n'a plus envie de moi ?

— Être paresseuse au lit est une bombe à retardement, poursuit Danny. Dans une relation saine, on doit baiser au moins trois ou quatre fois par semaine. Écoutez, je comprends, quand vous n'en avez pas envie, ça peut être dur de se forcer. Mais parfois, il faut se pousser un peu et faire des efforts au lit.

La vie sexuelle d'Amy et de Jamie avait piqué du nez durant les six derniers mois. Soit il travaillait, soit il allait à la salle de sport, soit il rentrait tellement tard qu'Amy dormait déjà. S'il était bourré, il la réveillait au beau milieu de la nuit et, même si ça l'agaçait, elle acceptait une baise maladroite dans un nuage de vapeurs d'alcool. Au moins, après ça, elle pouvait cocher la case « sexe », et il ne pouvait pas lui reprocher de ne jamais avoir envie. C'était soit ça, soit du cul avec la gueule de bois, ce qu'il adorait et qu'elle détestait, surtout si elle avait trop bu elle aussi. Chaque fois, elle se sentait laide, puante, et elle avait la migraine.

— Mesdames, ajoute le Dr Hicks. Si vous aimez votre partenaire, le sexe ne devrait pas être une corvée. Il y a plein de manières de pimenter votre vie sexuelle. Les massages. Les jeux de rôle. Les déguisements. Les plumes.

— Ouh, docteur, je parie que vous aimez les uniformes d'infirmière, pas vrai ? s'écrie Gemma en riant.

— Oui. Passons rapidement à la troisième catégorie, répond-il en manquant de laisser tomber la télécommande.

Règle n° 3 : Ne nous harcelez pas, ne nous contrôlez pas, ne nous négligez pas.

— Cette partie concerne votre comportement, poursuit-il. Nous avons reçu de nombreuses réponses sur ce sujet, je vais en lire quelques-unes pour vous montrer quel est le problème.

Le problème avec les femmes, c'est qu'elles passent leur temps à se plaindre. Ma petite amie gémit pour des trucs sans intérêt, par exemple si je laisse traîner mes fringues par terre ou que je ne nettoie pas le lavabo. Mais elle n'apprécie jamais ce que je fais, comme vider le lave-vaisselle.

Le problème avec les femmes, c'est qu'elles se prennent pour nos mères. Ma femme me traite comme un des enfants. J'ai quarante-cinq ans, bordel, je peux préparer mes p***** de céréales. On pourrait croire que j'aime qu'on s'occupe de moi comme ça, mais c'est une façon de me contrôler.

Le problème avec les femmes, c'est qu'elles finissent par vous faire passer après. J'étais la personne la plus importante de la vie de ma femme. J'ai disparu après la naissance des enfants.

L'autre jour, j'ai dû l'appeler trois fois avant qu'elle me réponde. Ce serait bien qu'elle me remarque de temps en temps.

Jamie se plaignait tout le temps du fait qu'Amy ne respectait pas les règles de propreté. Il était maniaque, et elle devait toujours se déplacer chez lui comme si elle était dans le coffre de *Mission impossible* : interdiction formelle de laisser un cheveu sur le tapis, de répandre un peu de thé ou de faire tomber des miettes.

— Oh ! bon sang, quoi qu'on fasse, on le fait mal, pas vrai ? s'écrie Gemma. Si on s'occupe d'eux, ils nous accusent de les étouffer. Et, si on ne s'occupe pas d'eux, ils pensent qu'on ne les aime pas. Et dire qu'ils se plaignent de *nous* entendre gémir tout le temps. C'est vraiment deux poids deux mesures.

Les autres murmurent leur approbation.

— Les relations reposent sur un équilibre, Gemma. Parfois, tu donnes, parfois tu prends, répond Danny avant que le Dr Hicks ait pu le faire. Mais se plaindre, harceler, contrôler, négliger, ça, ce n'est pas possible, les filles.

— Mesdames, intervient le Dr Hicks. Donner aux hommes l'impression que vous ne les aimez plus quand vous avez des enfants est un énorme problème. Trouvez du temps pour vous deux. Organisez des soirées en tête à tête. Consacrez au moins une heure par jour rien que pour vous deux. Quand les enfants dorment, n'en profitez pas pour prendre un bain ou regarder Netflix. Éteignez la télé. Laissez-le vous rejoindre dans la baignoire. Ça permettra de pimenter votre vie sexuelle en même temps.

— Beurk, je *déteste* quand Jason veut prendre un bain en même temps que moi. Ce n'est pas sexy du tout, c'est gênant et inconfortable et, au final, il prend toute la place. Maintenant, je verrouille la porte.

L'écran laisse apparaître la quatrième règle.

Règle n° 4 : Dites-nous ce qui ne va pas.

— Maintenant, les filles, levez la main celles qui ont déjà répondu que tout allait bien alors que ce n'était pas du tout le cas. Allez, soyez honnêtes. Personne ? Ah ah, c'est ça ! s'esclaffe Danny. Je suppose que vous avez entendu ce cliché, qui veut que la communication soit la clé d'une relation heureuse. Eh bien, laissez-moi vous dire qu'il y a une bonne raison pour ça. Écoutez.

Le problème avec les femmes, c'est qu'elles croient qu'on est télépathes. Dites-nous quand quelque chose ne va pas. Ne marmonnez pas que vous allez bien, ne nous punissez pas en boudant avant d'avouer de manière passive agressive trois jours plus tard qu'on ne vous a pas complimentées sur votre nouvelle coupe de cheveux !

— Il vaut toujours mieux être ouvertes, honnêtes et franches, intervient le Dr Hicks. Même si vous êtes nerveuses à l'idée de soulever un problème. Garder le silence tout en bouillonnant de l'intérieur fait monter la tension qui peut finir par mener à la rupture.

Hattie lève la main.

— Oui, Hattie ?

— Je comprends que c'est important de dire à quelqu'un qu'il a mal agi. Mais si cette personne vous empêche de finir vos phrases et s'en va en claquant la porte ? Comment fait-on pour communiquer, alors ?

C'était exactement la tactique de Jamie quand ils se disputaient. On aurait dit Dr Jekyll et Mr Hyde. Il passait du fou rire à la fureur pure si Amy disait quelque chose qui lui déplaisait. Il était impossible de lui faire la moindre critique. Amy avait renoncé.

— Dans cette situation, Hattie, il faut patienter, répond

Danny en coupant la parole au Dr Hicks. La colère flambe, puis s'éteint. Il finira par se calmer. Continue à essayer, et je suis certain que tu finiras par arriver à communiquer.

Hattie baisse la main, désarçonnée.

— Tout est clair, les filles ? Vous avez besoin de plus de détails ?

Lorsque personne ne se donne la peine de lui répondre, il continue :

— Non ? Passons à la règle suivante.

Le Dr Hicks clique, et la règle suivante apparaît.

Règle n° 5 : Ne soyez pas autoritaires.

— Comme je l'ai déjà dit, les hommes aiment les femmes qui ont confiance en elles, dit Danny. Mais la frontière est ténue entre la confiance et l'autorité. Nous avons reçu de très nombreuses réponses sur ce sujet. Broyer la virilité de votre partenaire en lui donnant des ordres est le chemin le plus court vers la rupture. Personne n'a envie d'épouser Mme Je-contrôle-tout. C'est important pour les hommes de sentir que ce sont eux qui gèrent la situation. Les féministes hystériques essayent de le nier, mais les hommes sont nés pour être des leaders, des protecteurs, et pour prendre soin des femmes. C'est génétique. Laissez-le être un homme, un *vrai*. Laissez-le être viril. Laissez-le être un héros. Laissez-le prendre des décisions importantes et avoir l'impression d'être le chef du foyer.

Adam fait signe au Dr Hicks de cliquer tandis que les candidates soupirent et lèvent ostensiblement les yeux au ciel.

Règle n° 6 : Apprenez à rire davantage.

— Voilà une réponse intéressante concernant votre caractère, et qui d'après moi est un problème assez répandu, dit Danny.

Le problème avec les femmes, c'est qu'elles perdent leur sens de l'humour. Mon ex riait tout le temps à mes blagues. Maintenant, elle dit que je suis bête. Mes vannes sont toujours les mêmes, alors c'est forcément elle qui a changé. Ou alors elle faisait semblant de me trouver marrant avant, mais ce n'est pas possible. Mes potes me trouvent hilarant.

On dirait Jamie.

— Ma théorie ? J'accuse encore votre manque d'effort. Vous ne faites plus l'effort de le faire se sentir spécial, exactement comme dans votre vie sexuelle. C'est cruel de ne pas rire aux blagues de quelqu'un. Offrez à votre homme une dose de confiance en lui, ça le rendra heureux, rire est gratuit et payant sur le long terme. Et si vraiment vous ne pouvez pas rire ? Souriez, au moins !

— Mais mon ex ne faisait que des blagues à mes dépens, intervient Amy. Au début, je pensais que c'était comme s'il me tirait les couettes en maternelle, qu'il faisait ça parce que je lui plaisais. Mais plus il se moquait de moi, plus j'avais l'impression qu'il essayait de saper *ma* confiance. Ça te ferait rire que ta petite amie se tourne vers ses copines en disant : « Ne parlons pas de l'éléphant dans la pièce » avant de te désigner du menton ?

Jamie avait fait cette blague très tôt au début de leur relation, et Amy avait ri. Elle ne voulait pas que ses amis la croient coincée. S'il l'avait faite six mois plus tard, elle l'aurait mal pris.

Danny ricane.

— Oh ! ça va, Amy, c'est une taquinerie. Un signe d'affection.

— Mais donner des complexes aux autres n'est pas drôle. C'est du harcèlement, réplique-t-elle en le regardant droit dans les yeux.

— Peut-être que les femmes n'ont aucun sens de l'humour, marmonne-t-il dans sa barbe.

Personne ne relève.

— On peut passer à la suite ? demande le Dr Hicks en cliquant sur la télécommande.

La photo d'un homme attablé dans un restaurant, la tête entre les mains, une femme en colère et les bras croisés en face de lui, apparaît sur l'écran. À l'arrière-plan, on voit un homme à genoux en train de demander en mariage sa compagne heureuse.

Règle n° 7 : Arrêtez de nous mettre la pression.

— Bordel, mais combien de règles il y a ? soupire lourdement Gemma en levant la tête vers le ciel. Est-ce qu'on va avoir une pause pour aller aux toilettes au moins ?

— Patience, Gemma, nous n'en avons plus pour très longtemps, répond le Dr Hicks.

— Et si je vous disais que je viens juste d'avoir mes règles ? annonce-t-elle en se levant.

— AH ! bien essayé, mais nous savons que ce n'est pas le cas, intervient Adam.

Il écarquille les yeux quand il comprend qu'il n'aurait peut-être pas dû dire ça.

— Vous quoi ? lâche Lauren en montant au créneau.

— Oh mon Dieu ! Est-ce que Jason vous a parlé de mon cycle menstruel ? Mais quel connard !

— Il s'agissait d'une simple question dans le formulaire médical que nous demandions, intervient le Dr Hicks.

— Mais dans quel monde vous avez besoin de savoir ça ? s'énerve Jackie. C'est une information privée, tout ça est illégal.

— Il s'agissait de mesures de précautions afin que nous puissions nous préparer à toute éventualité.

— Vous préparer à quoi ? Une attaque de syndromes prémenstruels ?

— Nous tenions à anticiper tous vos besoins physiologiques, c'est tout. Pouvons-nous désormais en revenir au défi et oublier cela ?

Lauren croise les bras d'un air renfrogné avant de lâcher :

— Comme si c'était facile d'oublier qu'on est ici…

Les colocataires encaissent silencieusement la nouvelle : elles sont scrutées et surveillées comme du bétail. Et tout le monde a l'air de trouver ça normal. Danny reprend :

— De nombreux hommes ont signalé que le problème avec les femmes, c'était qu'elle leur mette la pression pour tout. Gagner de l'argent, se marier, avoir des enfants, sortir, passer du temps avec elles, rentrer tôt, rendre des comptes. La liste est longue. Mettre la pression à un homme, surtout s'il a un boulot exigeant, peut déclencher la fin d'une relation. Dr Hicks, quelque chose à ajouter ?

— Dans mon livre *Êtes-vous dans une vraie relation ?* je conseille de ne pas passer plus d'une heure par mois à parler de votre relation et d'être à l'affût des signes révélant qu'il lutte sous le poids de vos besoins. Est-il plus impatient que d'habitude ou passe-t-il moins de temps à la maison ?

— *Spoiler alert* : il a une maîtresse, ricane Jackie.

— Il est important de faire en sorte de montrer à votre partenaire que vous savez qu'il est sous pression. De cette façon, vous pouvez l'alléger ensemble et éviter qu'elle plombe votre relation, conclut le Dr Hicks en cliquant de nouveau.

Règle n° 8 : Calmez-vous.

Une femme en larmes, le mascara dégoulinant sur les joues, apparaît sur l'écran.

— Waouh, c'est moi dans exactement deux secondes

à cause des conneries que vous débitez tous les deux, marmonne Jackie.

— Jackie, si tu ne veux pas prendre cette séance au sérieux, alors je te suggère de partir, dit Danny en la fusillant du regard.

Elle hausse les sourcils, se lève, se dirige vers le bureau et y dépose sa propre liste.

— Va te faire foutre, déclare-t-elle en lui lançant un regard meurtrier avant de tourner les talons et de rentrer dans la maison.

— Le timing est parfait. Parlons de stabilité émotionnelle, annonce Danny avec un grand sourire. Le problème avec les femmes, si on en croit nos lecteurs, c'est que vous montez dans les tours tout de suite. Comme vous avez appris à gérer vos émotions avec HuJo, j'espère que ce sera juste une piqûre de rappel. Ne vous énervez pas pour rien. Ne dramatisez pas ! Écoutez ce témoignage.

> Le problème avec les femmes, c'est qu'elles sont folles à lier. C'est simple. Ma copine est rentrée du boulot hier soir et elle a pété un plomb parce que je n'avais pas sorti le poulet du congélo et que les enfants n'avaient pas pris leur bain. Elle n'en a rien eu à faire que je lui dise que je ne me sentais pas bien. Si ce n'est pas une réaction excessive, c'est quoi ?

Amy a toujours pensé qu'elle était la plus calme des deux. Jamie s'enflammait pour un rien. Comme le jour où il lui avait présenté son pote Andy et qu'il était entré dans une rage folle parce qu'elle avait effleuré son bras, ce qui d'après lui était un signal. Il avait déblatéré en boucle sur le fait qu'elle avait eu l'air d'une fille facile et lui d'un con. En y repensant, Amy n'a jamais réagi de manière excessive durant leur relation. La *drama queen*, c'était Jamie.

Le Dr Hicks leur tend une carte de la taille d'une carte bleue qui contient toutes les règles en leur conseillant de

« la garder dans leur sac à main » tandis que Danny fait apparaître à l'écran une roue sur laquelle sont écrits leurs prénoms.

— Les filles ! crie Adam. Maintenant que la leçon est terminée, nous avons une incroyable surprise pour vous. Et pour nos téléspectateurs. Je vous présente la Roue des Rendez-Vous ! (Il pianote sur l'ordinateur portable posé devant lui, qui bipe aussitôt.) Nous avons une téléspectatrice chanceuse en ligne. Diane ? Vous êtes là ? Allô, Diane ? Vous m'entendez ?

— Oh ! mon DIEU ! hurle Diane à l'autre bout du fil. (D'autres cris s'élèvent derrière elle.) Salut, Danny ! Salut, les colocs ! Je n'arrive pas à croire que je passe à la télé ! Tais-toi, maman, je n'entends rien ! ! ! Allô ?

— Oui, bonjour, Diane, et bonjour, la mère de Diane ! répond-il en souriant.

D'autres hurlements. Adam sourit de plus belle avant de déclarer :

— Nous allons faire tourner la Roue des Rendez-Vous, et c'est vous qui nous direz quand appuyer sur le buzzer pour l'arrêter. Vous êtes prête ?

— Excusez-moi, vous voulez bien nous expliquer le principe du jeu ? demande Amy. Que se passe-t-il si c'est mon nom qui sort ? (Elle jette un coup d'œil aux autres.) Est-ce que c'est une élimination ? murmure-t-elle.

— D'accord, Diane, 1… 2… 3… c'est parti !

Il appuie sur le buzzer, et la roue se met à tourner.

— Est-ce que c'est une élimination ? répète Amy, plus fort cette fois.

Au bout de quelques secondes, Diane lui hurle d'arrêter. La flèche ralentit, puis finit par s'immobiliser sur le nom d'Amy.

Elle dévisage ses concurrentes, qui ont toutes l'air inquiet. Est-ce fini ? Va-t-elle partir ? Elle pousse un profond soupir et pose les mains sur ses hanches.

— Merci, Diane ! beugle Adam avant de raccrocher. Amy, Amy, Amy. Nous avons une surprise pour toi.

Elle a envie de vomir.

— Ce soir, Amy, explique Adam en se dirigeant nonchalamment vers elle, les mains dans les poches, tu prépareras un Dîner d'Excuses pour quelqu'un de spécial. Un repas maison pour te faire pardonner de t'être laissée aller, de ne plus avoir eu de libido, de t'être plainte, de l'avoir contrôlé, négligé et pressuré. Toutes les erreurs qui étaient peut-être involontaires et inconscientes mais que, je peux te l'assurer, tu as commises.

— Pour qui ? Auprès de qui dois-je m'excuser ?

— Jamie O'Connor, bien sûr.

SEMAINE 3

Chapitre 20

— J'en sais rien, Ames. Et l'argent ? demande Gemma en reposant sa tasse de thé sur la table basse.

— On dit qu'il ne fait pas le bonheur, poursuit Jackie, mais ce sont des conneries. J'ai grandi pauvre, puis je suis devenue riche, et je peux t'assurer que je choisirais l'argent à ta place.

— Si je gagne le million, j'ouvre ma salle de gym, déclare Gemma avant de pousser un petit cri. Je l'appellerai Gymma !

Amy a la tête enfouie sous un coussin du canapé depuis vingt minutes. Préparer un Dîner d'Excuses pour Jamie alors qu'elle n'a rien fait de mal, c'est trop. Ils la poussent vers la sortie. Dix mille livres suffisent à lui payer un séjour en Asie et, de toute façon, elle ne gagnera jamais le million ; elle rôde dans le milieu du classement depuis le début, ce qui prouve que personne ne parle d'elle. Sonia Cole a raison : elle est une plante verte. Elle ne peut pas rivaliser avec Flick ou Gemma ; elle ferait aussi bien de partir tout de suite pour s'épargner l'humiliation douloureuse d'un dîner avec Jamie et tout ce que ces marionnettistes diaboliques ont encore en réserve.

Elle sourit en pensant qu'elle pourrait être chez elle dans quelques heures et regarder les autres papoter sans elle. Elle pourrait même commenter sur Le Mur. Pour conseiller de manière anonyme à Jackie de laisser un peu Flick tranquille. Ou alors sous son nom ; elle doit se montrer plus assurée et franche. Elle se promet d'intervenir la prochaine fois que Jackie s'en prendra à Flick.

En se rendant à la Salle de Thérapie, Amy s'arrête pour regarder Le Traqueur : elle est montée d'une place. Ça doit être à cause du Dîner d'Excuses dont tout le monde parle. Elle ne change pas d'avis pour autant. Elle ne peut pas préparer un repas pour Jamie. Ni s'excuser. C'est au-dessus de ses forces.

Gemma surgit dans son dos et lui presse l'épaule.

— Tu es sûre que tu veux t'en aller, Ames ? On t'aime toutes, ici. Si tu pars, tu nous manqueras beaucoup. En plus, on est déjà à la moitié de l'émission, les deux dernières semaines vont passer à toute vitesse !

— Oui…, commence Amy avant d'être interrompue.

— Oh la la, je suis en tête ! s'écrie Gemma en regardant Amy avec un grand sourire. Je n'en reviens pas ! Merci, tout le monde ! dit-elle en agitant la main devant la caméra. Pardon, tu disais ?

L'éclat de Gemma la ramène à la réalité de la situation. C'est une compétition, pas une communauté. Elles ne se connaissent que depuis deux semaines. Même si elles ont parfois l'impression d'être proches, la vérité vraie c'est que, quoi qu'elles en disent, elles veulent toutes gagner un million de livres. Elles s'aiment bien mais, dans un mois, chacune aura retrouvé sa vie, et elles ne se parleront probablement plus jamais. Elle n'en veut pas à Gemma, elle n'avait pas l'intention de la blesser. Amy ressentirait la même chose si elle était en tête du classement, et Gemma est du genre spontané. C'est une chose qu'Amy apprécie chez elle.

— Ames, tout le monde te soutient, ajoute Jackie en les rejoignant. Sur Le Mur, tout le monde dit qu'ils sont allés trop loin avec le Dîner d'Excuses. Je pense vraiment que tu le regretteras si tu t'en vas. Si tu peux t'en sortir ce soir, alors plus rien ne t'arrêtera, et on sera toutes derrière toi.

— On regrette toujours ce qu'on n'a pas fait et jamais ce qu'on a fait, renchérit Gemma.

Amy les étreint toutes les deux, puis ouvre la porte de la Salle de Thérapie. Peut-être qu'elle s'est montrée trop dure. C'est peut-être plus qu'une compétition.

— Bonjour, Amy, la salue le Dr Hicks en entrant. Ces derniers jours ont été difficiles, n'est-ce pas ? C'est pour ça que vous avez demandé à me voir en dehors des séances programmées ?

— Oui, je suppose qu'on peut dire ça comme ça. Ce Dîner d'Excuses que vous avez organisé, c'est un peu exagéré, non ? dit-elle en essayant de garder son calme.

— Il a toujours été question de tester votre résistance dans cette émission, Amy. Si vous vous sentez déstabilisée, essayons de trouver un moyen d'y remédier.

— Je veux quitter la maison.

Il cesse de pianoter sur son iPad et lève les yeux vers elle, surpris.

— N'est-ce pas un peu excessif ?

— Non, je ne pense pas. Et, si ça l'est, je n'en ai rien à faire. C'est juste ce que je ressens.

— Amy, vous ne devriez pas prendre de décision importante sous le coup de la colère ou de l'émotion. Réfléchissez-y davantage, au moins jusqu'à demain.

— Il est hors de question d'attendre demain, le dîner avec Jamie a lieu ce soir ! s'écrie-t-elle. Et je suis désolée, mais être obligée de cuisiner un repas d'excuses pour mon connard d'ex est absurde. Je ne réagis pas de manière excessive, mais juste comme un être humain normal. Vous êtes psy, je pense que vous pouvez comprendre ?

— Je suis sûr que vous êtes plus forte que ce que vous croyez et que votre façon de surmonter ce défi pourrait vous surprendre. Voir Jamie pourrait vous aider à lâcher prise. À couper le cordon. Pardonner à quelqu'un qui nous a blessé permet de se libérer des émotions négatives qui nous retiennent en arrière comme la colère ou le blâme.

Ses paroles font mouche. Elle s'interrompt alors qu'elle s'apprêtait à répondre, soupire et s'assied.

Si elle ne pardonne pas à Jamie, elle lui en voudra toute sa vie. Et pourquoi lui permettrait-elle d'avoir cette emprise sur elle ? Pourquoi le laisser influencer ses actions ou ses sentiments ? C'est elle qui dirige sa vie à présent. Elle a perdu deux longues années à s'inquiéter de ce qu'il pensait d'elle. Sa décision de rester dans l'émission ne devrait rien avoir à voir avec lui. Amy imagine son air satisfait quand il apprendra qu'elle a quitté l'émission à cause de lui. Il est hors de question de lui donner le plaisir de croire qu'elle tient encore à lui. Elle doit aborder ce Dîner d'Excuses avec une indifférence totale. Elle doit se ressaisir et se montrer amicale, même si c'est juste pour la télé. Jamie ne peut pas partir d'ici en pensant que c'est toujours lui qui tient les rênes.

Son ego est déjà suffisamment gros comme ça.

Chapitre 21

Haletante, Hattie fait les cent pas dans le couloir devant la Salle de Thérapie en se frottant les bras. On dirait qu'elle a vu un fantôme.

— J'ai fait une grosse connerie, Amy, je ne devrais pas être ici. Et s'ils m'obligent à dîner avec Dylan ? Est-ce que le Dr Hicks t'a dit quelque chose ?

— Houlà, Hats, qu'est-ce qui se passe ? Arrête. (Amy la prend par le bras pour la guider vers la salle à manger.) Assieds-toi. Respire. Où sont les autres ? demande-t-elle en jetant un regard autour d'elle.

Jackie, Gemma et Lauren sont en train de bronzer autour de la piscine, seins nus, tandis que Wall-E le Voyeur rôde autour d'elles. Flick sort à son tour, un toast et une tasse de thé à la main, les aperçoit et bat immédiatement en retraite dans la cuisine.

Amy reporte son attention sur Hattie, qui a du mal à reprendre son souffle.

— Je viens avec toi, Amy. Il faut que je sorte d'ici. Je ne peux plus rester, je ne le supporte plus. (Elle enfouit le visage dans ses mains avant de se blottir contre l'épaule d'Amy.) Ils ne peuvent pas me forcer à voir Dylan.

— Hattie, répond calmement Amy. Personne n'a dit que

tu devrais le revoir. Ça n'arrivera probablement jamais. Et puis il est déjà venu dans l'émission, je suis certaine qu'il ne reviendra pas. Gemma lui a flanqué la frousse de sa vie. Est-ce que tu veux voir le Dr Hicks ? demande-t-elle en la repoussant gentiment pour la regarder dans les yeux.

— Non, je veux..., je ne sais juste pas où aller. Je me sens prisonnière, c'est trop tout ça. Je ne peux pas respirer.

— Hattie, tu n'es pas prisonnière, tu as le choix et tu peux aller où tu veux. Je te promets que tout va bien ici, avec moi. Maintenant, je veux que tu fasses ce que je vais te demander.

Amy la conduit jusqu'à une chaise, la fait asseoir et s'installe en face d'elle.

Hattie hoche la tête, ferme les yeux et continue à haleter.

— Nomme cinq choses que tu vois, ordonne Amy. Ça peut être n'importe quoi. Comme une chaise.

Hattie rouvre lentement les yeux, désarçonnée.

— Fais-moi confiance, assure Amy.

Hattie regarde autour d'elle et déclare d'un ton hésitant :

— La table de la salle à manger.

— Super. Quoi d'autre ?

— Un compotier, un mug sale, un tableau, une porte.

Amy et Hattie continuent à énumérer ce qui les entoure pour obliger Hattie à se concentrer sur ses sens. Quatre choses qu'elle peut toucher, quatre qu'elle peut entendre, deux qu'elle peut sentir pour finir par une affirmation positive. Sarah serait fière d'elle. C'est son amie qui lui a appris cette technique pendant leurs examens ; Amy était débordée et épuisée, et Sarah l'avait un jour retrouvée prostrée en position fœtale sous son bureau, répétant en boucle qu'elle n'y arriverait pas. Depuis, elle avait dû utiliser cette technique une dizaine de fois lorsque le boulot – ou Jamie – la submergeait.

— Je suis assez forte pour surmonter tout ça, disent-elles en chœur.

Hattie respire normalement et le cœur d'Amy, qui battait la chamade, a repris son rythme de croisière.

— Merci, Amy. (Hattie baisse la tête.) Parfois, j'ai l'impression de manquer d'air.

— Tu veux parler ? Peut-être dans un endroit plus calme ? demande Amy juste au moment où elles entendent Jackie crier puis un grand bruit d'éclaboussures.

— Tu es morte, Lauren Hawk ! hurle-t-elle ensuite avant qu'un bruit de plongeon résonne dans le jardin.

— Tu ne peux pas me mouiller si je suis déjà dans l'eau ! lance Lauren en rigolant.

Hattie hoche la tête.

— Dans la salle de bains.

Amy verrouille la porte de la salle de bains et étale deux serviettes pliées sur le carrelage. Elle s'installe, et Hattie s'assied contre la porte de la douche, ferme les yeux et exhale.

— Je suis désolée, Amy, finit-elle par dire au bout d'un certain temps. J'ai agi comme une idiote.

— Hattie, tu n'as pas besoin de t'excuser, tu n'as rien fait de mal. C'est très compliqué de surmonter une crise d'angoisse, mais tu as réussi et maintenant c'est fini. Parle quand tu veux et si tu veux. Le silence me va très bien aussi. J'adore cette salle de bains, c'est mon échappatoire. Ici, il n'y a aucun micro, donc on sera tranquilles ; ceux de la chambre ne capteront rien si on chuchote.

— J'aimerais bien ne pas avoir aussi peur de tout, déclare Hattie en renversant la tête en arrière. Je suis tellement bête. J'ai peur de choses qui ne se produiront certainement jamais. Personne n'a jamais dit que je devais voir Dylan, mais j'ai tout imaginé et je me suis fait flipper toute seule. Et ensuite, j'ai encore plus vrillé en imaginant un dîner avec un inconnu. Je ne peux pas subir ça, je n'ai jamais eu de rendez-vous avec personne. Jamais. Je ne saurais pas quoi faire ni quoi dire. Et, avec toutes les caméras rivées sur moi, ce serait très embarrassant.

— Tu n'as pas eu de rencards avec Dylan ?

— Non. On s'est rencontrés au lycée et on a emménagé ensemble quand on avait dix-huit ans. Tous nos amis sont partis pour faire des choses beaucoup plus excitantes ; certains se sont même installés à Londres. Mais nous, on est restés à Southampton. Dans la rue dans laquelle on a grandi. Et on ne s'est jamais fait de nouveaux amis, on n'est jamais sortis. On passait tout notre temps à la maison parce qu'on n'avait pas d'argent. Pour rien. Ni pour se marier ni pour avoir des enfants. Au début, c'était chouette. Sûr, familier. J'ai trouvé un job dans les cuisines d'un hôtel au bout de la rue. Dylan était ouvrier. Les choses ont commencé à dégénérer quand il a été viré l'année dernière. Il n'a pas retrouvé de boulot et a commencé à passer toutes ses journées à jouer à la PlayStation. J'ai essayé de le pousser à bosser à l'hôtel, mais il a dit qu'il deviendrait dingue s'il devait passer plus de temps avec moi. Il n'a pas tort, je suppose ; pour moi aussi ce serait compliqué, mais j'en ai marre de me demander comment on va payer les factures. Ça fait un an que je paye tout toute seule. On a eu du mal à payer le chauffage l'hiver dernier. Quand j'ai demandé à mon père de nous prêter du fric, Dylan a pété les plombs, il a dit que je voulais le faire passer pour un loser. Heureusement, j'ai réussi à faire des heures sup, ce qui est probablement ce qui a tout déclenché. Il s'est mis à s'excuser, à pleurer et à dire qu'il ne trouvait pas de travail parce qu'il est bon à rien et que, quand je le critique, ça ne l'aide pas à avoir confiance en lui. Mais qu'est-ce que je suis censée faire, Amy ? Si je ne dis rien, il continue à gâcher nos vies. Si je dis quelque chose, je vais *le pousser à bout un de ces jours*. Pendant quelque temps, ça allait mieux. Et puis il m'a dit qu'il avait décroché un entretien pour un boulot sur un chantier à Londres et qu'il tenait vraiment à ce que je l'accompagne. C'est comme ça que je me suis retrouvée dans le Confessionnal pour l'entendre me dire que j'étais une salope, que j'étais grosse, ennuyeuse, et qu'il lui tardait d'être enfin seul et de ne plus m'avoir sur le dos.

Amy se souvient du conseil que sa mère lui avait donné quand c'était devenu sérieux avec Jamie.

« Aie toujours ton propre compte en banque, même s'il a l'air d'un saint. »

— Mais je suis quand même contente d'être ici, poursuit Hattie en souriant. J'ai appuyé sur RESTER à toute allure quand ils m'ont posé la question ! Je veux prouver à tout le monde que je ne suis pas juste Hattie la Grosse. L'hippopotame qui ne fera jamais rien de bien dans sa vie. Ne va pas croire, je ne sais pas du tout ce que je fais et je flippe vraiment, mais l'idée de revenir à mon ancienne vie est encore plus effrayante. Être ici avec vous m'a réveillée. Je sais que je peux accomplir des trucs si je m'en donne la peine. J'ai juste dérapé tout à l'heure. J'ai perdu pied. L'idée de voir sa sale gueule poilue m'a donné envie de fuir.

Amy lui presse la main.

— Merci, Ames. Je me souviendrai de cette technique, ça m'a vraiment bien aidée. Je vais rejoindre les autres à la piscine, pour me rafraîchir un peu. Tu viens ? dit-elle en se levant.

Amy secoue la tête.

— Je pense que je vais encore profiter un peu du calme et du silence. Réfléchir. Trouver un moyen de survivre à cette soirée.

— Je suis certaine que tu vas gérer ça comme une reine, affirme Hattie en ouvrant la porte de la salle de bains.

« L'idée de revenir à mon ancienne vie est encore plus effrayante. » Cette phrase en particulier résonne en elle. Au fond, ce n'est pas le célibat le plus effrayant, c'est le fait d'être coincé avec quelqu'un qui vous pourrit la vie.

— Tu comptes sortir un jour ? Je vais exploser ! hurle Jackie de l'autre côté de la porte.

Et c'est pour ça qu'Amy aime vivre seule.

Jackie se précipite dans la salle de bains et baisse son bas de bikini sans même attendre qu'elle quitte la pièce.

Dans le salon, Gemma est vautrée sur le canapé, les jambes écartées et les pieds posés sur la table basse, la main plongeant dans un bocal de cornichons. Entre chaque bouchée, elle avale une petite gorgée de vinaigre.

@tomjef2 #Gemma a 0 respect pour elle-même #LODLA

— Hey, Tommy J, tu sais quoi ? J'en ai zéro rien à foutre, crie-t-elle.

@tomjef2 OHMONDIEU #GEMMA VIENT JUSTE DE ME PARLER #jesuisunestar #LODLA

Un clappement de langue désapprobateur se fait entendre depuis la salle à manger. Gemma se tord le cou pour regarder Flick, qui est en train de recoudre un bouton sur un des chemisiers de Hattie, assise à la table. Elle lève les yeux et hausse une épaule.

— Eh bien, je suis désolée, Gemma, mais ils n'ont pas tort. En tant qu'influenceuse, tu n'es pas censée faire un peu attention à ton apparence ? Tu ne crains pas de perdre des followers si les gens te voient te comporter comme un porc ?

Gemma la fixe du regard, avale une nouvelle gorgée du bocal à cornichons, puis soupire de satisfaction.

— Je ne peux pas être instagramable tout le temps, Flick. C'est épuisant de toujours contrôler son image. Quand j'y pense, Jason doit adorer me voir glander sans téléphone. Je suis coincée ici nuit et jour : il peut surveiller le moindre de mes faits et gestes.

Flick sourit avant de répondre :

— Il devrait former un club avec Simon.

C'est la première fois qu'elle mentionne Simon sans ajouter qu'il est merveilleux.

La veille, près de la piscine, Amy a dû subir une conversation avec elle. Flick a soliloqué sur son couple, raconté leur rencontre à la clinique et l'attirance électrique entre eux. Comment elle avait ri quand il l'avait prise pour la réceptionniste. Comment il l'avait séduite en l'invitant dans les restaurants les plus luxueux de Cambridge, à l'Opéra à Londres, puis à des cocktails dans le Shard. Comment c'était excitant de garder leur relation secrète au travail parce qu'il avait peur d'être accusé de népotisme. Comment il avait brillamment supporté qu'elle quitte son job, comment il travaillait très dur pour les entretenir tous les deux et comment elle aimait rester à la maison, ce qui était devenu son activité préférée. Quand cette conversation à sens unique avait pris fin au bout d'un quart d'heure, Amy s'était dit que Flick était enfin à court de superlatifs.

— Il a bien de la chance de t'avoir rencontrée, Flick.

— Non, Amy, c'est moi la chanceuse.

Chapitre 22

— Cochonnette ! s'écrie Jamie, les bras grands ouverts, en pénétrant d'un pas martial dans le Jardin Secret ce soir-là. Tu m'en veux ?

Il a l'air différent. Ses cheveux sont plus courts sur les côtés, et il s'est laissé pousser la barbe. Et pourquoi est-il aussi bronzé ? Son hâle est accentué par ses vêtements. Noirs de haut en bas. Une chemise noire trop moulante, un jean noir déchiré aux revers roulés sur ses chevilles nues et des mocassins souples en velours noir. Qui est ce mec ? On dirait qu'il essaye de ressembler à Russell Brand.

— Bien sûr que je t'en veux, espèce de connard menteur ! Moi, te forcer la main pour qu'on se marie ? Moi, obsédée à l'idée d'avoir des enfants ? Avec qui tu vivais ? Pas avec moi, manifestement. Arrête de te la raconter. J'espère que ta boîte va se casser la gueule et que tu seras obligé de retourner vivre chez tes parents. Ah, au fait, je ne te l'ai jamais dit, mais Sarah pense que tu finiras par ressembler à Tom Cruise. Dans *Tonnerre sous les tropiques*.

C'est ce qu'elle aurait aimé dire.

Mais elle se contente de répondre, tout en supportant son étreinte et une bise sur les deux joues sans lui vomir dessus :

— Non, je ne t'en veux pas. Je vais très bien. Et toi ?

Elle ne veut surtout pas avoir l'air contrariée. Elle veut lui prouver qu'elle n'en a plus rien à foutre et que tout ça ne l'atteint pas du tout. Elle se raidit lorsqu'il la presse contre son torse musclé. Les émotions d'Amy ont tendance à se lire sur son visage, et elle a eu peur qu'on ne lise en elle à livre ouvert à l'arrivée de Jamie, mais elle est soulagée de constater qu'elle se sent détachée. Non qu'elle craigne que Jamie remarque quoi que ce soit ; il est aussi doué pour jauger ses émotions que pour lui faire des compliments. Peut-être que l'émission marche. Peut-être qu'ôter le sparadrap d'un coup sec est la méthode la plus efficace, même si elle ne l'admettra jamais.

— Waouh, le célibat te va à merveille, Ames ! constate-t-il en l'examinant des pieds à la tête.

Elle est jolie. En règle générale, c'est quelque chose qu'elle a du mal à admettre, mais ce soir elle l'accepte. C'est grâce à Gemma qui a mis le paquet sur son maquillage avec une astuce magique de *contouring*. Elle porte la robe bustier ample noir et doré qu'elle a achetée pour leur premier soir de vacances, avec d'énormes boucles d'oreilles en or.

— Tourne sur toi, pour voir ?

Elle ignore sa demande et s'assied.

— Qu'est-ce que *tu* as fait ces dernières semaines ?

Il s'installe à son tour, s'empare de la bouteille de vin et se sert un verre.

— J'espère que tu ne crois pas que tout ça me plaît, proteste-t-il d'un air sérieux tout en ignorant sa question. Ça fait partie de l'émission, je n'ai pas eu le choix.

— Oh ! je sais, Jamie. Aucun problème. C'est amusant, n'est-ce pas ? Tu as regardé l'émission ?

— Juste les résumés le soir. Leader+ a un peu démarré,

et j'ai dû répondre à quelques interviews. Je suis content que tu t'amuses, je croyais que tu me haïrais pour t'avoir inscrite !

— Noooon, pas du tout, comment pourrais-je te détester après tout ce qu'on a traversé ensemble ?

Comment as-tu pu me faire une chose pareille, Jamie, après tout qu'on a traversé ensemble ?

— Parle-moi de ces interviews. Ça a l'air excitant. J'espère que tu n'as dit que du bien de moi, poursuit-elle en souriant et en se servant un verre de vin. Ça pourrait faire monter ma cote de popularité.

Il éclate d'un rire faux, avale une nouvelle gorgée de vin et se renfonce sur sa chaise.

— Oh la la la, raconte-nous tout ! s'écrie Gemma lorsque Amy revient dans la cuisine pour aller chercher le pain.

— Ce n'est pas si atroce. Je pense que je parviens à être aussi nonchalamment insupportable que possible, répond-elle en souriant tout en attrapant la panière et l'huile d'olive. Mais il m'a demandé de tourner pour lui. C'est ta faute.

— Beurk, fait Gemma en plissant le nez et en s'emparant d'un des calamars que Hattie a préparés avec l'aide d'Amy. (Si par « aide » on entend regarder de loin en buvant un verre de vin.) Quelle est l'assiette de Jamie ?

Une fois qu'Amy a répondu, Gemma lèche le calamar et le repose dans l'assiette. Elle fait ça pour tous les autres.

Quand elle revient, Jamie jette un coup d'œil à la panière qu'Amy dépose sur la table.

— Tout est sans gluten ? J'ai laissé tomber le gluten. La meilleure idée de ma vie. J'ai tellement d'énergie à présent. Tu te souviens comme j'étais lourd et mou tout le temps ? C'est incroyable ce qu'un régime peut changer. Tu devrais essayer.

Amy attrape un petit pain, mord dedans à pleine bouche et beurre le reste.

— Dis-moi, Jamie, et les affaires ? Ça marche bien ? Tu crois que tu vas décrocher de nouveaux clients grâce à l'émission ? Tu devrais peut-être me reverser un pourcentage.

— Amy, soupire Jamie. Est-ce qu'on peut arrêter ce petit jeu ? Soyons francs l'un envers l'autre. (Il saisit son poignet pour l'attirer à lui.) C'est moi. Tu peux tout me dire.

Elle se dégage brusquement, pose les deux mains sur ses genoux et lui lance un regard noir.

Garde ton calme. Tu t'en sortais très bien.

— Calme-toi, Amy. T'es un peu susceptible, on dirait. Quoi qu'il en soit, ce que je voulais dire, c'est…

Il baisse la tête et contemple ses pieds. Est-ce qu'il va pleurer ? Amy ne sait pas trop quoi faire. Elle ne l'a jamais vu pleurer.

— Est-ce que toute cette expérience n'est pas absolument fabuleuse ? (Il lève la tête en souriant de toutes ses dents et murmure fort.) Non, mais, quand on y pense, un million de gens nous regardent. En ce moment même, Amy ! s'écrie-t-il. Je suis célèbre ! Tu es célèbre ! Tu y crois, bordel ? Bien sûr que ça va m'ouvrir des portes pour Leader+ ! J'en parle dès que je le peux quand on me demande de commenter l'émission ou qu'on m'interviewe. Quelqu'un va me contacter, pas vrai, Cochonnette ?

Et dire qu'Amy pensait qu'il était sur le point de se mettre à pleurer. Quand allait-elle apprendre qu'il ne serait jamais l'homme qu'elle espérait ?

— Je t'interdis de m'appeler Cochonnette.

— Amy ! Putain, si tu ne m'en veux pas, alors pourquoi

tu es aussi froide ? (Il lui assène le regard glacé qui précédait les scènes et qu'elle avait appris à craindre.) Arrête de faire semblant d'être quelqu'un d'autre. Ce n'est pas toi. Qu'est-ce que tu as fait de Cochonnette ? Et j'attends toujours un merci, au fait. Je mérite bien ça. Tu fais la une du *Daily Mail* en ligne grâce à moi. Soyons honnêtes, si tu n'étais pas ici, tu serais en train de mater *Les Oubliées de l'Amour* dans ton vieux jogging pourri en mangeant du fauxmage. Je t'ai rendue célèbre, Cochonnette. Pardon, AMY, conclut-il avant d'avaler d'un trait ce qui reste de son vin et de tendre la main pour se resservir.

Elle le regarde en rêvant de le rouer de coups comme la Mariée dans *Kill Bill*.

Amy ne peut plus se retenir. Elle a besoin de savoir ce qui lui est passé par la tête quand il a vu l'annonce pour cette émission. Comment a-t-il pu croire un seul instant que c'était une bonne idée ? Pourquoi ment-il à tout le monde sur elle et croit-il qu'il ne peut pas lui en parler ? Depuis combien de temps ressent-il ça et quand a-t-il décidé de la prendre pour une conne ? Avait-il tout raconté à ses potes au pub et ont-ils trouvé ça hilarant ? La blague ultime aux dépens d'Amy.

— Pourquoi tu as fait ça, Jamie ? lui demande-t-elle. Pourquoi tu ne m'as pas parlé en face ? Deux ans. Deux ans et tu ne t'es pas senti assez proche de moi pour tenir une conversation normale ? Pourquoi recourir à tout ça juste pour larguer quelqu'un ?

Il s'agite sur son siège, se tapote le nez et repousse ses cheveux en arrière.

— Comment pouvais-je te le dire en face, Amy ? Il y aurait eu des cris, des pleurs, des sanglots, des hurlements.

Je ne pouvais pas te voir aussi dévastée. J'aurais détesté te voir comme ça.

— Euh… tu n'as pas regardé le premier épisode ? demande-t-elle, perplexe.

— Oh non, impossible de m'y résoudre. Non, non, je l'ai évité activement. Ça a été difficile vu qu'il était partout sur mon fil Facebook.

Amy pourrait exploser de rire devant l'absurdité de sa réponse. Mais elle parvient à garder son calme.

— D'accord. Question suivante. Pourquoi est-ce que tu racontes à tout le monde que je faisais pression sur toi pour qu'on se marie et qu'on ait des enfants ? Nous n'avons jamais évoqué le sujet. Pas une seule fois. On a discuté des autres, qui se mariaient et qui avaient des enfants, mais pas de nous. La discussion qui s'en est le plus approchée, c'est quand j'ai suggéré qu'on vive ensemble après que tu m'as donné ta clé. J'ai cru que c'était le signe que notre relation avançait. Mais c'était peut-être un pas de côté pour toi ; est-ce que tu essayais de retarder la conversation ? Tu savais qu'il faudrait bien qu'on parle un jour de notre avenir et tu as peut-être utilisé cette clé pour retarder l'échéance. C'est ça ? Dis-le-moi, Jamie, parce que j'en suis réduite à jouer aux devinettes. Je ne suis pas en colère, j'essaye juste de comprendre ce qui s'est passé pour pouvoir tourner la page.

En réalité, Amy est en colère. Elle est même carrément furieuse. Mais sa colère ne la mènera nulle part.

Jamie baisse la tête.

— Je sais qu'on n'a jamais parlé de mariage ni de bébé. Mais ça ne veut pas dire que je ne ressentais pas de pression pour autant. Je savais que c'était ce que tu voulais et que tu finirais par me le demander. Et le fait de savoir que tu en avais envie me donnait l'impression d'être obligé de le faire. Et j'ai dit plein de fois que faire des gosses, ça craignait. Tu aurais dû comprendre l'allusion, Amy. Ce n'était même pas une allusion, c'était très clair.

— Je croyais que tu plaisantais.

— Oh ! Amy. Toutes les blagues ont un fond de vérité.

Elle le sait bien. Et elle s'en inquiétait tout le temps. Mais elle l'ignorait en espérant qu'il finisse par grandir et par vouloir une vie d'adulte. Amy se souvient de la seule et unique fois où il a rencontré les jumeaux de Jane. Son cœur avait fondu quand il les avait pris dans ses bras en même temps pour les faire tournoyer et que leurs petits rires aigus s'étaient transformés en hurlements de joie. Ça lui semblait inné. Le papa parfait et drôle. Pas l'homme qui s'était tourné vers elle aussitôt la porte d'entrée refermée derrière eux pour lui dire : « Hé, Amy, qu'est-ce qui est encore mieux que d'avoir des enfants ? Ne pas en avoir. »

— Qu'est-ce que tu veux, Jamie ? demande-t-elle.

— Je n'en sais rien, je n'y pense pas vraiment. Je suis un mec qui vit dans l'instant présent. Je me marierai peut-être un jour. Ou peut-être pas. Ce qui me rend heureux pour le moment c'est d'être célibataire, libre et égoïste. En quoi est-ce un problème ? Je vis ma vie sans me soucier de personne d'autre. Je peux aller et venir à ma guise. Je n'ai de comptes à rendre à personne, je n'ai pas besoin de m'expliquer, d'envoyer des messages à quelqu'un pour le tenir au courant de mes faits et gestes. Je peux manger ce que je veux, sortir quand je veux et faire du yoga sans que personne ne me regarde.

— Oui, j'ai compris, Jamie.

Elle en a assez d'entendre décrire son monde idéal post-Amy. Et puis il décrit ce qu'il avait déjà. Il ne pensait jamais à elle. Il allait et venait à sa guise. Il ne lui rendait jamais de comptes. Elle pensait qu'il faisait son yoga devant elle pour la culpabiliser de ne pas faire de sport.

La conversation se poursuit pendant une demi-heure. Pas de dispute, pas de colère, pas de larmes. Pas d'explications ni d'excuses. Quand ils se disent au revoir, ils échangent une étreinte amicale en se tapotant le dos.

Chapitre 23

— Bienvenue dans *Les Oubliées de l'Amour* ! beugle Adam Andrews depuis la scène. Voici venue la deuxième élimination ! Quelle semaine ! Nous avons eu de l'humiliation…

Une vidéo en boucle montre Gemma qui se prend la baie vitrée et tombe en arrière, sonnée.

— Évidemment… je savais bien que ça allait ressortir, marmonne Gemma.

— Des confrontations…

Un extrait granuleux en noir et blanc de Gemma en train de pointer du doigt le visage de Dylan. Celui-ci ressemble à un nain de jardin avec ses bras croisés : il a même une barbe mal négligée et la bouche boudeuse. Et il est presque aussi petit. Ses sourcils broussailleux qui se rejoignent quasiment sont éternellement froncés. Hattie devait le dépasser de plusieurs têtes. Amy a envie de rire en les imaginant en train de se promener dans la rue, et son hilarité ne fait que croître quand elle se rend compte que Hattie le fusille du regard depuis le canapé, comme Brad Pitt dans *Friends*.

— Et la froide vérité nue et brutale !

Ils projettent un montage du dîner entre Amy et Jamie,

avec un gros plan sur lui, tête baissée. Amy est ravie de constater qu'on aperçoit sa calvitie. Il sera furieux.

« Ce qui me rend heureux à présent, c'est d'être célibataire, libre et égoïste. »

— Les colocataires vont-elles commencer à craquer ? Et qui sera la deuxième à partir ce soir ? Restez avec nous, chers téléspectateurs, nous revenons juste après la pub !

Amy réunit les flûtes vides et retourne à la cuisine pour les remplir au robinet à prosecco. Elle jette un coup d'œil au Traqueur en passant. Elle est désormais troisième.

Jour 16

1. Gemma
2. Flick
3. Amy
4. Jackie
5. Lauren
6. Hattie

Les invités de l'émission sont Steve et Mike Barton, les jumeaux de *Double Diggers*, l'émission dans laquelle ils sont en concurrence pour rénover deux jardins différents. Ce qu'ils font là et pourquoi ils sont qualifiés pour commenter *Les Oubliées de l'Amour* est un mystère. Certes, ils sont très célèbres et sont aussi beaux qu'ils ont mauvais goût. Le T-shirt de Steve proclame #teamgemma et celui de Mike #teamflick.

— Alors, Steve, pourquoi Gemma ? demande Adam.

— Parce que Gemma, c'est moi ! s'écrie-t-il. Elle est sincère, honnête et hilarante. J'ai envie de dire « allez tous vous faire foutre, buvons le vinaigre des cornichons et glandons ». Je pense que nous sommes tous Gemma.

— Pardon, l'interrompt Mike, mais personne ne peut battre Flick. C'est elle la Perle. Qu'on lui donne le titre et qu'on n'en parle plus. Certes, on n'est pas obligés d'être d'accord avec ses choix de vie, mais elle a bon cœur. Et au moins, elle sait se tenir. Je ne sais pas comment elle fait pour être toujours tirée à quatre épingles comme ça. Si Simon ne l'épouse pas, je le ferai !

— Oh ! attention, Simon, Mike a dit preum's ! s'exclame Adam en ouvrant grands les yeux.

— Flick ? Quel ennui ! (Steve a l'air dégoûté.) « Simon est incroyable, Simon est merveilleux, Simon est le meilleur. » Bon sang, j'ai eu de la peine pour Amy quand elle a été prise en otage hier, près de la piscine. Je pense que tout le monde a ressenti la même chose. Tu as vu Jackie débarquer et fuir aussitôt ? Ha ! et ce *meme* qui a circulé ?

— Celui où Amy a été remplacée par un squelette ? s'esclaffe Adam.

— Lorsque Flick termine enfin son histoire !

— Un classique ! Désolé, Flick, il est temps de changer de disque. Bon, vous avez tous les deux soulevé des points intéressants à propos de Gemma et de Flick mais, d'après vous, qui quittera l'aventure ce soir ? Mike ?

— Je suis partagé entre Lauren et Hattie. Lauren a pratiquement disparu au combat. Je n'arrête pas d'oublier qu'elle participe à l'émission. Elle se contente de rester au lit ou de bronzer dans le jardin comme un lézard. Et j'ai bien peur que la pauvre Hattie ne fasse pas long feu.

— Qu'en penses-tu, Steve ? Qui partira avant l'extinction des feux ? demande Adam.

— Sans hésiter, Hattie. Elle a fait son temps. Je pense que Lauren va enfin se dévoiler et qu'elle a beaucoup de choses à offrir aux téléspectateurs. Le public est impatient de voir ce qu'elle nous cache ! conclut-il avec un clin d'œil.

Amy se lève, se dirige vers Hattie et la prend dans ses bras. Cette dernière a du mal à respirer.

— Hattie, n'écoute pas. Ils disent ça pour faire réagir. Lauren, ça va ? demande-t-elle en regardant autour d'elle.

Lauren n'est plus dans la salle à manger, où elle se trouvait un instant plus tôt. Amy se tord le cou : elle n'est pas non plus dans la cuisine.

— Où est-elle ? Elle va bien ?

— Elle était là il y a une minute, répond Jackie. Elle est peut-être allée faire sa valise au cas où. Lozza ? crie-t-elle en direction du dortoir, ce qui fait grimacer Flick.

Pas de réponse.

— Lauren ! crie Amy en se levant. Est-ce que quelqu'un l'a vue se diriger vers la chambre ?

Elles secouent la tête en chœur.

— Lauren ? hurle de nouveau Jackie en sortant dans le jardin.

— Vérifie la piscine ! ordonne Amy à travers la porte vitrée.

Jackie regarde autour d'elle et secoue la tête.

Une sirène retentit soudain à l'écran, et le visage d'Adam Andrews l'emplit tout entier. Il est en train de lire un carton, face au public. Les colocataires se rasseyent sur le canapé.

— Où elle est, bordel ? ! Elle va rater l'élimination, murmure Jackie en s'installant.

— Chers téléspectateurs, une info de dernière minute nous parvient, dit Adam en appuyant le doigt sur son oreillette et en jetant un regard de côté.

Il baisse les yeux, pose un doigt sur ses lèvres pour faire taire le public et hoche la tête en écoutant ce qu'on lui raconte.

— D'accord. Eh bien, chers téléspectateurs, changement de plan pour l'émission de ce soir. Je le dis et je le redis : ce n'est pas du tout ce qui était prévu, et nous rembourserons tous les votes, affirme-t-il d'un ton sérieux, les yeux rivés sur la caméra. Elle est là ? murmure-t-il dans son micro.

— Qui est là ? répète Gemma, qui commence à paniquer.

— Mesdames et messieurs, quel choc ! Merci d'accueillir chaleureusement sur la scène l'éliminée de ce soir, Lauren !

Les colocataires se précipitent vers l'écran.

— Lauren, qu'est-ce que tu as fait ? hurle Hattie.

Lauren prend place sur le canapé en souriant et en faisant le signe de la paix en direction du public, qui se calme peu à peu. Amy trouve ça bizarre de la voir à la télé. Sous les lumières des projecteurs, elle ressemble à une célébrité, presque à une étrangère.

— Lauren ! s'exclame Adam. Bienvenue ! Quelle surprise délicieuse – même si elle est pour le moins inattendue !

— Ça va ? demande Lauren, parfaitement maîtresse d'elle-même.

— Oui, ça va, répond-il en imitant son indifférence, pour la plus grande joie du public. Lauren, pouvez-vous nous expliquer ce qui vient de se passer ? Il y a cinq minutes, vous étiez dans la maison et maintenant vous êtes ici avec nous. Comment êtes-vous arrivée là ?

Lauren le regarde, puis tourne la tête vers les jumeaux Barton.

— Pardon, mais à quelle caméra je dois m'adresser ? demande-t-elle.

— Ne vous en faites pas pour ça, regardez-moi, répond Adam.

— Non, je ne veux pas vous regarder, je veux parler à Hattie.

Un « Oooooh » collectif parcourt le public et Adam, surpris, désigne une des caméras. Lauren suit son doigt du regard et plonge les yeux dans le bon objectif, qui zoome sur elle. Elle sourit.

— Hattie, ma chérie, tu ne mérites pas de quitter la maison ce soir, dit-elle. Tu as encore beaucoup de choses à faire. Je veux que tu restes pour prouver aux *haters* qu'ils ont tort. Je me fiche pas mal de ces conneries de développement personnel et de tout ce bla-bla à la con pour soi-disant devenir une femme meilleure. J'ai eu ce que je cherchais, j'ai profité de l'expérience et je repars avec dix mille livres. C'est tout ce que je voulais.

— Mais, Lauren, et le million de livres ? s'étonne Adam.

— Je n'ai pas besoin d'un million pour être heureuse. En revanche, je n'en peux plus d'attendre ce gin.

Le public l'acclame et l'applaudit.

— Que quelqu'un lui apporte un verre ! Une dernière chose, Lozza, est-ce que vous regarderez l'émission chez vous ?

— Oh ! putain, non ! répond-elle en riant. Je reverrai mes colocs en vrai, quand elles sortiront de la maison. Cette émission est une grosse daube et vous un gros connard, rétorque-t-elle en se levant.

Sur ce, elle ôte son micro et quitte la scène.

Pour une fois, Adam est à court de mots. Le public se met à applaudir lentement tandis qu'il écoute ce qu'on lui murmure dans l'oreillette, et soudain tout s'éteint, et l'écran devient noir.

Chapitre 24

Gemma hurle sur Hattie et Flick dans le jardin. Elle les a enrôlées dans son camp de fitness et s'est transformée en général de commando du RAID.

— J'aimerais bien avoir une excuse pour brailler sur quelqu'un, dit Amy, qui boit son café devant la fenêtre. Ça me détendrait.

— Et le Confessionnal ? demande Jackie en la rejoignant. Il me semble qu'il est insonorisé.

— C'est vrai, acquiesce Amy en observant le raffut que fait Gemma, qui tape dans ses mains en leur ordonnant d'accélérer la cadence. (Hattie est rouge comme une betterave.) Je me demande ce que fait Lauren, ajoute Amy. Je n'arrive pas à réaliser que ça fait deux jours qu'elle est partie.

— J'espère qu'elle signe avec une maison de disques grâce à ses quinze minutes de célébrité, répond Jackie avant de se tourner vers elle. Alors, ce million de livres… Gemma dit qu'elle ouvrira une salle de sport qui s'appellera Gymma, Hattie a évoqué le lancement d'une chaîne de *foodtrucks*… Et toi ? Qu'est-ce que tu en ferais ?

Amy y pense tout le temps. Si elle gagnait, elle demanderait à Sarah de l'aider à dépenser son argent. Amy est nulle avec l'argent et, sans personne pour la conseiller, elle serait capable de le laisser dormir à la banque, trop effrayée pour le dépenser.

— Je ne sais pas vraiment. Si on m'avait posé la question le mois dernier, j'aurais répondu que j'achèterais une maison. Mais je ne suis plus certaine d'en avoir besoin. Je pense que je commencerais par m'acheter un aller en première classe pour l'Asie. J'ai le temps de me caser après.

— Oh ! où ça en Asie ? demande Jackie en s'appuyant au comptoir de la cuisine.

— Probablement Bangkok. J'adore cette ville. La chaleur moite, les marchés, l'ambiance festive à toute heure de la journée, les spas sans rendez-vous, les plus belles plages du monde. C'est une ville qu'on ne peut qu'aimer. C'est juste le parfait mélange entre la frénésie urbaine et la sérénité exotique. Il y a quelque chose de spécial dans l'air, là-bas. De l'opium, probablement. Et toi ? Qu'est-ce que tu ferais ?

Jackie ne répond pas.

— Jackie ?

Lorque Amy lève les yeux, elle se rend compte que Jackie est en train de pleurer. Elle enfouit le visage dans ses mains.

— Jackie ! Qu'est-ce qui ne va pas ? demande Amy en posant sa tasse pour lui prendre le bras.

— Rien, dit Jackie en reniflant. C'est débile. Je suis pathétique, soupire-t-elle en se frottant les yeux. Ce n'est rien, promis. J'ai juste la gueule de bois. Un abruti a posté des commentaires dégueulasses sur moi sur Le Mur ce matin.

— Pour dire quoi ? Qui ?

— Je pense que c'est un mec de mon ancien cabinet. C'était le juriste d'un des partenaires, qui m'avait prise en grippe. Comme tous les autres. (Elle secoue la tête.) Je ne comprends pas pourquoi il m'en veut encore, je suis partie il y a une éternité. Il n'a rien de mieux à faire ?

— Ne les laisse pas t'atteindre, ils espèrent juste que tu mordes à l'hameçon, affirme Amy. Hier, une totale inconnue a twitté qu'elle me trouvait fausse et manipulatrice. J'ignore ce que j'ai fait pour mériter ce commentaire.

— Amy, j'évite de mordre à l'hameçon depuis deux ans. Mais parfois, ils font tout pour que tu sois obligée de réagir, pas vrai ?

Amy lui lance un regard compatissant.

— Qu'est-ce qui s'est passé ?

— Oh ! Ames. (Jackie tourne la tête en direction du jardin.) C'est une longue histoire. Je ne voudrais pas que tu te transformes en squelette comme dans le *meme*, plaisante-t-elle en souriant.

Elle s'éclaircit la voix et s'assied.

— J'étais tellement contente de bosser là-bas. Aucun autre cabinet n'avait étudié ma candidature, alors que j'ai été major de promo et que j'ai obtenu mon diplôme de juriste avec les félicitations. Ils ne m'ont offert qu'un poste d'assistante juridique, mais j'étais ravie quand même. J'ai bossé super dur pendant des années, puis ils m'ont proposé un contrat de formation en disant que j'avais du potentiel. Pour la faire courte, j'ai travaillé comme une dingue et j'ai lentement progressé. Je suis devenue assistante avocate. Puis avocate principale. Mais, une fois ce titre atteint, je n'ai plus du tout avancé. C'était comme si tout le monde était devenu associé, sauf moi. Première à arriver le matin, dernière à partir, je faisais plus d'heures et je rapportais plus d'argent que les autres. La goutte d'eau, ça a été quand un stagiaire que j'ai formé, un petit con arrogant, m'a dépassée. J'ai commencé à protester et j'ai envoyé un mail à l'associé qui m'avait embauchée, en espérant qu'il prendrait mon parti.

Elle regarde par la fenêtre et soupire.

— Au lieu de ça, il m'a invitée à boire un café pour discuter de ce qui était le meilleur pour moi au cabinet. Il m'a dit que je n'avais pas les talents de manager nécessaires pour devenir associée. Qu'il fallait avoir du sang-froid, être une négociatrice impassible et laisser ses émotions au vestiaire. Il m'a dit que je détesterais ça et qu'il fallait que je continue à mon niveau, dans ma zone de confort. Et que c'était aussi dans l'intérêt du cabinet. J'ai encaissé, puis je lui ai demandé s'il ne trouvait pas étrange qu'il n'y ait aucune femme ni de personne noire associée dans mon département. Je lui ai dit que j'avais l'impression de devoir bosser deux fois plus dur que les autres pour pouvoir progresser à cause de mon sexe et de ma couleur de peau. Que j'étais épuisée. Démotivée. C'est difficile d'avoir envie de s'impliquer dans une boîte où les associés sont tous sans exception des hommes blancs d'un certain âge. Il a explosé. M'a dit que je n'étais qu'une ingrate alors qu'il m'avait donné ma chance et que ce n'était pas sa faute si aucune femme noire n'avait les épaules pour ce job. Je tremblais. Ce jour-là, j'ai porté plainte auprès des Ressources humaines en disant que, s'ils ne faisaient rien, je porterais l'affaire devant l'organisme de régulation des avocats.

Elle secoue la tête.

— Les Ressources humaines ont réagi ? demande Amy.

— Pas du tout. Ils ont promis d'ouvrir une enquête, mais il ne s'est rien passé pendant des semaines. Et puis, un matin, je suis arrivée au boulot et je les ai trouvés en train de fouiller mon bureau. Ils m'ont ordonné de les suivre à une réunion urgente avec les chefs. Quand je suis arrivée, ils m'ont dit qu'ils devaient restructurer l'entreprise et qu'ils me faisaient une offre de départ volontaire. J'ai accepté et je suis partie ce jour-là. À l'époque, ça semblait être ma seule option ; l'ambiance était devenue toxique depuis ma dispute avec l'associé qui m'avait engagée. Je n'ai plus jamais entendu parler d'eux. Jusqu'à maintenant.

— Qu'a pensé Aaron de tout ça ?

— Il était furieux que je perde mon job. Il n'a jamais compris pourquoi je voulais être associée alors que mon taf nous permettait de payer les factures et de vivre confortablement. Il pensait que je finirais par accepter de faire des enfants et que, grâce à ce poste, je pourrais bénéficier d'un congé maternité ; pourtant, je lui ai toujours dit que je ne voulais pas d'enfants. Déjà, à l'époque, il ne me comprenait pas. Et, comme je n'ai pas réussi à retrouver du taf, on a eu de sérieux problèmes financiers. C'est ce qui a fini par détruire notre couple. Ce n'est pas seulement parce que Aaron trouve que je suis plus proche de mon père que de lui. C'est pour ça que j'ai décidé de rester ici. Pour l'argent. On en revient toujours à ça, pas vrai ? (Elle sourit et hausse les épaules.) Mais ce n'était pas juste l'argent qu'Aaron aimait. Il adorait les soirées chics auxquelles j'étais invitée. Il a beau être le plus asocial du monde, il adorait qu'on le prenne pour l'avocat et moi pour la femme au foyer. Il jouait un rôle, et ça le faisait kiffer.

— Est-ce que j'ai dit que tu pouvais t'arrêter ? rugit Gemma à l'intention de Flick qui halète, étendue sur le sol.

Une expression résolue envahit les traits de Jackie.

— Mais si je gagnais un million de livres, poursuit-elle, je pourrais leur coller un procès au cul.

— Tu devrais embaucher Gemma, marmonne Amy.

— Elle prend trop son pied, on est d'accord ?

Diiiiing doooong.

Amy et Jackie échangent un regard. Les autres s'interrompent au milieu d'une série d'abdos et fixent la porte.

Chapitre 25

Diiiiing doooong. Diiiiing doooong. Diiiiing doooong. Diiiiing doooong.

— J'arrive, j'arrive ! Bon sang, râle Jackie en empruntant le couloir.

Amy lui emboîte le pas et traverse la salle à manger lorsque quelque chose attire son regard.

Elle est numéro deux, juste derrière Flick. En une nuit.

Ses pensées sont interrompues par un cri strident en provenance de la porte d'entrée. Elle remonte le couloir en courant et trouve Jackie, un immense sourire aux lèvres, une boîte dans les mains.

— Qu'est-ce que c'est ? demande Amy tandis que les autres arrivent à leur tour.

— La civilisation ! s'exclame Jackie en leur montrant ce qui est écrit sur le carton : « Sponsorisé par Vibe Mobile ».

Les filles se hâtent derrière elle comme une nuée d'oisillons : Jackie regagne la salle à manger en tenant la boîte avec précaution, comme si elle était en verre.

— Il y a un petit mot ! s'écrie Gemma. Qu'est-ce qu'il dit ?

— « *Chères colocataires. Pendant deux heures, vous avez chacune accès à un iPhone flambant neuf, offert par vos fans chez Vibe Mobile. Profitez-en pour explorer, télécharger, surfer et envoyer des messages au monde qui s'étend au-delà de vos murs. Bon marathon.* »

Tout excitées, elles attrapent chacune un téléphone et se dépêchent de trouver un coin confortable où s'asseoir. Le silence se fait dans la maison, parfois rompu par un tapotement, un ping ou un « Oh la la la » murmuré…

Amy atterrit au bar dans le jardin et se connecte à l'appli Instagram préinstallée.

C'est quoi ce bordel ?

Elle a 400 342 notifications.

Trop terrifiée pour lire ce qui doit être une déferlante de commentaires cruels, elle se rend directement sur le profil de Sarah. Son dernier post date de la veille au soir : un cocktail chez Sticks'n'Sushi.

Ma préf @amywright88 me manque. Je n'arrive pas à croire que ça fait déjà 18 jours – non, je ne compte pas du tout.

Le cœur d'Amy se gonfle, et elle commente rapidement.

Garde m'en 1 ! Tu me manques. Biz.

Elle résiste à la tentation fugace de visiter le profil de Jamie et ouvre celui de Jane à la place. Une photo de ses jumeaux couverts de confiture l'accueille.

C'est pas vrai, putain !

Elle aperçoit alors une vieille photo de Jane et elle, datant du lycée, sur le feed de Jane.

Tellement fière de ma BFF @amywright88 ! Il me tarde de fêter sa VICTOIRE avec elle ! #LODLA #amydansLODLA #bffs #tbt

BFF ? Depuis quand ? La dernière fois qu'on s'est vues c'était il y a des mois. Et tu m'as fait me sentir comme une merde.

Amy ouvre Facebook.

Bordel de merde !

Quasiment tous les posts parlent de l'émission. Il y a des photos des participantes partout. Des *Gifs*. Des *memes*. Des articles. Des dessins animés. Des chansons. Même *This Morning* lui a consacré du temps. Elle commence à transpirer.

Quand est-ce que cette émission a pris une telle ampleur, merde ?

OMG VOUS ALLEZ TOUS MOURIR en voyant à quoi ressemblait Amy avant !

Les Oubliées de l'Amour : Changement de style sur gossipy-rabbit.com

Oh non. Non non non non non non. Nooooooooon.

Elle se retrouve face à une photo d'elle à seize ans, en 2004. Elle se rappelle parfaitement cette tenue. Une casquette en résille Von Dutch, un jean pattes d'éph et des lunettes de soleil bleues. Elle était beaucoup plus mince que maintenant.

— Mais où ils ont déniché cette photo ? demande-t-elle, en transe, en pénétrant dans le salon, les yeux rivés sur son portable.

Elle se demande si elle est la seule sur le point de faire une crise cardiaque.

— De vieux amis qui essayent de se faire du fric sur ton dos ? répond Jackie en regardant par-dessus son épaule. Oh ! putain, c'est moi ça ? !

Jackie lui prend le téléphone des mains : dans le même article, elle apparaît ado, dépassant son père d'une bonne tête, vêtue d'un tailleur pantalon blanc à rayures noires trois fois trop petit pour elle, les chevilles à l'air.

— C'était mon premier jour de taf, explique-t-elle d'un ton morose. Regarde-moi ! Pas étonnant que les mecs aient détalé comme des lapins ! Ah, papa, tu me manques, dit-elle en levant les yeux vers la caméra.

Les *Oubliées de l'Amour* occupe la majeure partie du *Daily Mail* en ligne, et les colocataires flippent en voyant leurs visages s'étaler partout. La panique qu'éprouve Amy est un mélange d'excitation due à sa toute nouvelle célébrité et d'horreur parce que la plupart des photos prises par ce fourbe de Wall-E le Voyeur sont peu flatteuses. Le petit bâtard a réussi à capturer chaque ongle rongé, chaque bâillement, chaque cure-dents et chaque bourrelet. C'est facile d'oublier qu'on est filmée vingt-quatre heures sur vingt-quatre, sous tous les angles et dans toutes les pièces.

Scoop *Les Oubliées de l'Amour* : Jamie et Amy – vont-ils se remettre ensemble ?

Quoi ?

En tête d'article, une photo de Jamie allongé de côté sur son canapé. Il a levé un genou et appuie la tête sur sa main. Même en le faisant exprès, il ne pourrait pas avoir l'air plus détestable. Il tient le coussin qu'Amy lui a offert pour Noël, celui avec ses initiales. Elle avait acheté un second coussin avec ses initiales à elle pour aller avec, mais il l'avait relégué dans la chambre d'amis sous prétexte que les couleurs juraient. Elle n'avait pas eu le courage de discuter.

1. Pourquoi avoir largué Amy ?

Facile. Amy est une nana adorable, mais nous n'en étions pas au même point. Elle ne pensait qu'au mariage et aux enfants et moi qu'à ma nouvelle boîte, Leader+. C'est une start-up de chasseurs de têtes. Leader+.

2. Pourquoi ne pas lui avoir parlé ?

Vous savez comment sont les femmes à un certain âge. Des larmes et des scènes. L'obsession d'Amy pour le mariage me mettait une pression de fou, et j'ai préféré enfoncer la tête dans le sable, je l'admets. Mais j'essayais de faire démarrer Leader+, et elle le savait. C'était trop. Les mecs, je suis sûr que vous comprenez. Mais, hé, c'est le passé, et je peux tourner la page.

3. Comptez-vous vous revoir après l'émission ?
Nous resterons amis, c'est certain.

Non.

Et qui sait ce que l'avenir nous réserve ?

Pas toi.

Ça a été une expérience incroyable pour nous. Elle nous a permis de grandir. Nous verrons ce qui se passera dans un mois. Ne jamais dire jamais !

Plus jamais toi, connard.

Amy lève les yeux et ouvre la bouche pour vider son sac auprès des autres candidates, mais elle s'arrête net en voyant que les autres ont l'air aussi scandalisées qu'elle. Elle garde sa colère pour plus tard, autour d'un verre de prosecco. Ou plus.

Elle reporte son attention sur le téléphone et tape dans la barre de recherche de Google *Amy Wright Les Oubliées de l'Amour.*

Environ cinq millions de résultats.

Et, en haut de la page « Images », un *meme* d'elle en train de sangloter, un mouchoir au coin de l'œil.

CHAQUE FOIS QU'UN HOMME DIT QUELQUE CHOSE #lafilleaumouchoir

Elle lève les yeux au ciel, fait défiler la première page et clique sur un article.

Le choix de la semaine – Gemma vs Flick : la guerre des femmes continue

Êtes-vous #teamgemma ou #teamflick ? C'est la question qui est sur toutes les lèvres cette semaine alors que l'émission de téléréalité qui cartonne, *Les Oubliées de l'Amour*, continue de fasciner le pays tous les soirs. Nous sommes parvenus à la moitié de l'aventure et nous sommes captivés par la tension gênante entre Gemma Burns (Girl Power) et Flick Brimble (Girly Girl). Cette émission brillamment embarrassante divise le pays en deux et, si vous ne l'avez pas déjà fait, il est temps de vous joindre à la discussion. Une chose est sûre, la vague de fond de soutien à Gemma ne fait que croître. Et vite. Attention, messieurs ! *Les Oubliées de l'Amour* continue tous les soirs à 21 heures sur Real TV.

— Nom d'un chien, mais de quel égout il sort, celui-là ? marmonne Jackie.

Elles lèvent toutes les yeux.

— Je suis sortie avec ce crétin il y a des années, et voilà qu'il donne une interview au *Sun* pour dire qu'il regrette de m'avoir larguée ! Crois-moi, mon pote, tu disparaissais sous les panneaux « VOIE SANS ISSUE » dès le jour où je t'ai rencontré. Il a essayé de commander à ma place au restau lors de notre premier rencard. Alerte *control freak* !

Amy sort dans le jardin en lisant un post Facebook sur une femme au foyer qui proteste contre la discrimination dont elle est l'objet au square quand les autres mères apprennent qu'elle ne travaille pas.

Depuis quand élever ses enfants est-il devenu un crime ? Je soutiens ma famille, et ça marche pour nous.

Certains commentaires sont odieux : elle est traitée de privilégiée, de paresseuse, d'arrogante et de gâtée.

Amy ferme Facebook. Elle en assez de voir des inconnus commenter la vie des autres. On devrait tous se foutre la paix, songe-t-elle.

La remarque de Jackie sur ses ex a donné à Amy une idée pour un billet de blog. Elle ouvre Wordpress et se connecte sur *Wandering Amy*, le blog sur lequel elle écrivait quand elle avait rencontré Jamie. Plus ils passaient de temps ensemble (et ils en passaient beaucoup au début), moins elle consacrait de temps à l'écriture et elle avait fini par arrêter complètement. Difficile de poster une liste des « 10 choses à faire à Londres ce week-end » si on se contentait de boire des bières au pub du coin ou de mater *X factor.*

Son dernier billet avait été posté alors qu'ils sortaient ensemble depuis un mois. *Pourquoi les Cotswolds sont la destination de rêve pour votre première escapade en amoureux*. Elle ne pensait pas du tout que les Cotswolds étaient la destination de rêve pour une première escapade en amoureux, elle voulait juste y aller depuis toujours. Elle avait donc écrit l'article, l'avait publié et avait envoyé le lien à Jamie avec un émoji qui clignait de l'œil.

Il n'avait jamais répondu, et ils n'y étaient jamais allés.

Ses autres billets sont des clichés *lifestyle* sur Londres : où manger, où dîner en amoureux, où boire, où faire du shopping, que visiter. Elle adorait ça à l'époque, ça lui donnait une bonne raison de se lever tôt le samedi matin pour partir à la découverte de la ville. Elle flânait et déjeunait toute seule, heureuse, parce qu'elle savait qu'elle avait un but. Prendre des photos, des notes, remplir ses week-ends de moments importants. Toute seule. Et, quand elle avait enfin eu le courage de créer son blog et de commencer à poster sur les réseaux sociaux, elle avait ressenti une énorme bouffée de fierté pour la première fois de sa vie. Bon, peut-être pas à propos de l'article *21 choses surprenantes que vous ignorez sur les renards*.

Elle avait oublié son blog mais pas le fait qu'elle adorait le processus : c'est pour ça qu'elle avait commencé à prendre des notes pour ouvrir un autre blog l'année dernière. L'anecdote de Jackie lui a donné une idée, et elle a une demi-heure pour la mettre en ligne.

Chapitre 26

Tous les signes avant-coureurs qui prouvent que ce n'est pas le bon

Salut. C'est moi, Amy Wright. Peut-être que vous me connaissez comme l'une de ces pauvres femmes qui ont été larguées pour vous divertir devant des millions de gens dans l'émission à succès Les Oubliées de l'Amour.

Pourriez-vous supporter l'humiliation de voir votre rupture diffusée en direct ? De savoir que vos moindres faits et gestes sont scrutés, vos moindres paroles analysées pendant un mois ? Que votre valeur est estimée en fonction de votre capacité à vous occuper d'un bébé, à rester calme face à une critique injuste ou à être toujours parfaitement coiffée ? Je sais que j'en ai bavé, mais je suis toujours là, je tiens bon.

*Je suis passée à ça *pouce et index l'un contre l'autre* de quitter cet endroit, mais je suis bien contente d'être restée. J'en ai appris davantage sur moi durant ces deux dernières semaines que durant les deux dernières années. En réalité, ce ne sont pas les épreuves et les défis qui m'ont ouvert les yeux ; non, les leçons que j'ai apprises viennent des amitiés inattendues que j'ai formées avec un groupe* *de femmes incroyables qui partagent bien plus que cette expérience ridicule. Avec des femmes qui ont la force de caractère qu'il faut pour rester, supporter tout ça et aller jusqu'au bout en riant.*

OK, je suis un peu trop sentimentale et guimauve. J'arrête.

L'une des choses les plus importantes que j'ai apprises de ces femmes est qu'il faut toujours écouter son intuition. Il faut prêter attention à cette petite voix qui s'élève dans votre tête. Presque toutes les histoires de couple que j'ai entendues dans cette aventure commencent de la même manière :

« J'ai ignoré les signes. »

« J'ai entendu l'alarme. »

« Avec le recul, c'est là que j'aurais dû le larguer. »

« C'était une énorme alerte rouge. »

J'ai compris à quel point il était important d'écouter cette petite voix intérieure quand elle murmure que quelque chose cloche et non pas de la faire taire parce qu'on veut trouver l'amour à tout prix. Il faut écouter son intuition quand elle dit que non, il ne te rendra pas heureuse.

À partir d'aujourd'hui, je fais le serment d'écouter mon instinct. Et, pour m'aider à m'en souvenir, j'ai décidé de faire la liste de toutes les alertes rouges à surveiller, peu importe qu'elles apparaissent au premier rendez-vous ou au cinquantième.

99 alertes rouges à surveiller

1) S'il te dit que son ex est « folle ».

2) S'il ne s'excuse jamais.

3) S'il est grossier avec les serveurs.

4) S'il t'accuse de préférer ta famille.

5) S'il veut uniquement passer du temps avec toi toute seule, sans personne d'autre.

6) S'il ne plaisante qu'à tes dépens.

7) S'il déteste les chiens.

8) S'il refuse de parler d'avenir au bout de six mois.

9) Si tu n'as toujours pas rencontré ses amis au bout de trois mois.

10) S'il s'attribue tes réussites.

11) S'il surveille – ou pire : commente – ce que tu manges.

12) S'il se sert un verre de vin sans t'en proposer.

13) S'il ne te pose jamais de questions.

14) S'il te pose une question mais n'en a rien faire de ta réponse.

15) S'il se fait passer pour la victime alors qu'il a tort.

16) S'il fuit les disputes en partant.

17) S'il t'en veut de ne pas vouloir coucher avec lui après une journée de quatorze heures et alors qu'il est 1 heure du matin.

18) S'il te reproche de ne pas avoir envie de coucher avec lui 24 heures sur 24 et 7 jours sur 7.

19) S'il répond au téléphone pendant que vous faites l'amour.

20) S'il te rend responsable de tout ce qui ne va pas.

21) S'il ne répond pas à tes messages mais est tout le temps sur son portable.

22) S'il flippe si tu ne réponds pas tout de suite à ses messages.

23) S'il te dit qu'il t'aime après le premier rencard.

24) S'il n'aime pas tes amis.

25) S'il t'envoie sans arrêt des messages quand tu sors avec tes amis.

26) Si sa série préférée est The Big Bang Theory.

27) S'il ne veut pas que tu te serves de son téléphone.

Je sais que vingt-sept est un nombre bizarre mais le temps me manque, chers lecteurs, pour finir cette liste. Internautes des deux sexes, aidez-moi à achever cette liste en twittant vos #99alertesrouges, et commençons dès maintenant à prendre plus soin de nous.

Amy

Chapitre 27

— Combien de jours il nous reste à tirer ? demande Gemma en séparant le jambon et le pain de son sandwich. Qui veut mon pain ?

— Tu as demandé un sandwich jambon salade, espèce d'idiote, constate Jackie en s'asseyant devant son déjeuner, uniquement composé de prosecco. Il nous reste dix jours si on va jusqu'à la finale.

— C'est un sandwich sans pain, j'ai décidé d'arrêter les glucides, répond Gemma en attrapant à pleines mains le jambon, la laitue et la tomate. Mais, si je le mange comme si c'était un sandwich, mon corps va croire que j'ai assez mangé. (Elle mord dans son « sandwich », et du jus de tomate coule sur ses mains.) Le régime, c'est avant tout une histoire de mental, affirme-t-elle en posant l'index sur son front, laissant une trace de jus de tomate.

— C'est peut-être pour ça que je n'en ai jamais fait : je n'y pense même pas. Depuis quand tout le monde déteste les glucides ? s'étonne Jackie.

— Tu ne fais pas de régime parce que tu ne manges pas, tu te contentes de boire. Le prosecco est plein de sucre, tu sais, déclare Flick sur un ton désapprobateur qui hérisse Jackie.

Elle lui tire la langue et se sert un autre verre.

Colocataires, veuillez vous rendre dans le salon.

— Rhaa, c'est reparti, grommelle Jackie en avalant son verre d'un trait.

— Oh ! bonjouuuuuuur, les filles ! couine Adam Andrews d'une voix exagérément distinguée. (Il porte un chapeau de paille à fleurs avec une robe assortie et il tient une tasse de thé à la main.) Comment ça vaaaaa ? poursuit-il en battant des cils, une moue boudeuse aux lèvres.

Il est en train de prendre le thé dans le jardin d'une majestueuse demeure, et deux invitées sont assises sur un banc en face de lui. Elles ont l'air tout droit sorties du catalogue Laura Ashley de 1994.

— Qui sont ces deux rideaux ? demande Jackie.

— Nous avons la chance aujourd'hui d'accueillir deux princesses de l'élégance et de l'étiquette, poursuit Adam en inclinant la tête. (Il agite les doigts et pose sa soucoupe sur la table.) Elles m'ont appris une ou deux choses sur ma façon de me tenir à table. Voici Meredith Mercer et Jemima Soames de l'émission *Mme Bon Chic Bon Genre et Mme Bien Comme Il Faut* !

La caméra zoome sur le public éparpillé dans le jardin devant leur thé. Ils brandissent leurs tasses en criant.

— Et un grand merci aux gagnants de notre compétition qui ont la chance de pouvoir se joindre à moi et à mes deux invitées d'honneur ici, à Kenwood House, pour cette édition très chic de *Les Oubliées de l'Amour.*

La caméra pivote vers Meredith et Jemima qui sourient, raides comme la justice.

— Qui est Bon Chic Bon Genre et qui est Bien Comme Il Faut ? demande Adam en se levant pour s'asseoir entre elles sur le banc, ce qui les gêne ostensiblement.

— Eh bien, Adam, répond celle sur sa gauche. Nous le

sommes toutes les deux grâce aux trois années que nous avons passées dans la plus réputée des écoles suisses pour jeunes femmes.

— Quelle chance vous avez eue ! répond Adam en s'emparant d'un brownie dans lequel il croque à pleines dents et qu'il mâche la bouche ouverte devant ses invitées, choquées.

Il déglutit et se cure les dents.

— Dites-nous ce que nous réserve le prochain défi, mesdames. Il est terriblement excitant.

— Eh bien, Adam, déclare Meredith en jetant de temps en temps un coup d'œil à la caméra, vous savez que Jemima et moi animons une émission sur Real TV baptisée *Mme Bon Chic Bon Genre et Mme Bien Comme Il Faut.*

— Tous les samedis à 18 heures, précise Jemima.

— Cette émission encourage les femmes à redécouvrir leur féminité. À embrasser leur côté doux. La culture britannique célèbre les petites dures à cuire depuis trop longtemps, et nous voulons revenir aux bonnes vieilles valeurs traditionnelles et à la modestie féminine.

— Je suis bien contente de voir que je ne suis pas la seule à penser ça ! dit Flick en souriant.

Elle cherche du regard un soutien qu'elle n'obtient pas.

— Ce sont tes potes ? demande Gemma en se grattant les fesses à travers son survêtement, debout près de l'écran de télévision.

— Dans notre émission, poursuit Jemima, nous chassons les pires délinquantes britanniques. Les mal élevées qui se grattent les fesses et qui couvrent de honte notre genre.

Gemma cesse de se gratter et pivote pour vérifier qui l'a vue faire.

— Et où trouve-t-on ces femmes-là ? demande Adam.

— Nous pêchons dans les recoins les plus sombres et les plus sales du Royaume-Uni, répond Meredith. Comme les marchands de kebab le vendredi soir.

La remarque raciste provoque un murmure outré dans le public.

— T'as besoin de te faire sauter ! crie quelqu'un.

Meredith, scandalisée, se tord le cou pour voir qui l'a insultée. Le public rit et hue, et Adam réprime un ricanement.

— C'est pourtant la vérité, renchérit Jemima d'un air hautain. Si nous n'y prenons pas garde, nous allons inverser le processus de l'évolution.

Meredith vient à son secours.

— Vous devriez voir les femmes que nous aidons. Quand nous les rencontrons, ce sont de vrais animaux. Nous leur apprenons à se comporter comme les membres du sexe faible qu'elles sont en s'habillant correctement, en parlant clairement et en intégrant l'importance du respect de soi et du raffinement.

— Pas étonnant que de plus en plus de jeunes femmes soient célibataires de nos jours, poursuit Jemima. Leur attitude de garçon manqué repousse les hommes qu'elles ont désespérément envie d'attirer.

— Et si je n'ai pas envie d'avoir un homme dans ma vie ? les interrompt quelqu'un dans le public.

Meredith et Jemima se regardent comme si c'était la première fois qu'elles entendaient une chose pareille.

— Si une femme vous dit qu'elle est célibataire et heureuse, elle ment, affirme Jemima.

L'assemblée les siffle de nouveau, et Jemima lève les mains.

— Nous avons fait des recherches et nous pouvons affirmer que c'est vrai. Les femmes n'en parlent pas ouvertement parce qu'elles ont honte de passer pour des désespérées. Mais nous, nous ne craignons pas de parler de ce qui dérange.

Amy se tourne vers les autres.

— Je peux affirmer en toute sincérité que je suis célibataire et heureuse en ce moment. Et je ne mens pas.

— En ce moment ? Pour moi, ce sera pour la vie, répond Hattie.

— Vous pouvez huer tant que vous voulez mais, quand nous en aurons terminé avec ces filles, elles seront aussi belles à l'extérieur qu'à l'intérieur, crie Meredith. Nous allons les transformer en femmes respectables et leur offrir la chance de trouver un gentleman qui ne les abandonnera pas pour une autre petite traînée quand elles auront un polichinelle dans le tiroir !

— Meredith, calme-toi, ordonne Jemima, mal à l'aise.

Un membre du public lance un scone à la tête de Meredith : son chapeau tombe à terre, et le scone laisse une traînée de crème sur son front. Elle pousse un cri et quitte le plateau, furieuse, en évitant d'autres gâteaux.

— Attendez, Meredith, revenez ! s'écrie Adam en riant. Cher public, si vous continuez à jeter des projectiles, vous serez expulsés.

— Je ne reviendrai que lorsqu'ils se seront calmés ! crie Meredith tandis que la caméra, qui jaillit de derrière une haie, zoome sur son visage.

— Bon, comme nous avons un timing à respecter, nous allons continuer sans vous. Jemima, vous voulez bien expliquer aux colocataires en quoi consiste le défi du jour ?

— Bien sûr, Adam. Le défi du jour s'appelle *N'est-elle pas charmante ?* Il s'agit pour les concurrentes de prouver qu'elles peuvent faire une excellente, et durable, impression.

— Comment se déroule-t-il ?

— C'est simple, Adam. Cinq femmes, cinq hommes, cinq thés. Chaque concurrente devra recevoir un homme pour le thé pendant dix minutes ; leur invité leur posera des questions pour mettre à l'épreuve leur sens de l'étiquette. Tout d'abord, elles doivent choisir une tenue appropriée pour l'occasion. Ensuite, elles doivent préparer un menu adéquat et le réaliser à la perfection. Enfin, elles doivent prouver qu'elles savent se tenir convenablement en répondant à de simples questions durant le thé. Et, pour faire les choses en grand, nous fournissons aux participantes une garde-robe flambant neuve en partenariat avec nos amis de chez Cutie Pie et tous les ingrédients nécessaires pour un thé réussi grâce à nos amis de chez Waitrose ! Et nous avons disséminé quelques petits pièges exprès afin de corser le jeu !

— Avez-vous des conseils à donner aux filles avant le début de la compétition ? demande Adam.

— Bien sûr. Voici les trois règles de base. Un, portez une jupe ou une robe. Elles sont beaucoup plus élégantes et accentuent les formes féminines, et les hommes adorent ça. Deux, dévoilez le moins possible de peau. Si vous portez une tenue osée, votre invité pensera qu'il n'est pas le seul homme que vous souhaitez impressionner. Et trois, n'oubliez jamais de sourire. C'est le symbole international du charme et c'est gratuit !

— Tu crois à tout ça, Flick ? demande Jackie en se tournant vers elle.

— Je sais que c'est difficile à entendre, mais c'est vrai. Les hommes n'ont pas envie d'épouser une femme qui exhibe son décolleté comme si elle voulait que tout le monde la regarde. Et j'entends déjà venir les insultes et les menaces de mort…, soupire-t-elle.

— Bien, chères concurrentes, vous savez ce qu'il vous reste à faire, déclare Adam. Les ingrédients pour le thé et tout le barda vous seront livrés à 15 heures. Ne vous crêpez pas le chignon, mesdames, je sais que c'est votre genre !

Chapitre 28

Diiiiing doooooong.

Derrière la porte d'entrée s'étale une mer de paquets et de cartons Cutie Pie sur lesquels sont épinglées des notes personnelles pour chacune d'entre elles.

Chère Amy,

Nous espérons que vous adorerez votre nouvelle garde-robe Cutie Pie ! Vous trouverez à l'intérieur du carton une sélection de notre nouvelle collection estivale que personne n'a encore jamais vue. Votre épreuve est de choisir la tenue idéale pour un thé traditionnel anglais. Ne paniquez pas : nos experts vous suivent depuis le début et sont persuadés que la taille 40 vous ira parfaitement.

Il nous tarde de découvrir ce que vous choisirez !

Vos fans chez Cutie Pie.

Amy se précipite dans la chambre, extatique. Elle a hâte de pouvoir porter de nouveaux vêtements. Elle entend les autres déchirer les emballages en plastique avec des réactions mitigées. Elle ouvre le sien avec impatience et décide quelle sera sa tenue en deux secondes top chrono.

— Gem, c'est éblouissant ! s'exclame Amy en regagnant le salon.

Gemma tourne sur elle-même devant le miroir en s'examinant des pieds à la tête. Elle porte une robe bordeaux composée d'un corsage en dentelle au col haut et d'une jupe plissée qui couvre ses mollets et ne dévoile que ses chevilles. Il est clair qu'elle la déteste.

— Elle est ennuyeuse et mal taillée, grommelle-t-elle. Je me fiche pas mal de ce qu'affirme Miss Bégueule : si on ne montre pas sa peau, on n'est pas sexy.

— La dernière chose que veuille un homme, c'est que sa femme soit sexy pour le thé, Gemma. Il veut qu'elle soit classe, discrète et élégante, soupire Flick en ignorant le regard noir que lui lance Gemma. (Elle se contemple dans le miroir. Elle porte une robe sans manches à col montant rouge imprimée de papillons blancs.) Je ne suis pas sûre que ce soit la bonne robe. Le rouge, c'est un peu trop… audacieux, il me semble. Et l'audace, ce n'est pas charmant.

— Est-ce que je suis adorable ?

Jackie se pavane dans le salon : dans sa combinaison vert pomme et ses escarpins dorés qui la grandissent de douze centimètres, ses jambes ont l'air de mesurer un kilomètre.

— Waouh, tu es fabuleuse, ma chérie ! s'exclame Gemma.

— Oh ! allons donc. (Flick la fusille du regard.) Quel est l'intérêt de ces défis si vous ne les prenez pas au sérieux ? Tu ne peux pas porter ça pour le thé, c'est ridicule.

— Mais quel est l'intérêt de prendre ces défis au sérieux alors qu'ils sont ridicules ? rétorque Jackie.

Elle roule sur le canapé et lève une jambe comme Victoria Beckham.

— Je parie que c'est la tenue que je suis censée choisir, dit Flick en brandissant une robe portefeuille blanche mi-longue à manches longues avec des volants sur le corsage. On dirait une robe de mariée !

Elle rêvasse devant le miroir en souriant.

Gemma fouille dans sa boîte et en sort des morceaux de dentelle et de velours. Soudain, elle pousse un petit cri et se précipite vers la cuisine.

— Est-ce que c'est une tenue convenable pour un thé ? demande Hattie en descendant l'escalier et en s'arrêtant sur la marche la plus basse. (Elle guette l'approbation des autres colocataires d'un air anxieux.) C'est la première fois que je vais y assister.

Elle porte une robe chemise bleue parfaitement ajustée avec une ceinture rose vif et des sandales compensées assorties.

— Oh ! Hat, tu es splendide ! s'exclame Amy tandis que les joues de Hattie prennent la même nuance que sa ceinture.

— Elle a des poches ! leur montre-t-elle, ravie.

— T'es canon, Hattie ! s'écrie Gemma en revenant de la cuisine, une paire de ciseaux à la main. On devrait te rebaptiser Hottie !

— Non, Gemma, ne fais pas ça ! s'exclame Flick.

Trop tard. Gemma découpe le tissu en haut de ses cuisses et transforme sa robe longue en minirobe en quelques secondes.

— Ah, voilà qui me ressemble davantage ! dit-elle, radieuse, en admirant ses jambes bronzées dans le miroir.

De retour dans le dortoir, Amy essaye la tenue qu'elle a choisie. C'est une robe portefeuille très longue avec de toutes petites roses corail et de longues manches en mousseline pour dissimuler ses bras. Elle est parfaite. Amy espère qu'elle pourra la garder quand elle partira parce que ce sera une robe idéale pour les soirées de Phuket.

Hattie apparaît soudainement à côté d'elle, dans tous ses états.

— Qu'est-ce qui ne va pas, Hats ?

— Nous sommes toutes tellement occupées avec ces nouveaux vêtements que nous n'avons même pas discuté de ce qui va vraiment se passer. Pour qui sommes-nous censées nous faire belles, Amy ?

Assises chacune derrière une table, les concurrentes attendent l'arrivée de leurs invités.

— Ils ont déjà utilisé la carte « ex », ça ne peut pas encore être eux, dit Jackie. Perso, je mise tous mes espoirs sur le casting de *Magic Mike*.

— Oh ! peut-être que c'est des célibataires célèbres ! Faites péter l'audimat ! crie Gemma, surexcitée.

— Malheureusement, je pense que l'audimat est déjà bien trop haut. Mais peut-être que tu as raison, concède Jackie avant de lancer un regard à Flick. Bon sang mais vous l'avez vue ? Je suis étonnée qu'ils n'aient pas encore changé ses piles.

— Jackie…, murmure Amy en lui faisant signe de baisser d'un ton.

Le thé de Flick est à des années-lumière de celui des autres, ce qui ne surprend personne. Un peu plus tôt, alors qu'elle disposait ses sandwichs au concombre sur un plat sous une cloche rafraîchissante pour les garder bien frais, elle leur a avoué qu'elle organisait des thés une fois par mois pendant l'été. Jackie est bonne dernière, sans doute aucun. À son menu, qu'elle a mis moins de cinq minutes à préparer, figurent des tartines de pain et de sucre, des œufs durs et des frites au four.

— Quoi ? rétorque-t-elle lorsqu'elle se rend compte que Flick la fixe. Ce menu, c'est toute mon enfance, et je veux que mon invité sache d'où je viens.

Le thé d'Amy est passable. Elle sait en organiser un, mais elle n'a pas les talents de Flick. Elle a choisi ce qu'elle aime : des mini-quiches au fromage, des scones au fromage et des mini-cheesecakes. Elle aurait préféré choisir un troisième plat au fromage, mais elle a accepté à contrecœur de proposer un plat sucré.

Hattie ne s'est pas préoccupée du sucré, mais elle a cuisiné. Elle a préparé des saucisses cocktail au miel et à la moutarde, des friands à la saucisse et des pâtés en croûte. « Ce sont des hommes, donc ils aiment la viande », a-t-elle expliqué. On dirait que ses saucisses cocktail ont diminué. Lorsque Amy voit Jackie détourner son attention et Gemma en voler quelques-unes, elle comprend pourquoi.

TOC TOC !

— Salut, les filles ! s'exclame un homme musclé moulé dans un T-shirt à col V et un blazer en pénétrant dans le jardin.

Il est suivi par quatre hommes.

— Jason ! s'écrie Gemma. Qu'est-ce que tu fous ici ? Je ne veux pas te voir !

Elle croise les bras et baisse les yeux sur ses genoux en dissimulant un sourire.

— Dis donc, bébé, c'est pas une façon d'accueillir un invité, répond-il en souriant tout en mâchant son chewing-gum bouche ouverte. Un câlin ?

— Oh ! va te faire foutre, espèce d'enfoiré. Attendez,

ce mec c'est pas… ? lâche-t-elle en apercevant l'homme derrière Jason.

— Si, c'est bien Ricky de l'émission *Pères célibataires*. Il a brisé des montagnes de cœurs l'année dernière quand il a pris des leçons de coiffure pour pouvoir faire de jolies tresses à sa fille.

— Comment ça va, Gemma ? Je m'appelle Ricky. Je crois que je suis ton invité pour aujourd'hui.

— Génial ! Bienvenu, Ricky ! l'accueille-t-elle en passant un bras autour de son large torse et en le serrant dans ses bras tandis que Jason toussote et détourne le regard.

— Calme-toi, Jason, c'est juste un câlin !

— Je n'ai rien dit ! proteste-t-il. De toute façon, j'ai l'immense plaisir d'être avec Amy cet après-midi.

Il sourit de toutes ses dents d'un blanc immaculé à Amy.

Ricky n'est pas la seule célébrité ; l'invité de Hattie est @bicepsnberries, un influenceur spécialisé dans le fitness. Amy le connaît uniquement parce que Jamie était fan de son thé aux champignons. Hattie n'a visiblement aucune idée de qui il est. Ni qu'il est vegan. Il la salue avec un sourire forcé et lui tapote amicalement l'épaule. Elle fait de même. Le rendez-vous est fichu.

— Hello, Jackie, je suis Deano. Enchanté de faire ta connaissance, annonce un petit roux très musclé en s'avançant vers elle et en tendant une main beaucoup trop petite pour ses énormes bras.

Jackie, qui le dépasse largement, la serre avec circonspection.

— Je ne sais pas toi, mais je suis bien content qu'on s'asseye. Pas sûr que mon corps supporte toute cette pression.

Elle se détend aussitôt et sourit.

— Tu es un des gars de *Stand Up Britain*, non ?

— Si, j'y ai participé l'année dernière. Ce qui veut dire que je suis drôle mais pas drôle à ce point. Désolé pour toi, dit-il en haussant les épaules.

— Mon chat, j'ai besoin de rire alors je prendrai toutes les blagues que tu auras sous la main, répond-elle en indiquant leur table d'un signe de tête.

Les producteurs ont clairement joué la carte de la provocation pour le rendez-vous de Flick. Son invité est Garth, de l'émission *Serial Badass*. Amy est même surprise qu'il soit autorisé à participer à une émission de télévision après la chasse à l'homme de l'année dernière. Tous ses délits étaient mineurs, essentiellement des vols ici et là. Mais quand même.

— Bonjour, je m'appelle Flick, dit-elle d'une voix tremblante. Je suppose que vous êtes mon invité.

Il lui sourit et révèle ainsi ses dents, toutes en or. Flick déglutit.

Le célèbre tatouage de crâne de Garth le rend certainement plus inquiétant qu'il ne l'est. Il s'étale sur tout l'arrière de son crâne rasé, comme un second visage. Et, lorsqu'il s'attable avec Flick, dos à elle, Amy a l'impression que le crâne la regarde.

— Salut, comment ça va ? dit Jason, la ramenant au présent.

— Bien, merci, et toi ?

— Oh ! bon sang.

Il gribouille quelque chose sur sa feuille.

— Quoi ? demande-t-elle.

— Quand quelqu'un vous dit « Comment allez-vous ? », la réponse correcte est…

— « Comment allez-vous ? », soupire-t-elle. Je sais. Mais plus personne ne dit ça !

— M'en parlez pas, je n'ai jamais dit ça de toute ma vie, murmure-t-il. En réalité, j'ignorais toutes les réponses aux questions que je vais vous poser, alors, bonne chance, ma chérie !

Il sourit et jette un coup d'œil à Gemma.

— Comment ça se fait que vous soyez le seul ex à participer à ce défi ? demande Amy.

— Je leur ai dit dès le début que je refuserais d'aller à un rencard avec une autre femme sauf si Gemma était présente. C'était ma condition, et je l'ai fait mettre dans le contrat et tout. Je sais, ça surprend de voir que j'ai aussi un cerveau, dit-il avec un sourire.

Jason est manifestement encore fou amoureux de Gemma. Et, en les voyant échanger des regards qui ne se croisent jamais, Amy devine que ce sentiment est réciproque.

Ils n'ont pas encore commencé à parler que Jason note quelque chose d'autre. En remarquant son air perplexe, il chuchote de nouveau.

— Vous n'avez pas mis tout de suite votre serviette sur vos genoux. Désolé ! Ah, autre chose, poursuit-il en jetant un coup d'œil sous la table. Décroisez les jambes. Vous êtes censée garder les jambes serrées et les pieds sur le sol ! Connards d'aristos, si vous voulez mon avis. Bande de vieux coincés chiants. Mais ce sont les règles, Amy, désolé.

Amy décroise les jambes, place sa serviette sur ses genoux et regarde autour d'elle pour vérifier qu'elle n'a rien oublié d'autre. Quand elle pose les yeux sur Flick pour glaner des conseils, elle l'entend réprimander son invité sur l'étiquette : elle lui explique poliment qu'il ne doit pas tendre la main vers les sandwichs aux œufs et au cresson mais lui demander courtoisement de les lui passer.

— Mais c'est chaud ! Si je ne souffle pas dessus, je vais

me brûler ! proteste bruyamment Hattie face à son invité, qui prend des notes. Je ne savais pas qu'on n'avait pas le droit de souffler sur sa nourriture, quelle règle stupide !

Lorsque Amy reporte son attention sur Jason, dans l'attente de la question suivante, il est de nouveau en train d'écrire.

— Quoi encore ?

— Votre fourchette. Les dents doivent être tournées vers le bas quand elle est dans l'assiette.

— Oh ! c'est pas vrai, râle-t-elle en retournant sa fourchette. Vous êtes toujours amoureux de Gemma, n'est-ce pas ?

Il repose la feuille et se met à jouer avec sa fourchette. Puis il lève les yeux vers elle et hausse les sourcils.

— C'est si évident que ça ? demande-t-il. Elle me manque beaucoup. Heureusement que je peux la voir à la télévision tous les jours et vérifier qu'elle va bien. Je me sens super coupable de lui avoir fait ça, vous savez. Je pensais vraiment que ça lui ferait du bien. De faire une pause. Pas de moi mais de son fichu téléphone. Quelqu'un m'avait parlé de la détox numérique, et je pensais que ça revenait au même. Et puis je voulais vraiment qu'elle réfléchisse à ce qui lui arrive depuis quelques mois, depuis qu'elle a autant de followers. Je l'aime tellement. Je la trouve géniale et je suis très fier de tout ce qu'elle fait, mais je pense qu'elle a besoin de trouver un équilibre. Et je ne suis pas le seul à le penser. J'en ai parlé à ses parents. Ils m'ont encouragé à l'inscrire à l'émission. C'est comme… comment on appelle ça ? Une intervention. J'espère juste qu'elle me pardonnera.

Il baisse les yeux sur son assiette, et Amy surprend Gemma en train de jeter de nouveau un coup d'œil vers lui.

— Je pense que oui, Jason.

— Est-ce qu'elle a dit quelque chose ? Hors caméra ? demande-t-il, l'air désespéré.

— Oui, elle parle de vous tout le temps, ment Amy.

Il s'illumine, esquisse un sourire heureux et rougit.

L'instant est interrompu par le fou rire de Jackie et de son invité. Ce dernier possède un rire contagieux qui se répand comme un feu de forêt. Ils sont tous les deux écarlates, et des larmes coulent sur leurs joues. Jackie rit tellement qu'elle finit par tomber de sa chaise et se tient le ventre, à genoux.

— Je suis désolée, mais c'est tellement débile ! parvient-elle à lâcher péniblement. Il vient de me dire que je dois conserver mon caviar dans une flûte à champagne !

Son hilarité redouble et gagne les autres : en quelques secondes, tout le monde hurle de rire. Impossible d'y échapper dans une configuration pareille. Lorsque Amy tourne la tête vers Flick, elle est ravie de voir qu'elle aussi se marre. Même le crâne a l'air de rigoler avec sa mâchoire grande ouverte.

Les colocataires sont assises en rang sur le canapé face à l'écran où Mmes Bon Chic Bon Genre et Bien Comme Il Faut, impassibles, les bras croisés et l'air furieux, considèrent Adam.

— Bonsoir, les filles ! J'espère que tout le monde s'est bien remis de ce thé hilarant ? Est-ce que vous avez appris des choses ? Est-ce que vous vous sentez plus polies et plus raffinées ? Mme Bon Chic Bon Genre, Mme Bien Comme Il Faut, quel est votre verdict ?

— Adam, personne n'a pris ce défi au sérieux, donc nous allons avoir beaucoup de mal à rendre notre verdict. Mais nous nous sommes engagées et nous sommes ici.

— Et quel plaisir de vous avoir parmi nous ! répond-il avec une pointe de sarcasme. Et si nous récapitulions ce qui s'est passé aujourd'hui ?

Le montage qui apparaît sur l'écran inclut le ralenti du scone heurtant Meredith en pleine face, les colocataires paradant dans leurs tenues, Gemma découpant sa robe, Hattie assise en silence face à @bicepsnberries et Jackie roulant à terre, hilare. Il s'achève sur la conversation entre Jason et Amy. « Je l'aime tellement. Je la trouve géniale et je suis extrêmement fier d'elle. »

— Ah, Gem, c'est trop chou, commente Hattie. Tu crois que vous allez vous remettre ensemble ?

— Je n'en sais rien. Peut-être. On verra.

Gemma sourit, hausse les épaules et applique du baume sur ses lèvres.

— Jason, arrêtez, vous nous donnez envie de pleurer ! dit Adam avec un clin d'œil. Je m'adresse maintenant à notre jury. Bon Chic Bon Genre, Bien Comme Il Faut, qu'avez-vous à dire ?

— Eh bien, même si elle nous a déçues en riant devant le Jackie Show, répond Jemima, le prix de l'élégance exquise, des parfaits talents d'hôtesse et de connaissance de l'étiquette revient à Flick. Félicitations à elle. Elle est la plus charmante et de loin. En récompense de ses efforts, elle gagne un dîner pour deux demain soir préparé par un chef étoilé au Michelin.

L'audience applaudit.

— Nous n'en avons pas terminé, crie Meredith. Il nous reste à décerner le prix de la pire participante. C'est évidemment Jackie qui le décroche, vu qu'elle n'a montré que du mépris pour ce défi. De son horrible tenue à son menu révoltant en passant par son comportement déplacé qui l'aurait fait exclure de tout restaurant un tant soit peu décent, il n'y a rien à tirer d'elle, je me demande ce qu'elle fait encore là.

Plus Meredith enfonce le clou, plus le public la hue, et elle semble avoir peur de devenir de nouveau la cible de lancers de projectiles. Elle lève les mains à mi-hauteur comme pour se protéger.

Contre toute attente, Flick se lève.

— J'ai une question, déclare-t-elle. (Pas assez fort, apparemment, puisque Adam continue de parler.) Coucou, j'ai une question ! Allô ? crie-t-elle en agitant les bras.

Adam finit par la remarquer et il fait taire ses invitées.

— Laissez-la parler, mesdames et messieurs ! J'ai l'impression que notre gagnante a quelque chose à dire. Flick, quelle est votre question ?

— Est-ce que je peux inviter qui je veux à ce dîner ?

— Oui, bien sûr ! Je vais voir si Simon est disponible.

— Je ne souhaite pas inviter Simon, je veux inviter Jackie, annonce-t-elle avec un regard à cette dernière qui a l'air abasourdie.

— Ah, n'est-ce pas adorable ? les interrompt Adam. J'ai l'impression de lâcher une nuée de colombes. Mais, hélas, ce ne sont pas des colombes que nous allons relâcher ce soir.

« Ouuuuh » s'écrie le public tandis qu'Adam se dirige vers la caméra et que les colocataires échangent des regards nerveux.

— Non, mesdames et messieurs. Parce que, ce soir, je vais relâcher… une participante !

Chapitre 29

Adam se tient sur le plateau, devant un grand écran où s'affichent leurs cinq noms dans un diagramme à barres. Pour l'instant, la barre de chaque candidate est au plus bas.

— Eh oui, c'est vous, public présent ici ce soir, qui allez voter en vous servant des buzzers placés devant vos sièges. Alors, qui va partir ? C'est peut-être une hôtesse hors pair, mais Flick est-elle une *colocataire* hors pair ? Est-ce que ce sera la bavarde Hattie et son pâté en croûte ? Gemma la reine de la gym ou Jack Attack ? Et enfin, qui pourrait oublier notre *girl next door*, Amy ? On lui a reproché d'être une plante verte, mais peut-être que Mlle Wright sera Mlle All Right ce soir. Il n'y a que le public de ce soir qui peut le décider. Le moment est venu de prendre votre commande de vote et de choisir quelle candidate vous voulez faire rester. Vous avez trente secondes. ÊTES-. VOUS. PRÊTS ?

Les colocataires se pressent les unes contre les autres sur le canapé en se tenant les mains. L'élimination est arrivée tellement vite, elles n'ont même pas eu le temps de s'y préparer ou de stresser à propos de leur prochain départ. Le Traqueur est le seul indicateur dont elles disposent, et pour l'instant c'est Hattie qui est tout en bas. Mais Amy a déjà vu le classement changer à la dernière minute, et tout peut arriver.

— Les votes commencent… maintenant !

Un compte à rebours démarre, et les barres se mettent à monter.

Les barres de Flick, Gemma et Amy grimpent aussitôt. Celle d'Amy ralentit après cinq secondes, suivie par celle de Gemma puis celle de Flick, qui atteint presque le maximum. Celles de Hattie et Jackie augmentent très lentement par rapport aux autres.

— Ouuuuh. On dirait que ça va être serré entre Jackie et Hattie ! crie Adam. Allez, qui va rester ? Qui va partir ? Un seul vote peut faire la différence !

Cinq secondes avant la fin du compte à rebours, les deux barres sont toujours au même niveau.

— Mesdames, dit Jackie. Ce fut un plaisir. Enfin, en partie. Ce dîner aurait pu être sympa, Flick.

Trois secondes passent.

Ping !

La barre de Jackie remonte soudainement, puis un feu d'artifice apparaît sur l'écran, et le nom de Hattie s'affiche en grand.

— Quel suspense à couper le souffle, cher public ! Vous savez comment maintenir l'attention des concurrentes !

Les colocataires essuient leurs larmes et se rassemblent autour de Hattie.

— Ne pleurez pas, les filles, leur ordonne Hattie en souriant. Je suis prête à partir. Vous êtes la meilleure chose qui me soit jamais arrivée. En plus, il ne reste que… (Elle compte sur ses doigts.) … dix jours avant qu'on se revoie de l'autre côté !

Flick et Jackie, veuillez vous rendre dans le Jardin Secret pour votre dîner dans quinze minutes.

— Jacks, tu aurais pu faire un petit effort, gronde Gemma. Flick a sorti une nouvelle robe, le brushing et tout le bazar. Ne le prends pas mal, mais ta tenue c'est plutôt ce que je porterais si mes règles venaient de débarquer. Rien à voir avec un dîner chic.

Jackie se redresse et éclate de rire tout en jetant un regard à son bas de jogging marron et son T-shirt XXL.

— Alors, premièrement, qui dit taille élastique dit possibilité de s'en mettre plein le bide. Et, deuxièmement, ce n'est pas un dîner chic. C'est un faux dîner, dans un faux restaurant avec une fausse copine. Flick ne m'a pas invitée par bonté de cœur, elle l'a fait pour gagner des points auprès des spectateurs. Vous ne comprenez pas ? Tout ce qu'elle fait est prémédité et stratégique, c'est tellement...

— Jackie, murmure Amy en regardant la porte.

— ... évident. Elle n'en a rien à battre de moi, de vous ou de...

— Jackie ! Stop, répète Amy plus fort.

Flick est sur le pas de la porte de la chambre, elle les observe toutes les trois.

Jackie toussote et s'assied tandis que Flick traverse la salle à manger pour rejoindre la cuisine. Avec sa robe vaporeuse à petites fleurs roses, ses escarpins rose pâle et ses cheveux qui volettent quand elle se déplace, on dirait une publicité vivante. Elle déclare :

— Jackie, souhaites-tu que je...

— Non, vas-y. Je te rejoins là-bas. Je vais me faire un apéro.

Amy rejoint Flick dans la cuisine tandis qu'elle entend Gemma rabrouer Jackie.

— Ce n'était pas très sympa…

Flick se retourne ; Amy s'attendait à la voir pleurer, mais elle semble gérer la situation.

— Je suis sûre que Jackie ne le pensait pas. Je crois qu'elle a du mal à accorder sa confiance.

— Non, je suis convaincue qu'elle le pensait. Mais c'est son droit. Elle ne me connaît pas et n'a pas essayé une seule fois de me découvrir. Elle s'éloigne chaque fois qu'on se trouve toutes les deux et m'ignore quand j'essaye de lui poser des questions sur sa vie. C'est la raison de ce dîner, Amy. Je ne tente pas de marquer des points, je veux juste obliger Jackie à passer du temps seule avec moi pour qu'on ait notre première vraie conversation. Si quelqu'un qui me connaît ne m'apprécie pas, ça me va. Mais, si quelqu'un ne m'apprécie pas sans même me connaître, c'est injuste.

— Eh bien, c'est…

— Ça s'appelle se comporter en adulte, Amy. Et je ne dis pas ça contre toi, je te promets, ajoute-t-elle en souriant et en posant une main sur l'épaule d'Amy. Merci d'être venue voir comment j'allais. Souhaite-moi bonne chance !

Amy sait qu'elle n'en aura pas besoin.

— Oh mon Dieu, je tuerais pour un mini-sandwich au homard, dit Gemma en jetant sa part de pizza dans son assiette avant de s'essuyer les mains sur son legging.

— Cette pizza était sûrement surgelée, ajoute Amy, qui coupe sa part en deux et regarde la pâte se transformer en miettes. On est sûres que c'est du vrai jambon ?

— Il y a peu de chances. Ça m'a donné des crampes d'estomac. Beurk.

Elles sont toutes les deux assises sur le canapé devant l'écran qui diffuse le dîner de Flick et Jackie. Jusqu'ici, la soirée a été plutôt calme. Pas de cris, pas de verre jeté à la figure, pas d'expression choquée chez l'une ou l'autre. Les excuses que Jackie a présentées au tout début et que Flick a acceptées ont grandement contribué à ce cessez-le-feu. Elles discutent du départ agité de Jackie de son ancien cabinet juridique. Flick hoche la tête régulièrement, un éclat de compassion dans le regard.

— Je suis claquée, Ames, lâche Gemma avec un bâillement.

— Moi aussi. On doit vraiment regarder ça ? Je pensais que ce serait un peu plus animé et qu'on devrait les surveiller, histoire de pouvoir intervenir en cas d'urgence. Pas que je sois déçue, hein : je suis ravie qu'elles soient d'accord au sujet de l'égalité de rémunération entre hommes et femmes. Peut-être qu'un jour Jackie montera son propre cabinet, qu'est-ce que tu en dis ?

Seul le silence lui répond. Quand Amy tourne la tête, elle découvre que Gemma est endormie, bouche grande ouverte.

— Visiblement, tu en dis que je suis profondément ennuyeuse, soupire-t-elle.

Elle se lève, s'étire et secoue doucement sa colocataire.

— Gemma. *Gemma.* Lève-toi, il est temps d'aller se coucher.

Gemma se redresse et se traîne jusqu'à la chambre comme un zombie.

Tandis qu'elle se brosse les dents, Amy se demande quelle sera l'ambiance dans la maison demain. À seulement quatre, chaque petite tension paraît démultipliée. Est-ce que Flick aura apaisé la situation avec Jackie ?

Elle se fige.

C'était quoi, ce bruit ?

Elle reprend son brossage de dents, un peu plus lentement. Et s'arrête à nouveau.

Des cris.

— Gemma, tu as entendu ça ? demande-t-elle depuis la salle de bains.

Sa colocataire remue à peine dans son lit.

Ça recommence. Ce sont des cris, et ils deviennent de plus en plus forts. Ça ne peut signifier qu'une chose : le dîner a été un désastre. Amy court à travers le salon et allume l'écran. Le Jardin Secret est vide ; la table a été enlevée.

— Flick ? Jackie ? appelle-t-elle en rejoignant la cuisine. Vous êtes là ?

Son cœur s'emballe quand elle entend à nouveau les cris. Ça vient du jardin. Elle ouvre la porte et se penche pour jeter un coup d'œil.

C'est bien Jackie et Flick. Elles sont assises au Tiki bar ; Jackie avec une flûte de champagne à la main et Flick, pliée en deux. Quand elle se relève, Amy voit qu'elle sourit. Plus que ça : elle rit. Jackie et elle sont mortes de rire.

Amy recule et referme la porte derrière elle avant de repartir sur la pointe des pieds jusqu'à la chambre. Le sourire aux lèvres, elle sent son cœur se gonfler. Voilà qui devrait rendre les neuf prochains jours beaucoup plus agréables pour tout le monde.

Si, bien sûr, elle tient jusque-là.

DERNIÈRE SEMAINE

Chapitre 30

— Je n'arrive pas à croire qu'il ne reste plus que sept jours avant la fin, murmure Flick, à bout de souffle.

Allongée sur la pelouse, elle récupère, tandis que Wall-E le Voyeur la prend en photo sous tous les angles comme si elle était une scène de crime.

— Tu me rejoins, Amy ? propose-t-elle. Maintenant que Hattie est partie c'est un peu triste de m'entraîner toute seule.

— Qu'est-ce qui peut bien te donner l'impression que j'ai envie de faire du sport ? réplique Amy en caressant sa tenue de sport flambant neuve offerte par Cutie Pie. Et puis j'ai rendez-vous avec le Dr Hicks dans dix minutes. Où est Gemma ?

— Elle ne se sent pas très bien aujourd'hui, répond Flick en se redressant.

Amy fait lentement les cent pas, les bras croisés, en attendant qu'il soit l'heure et qu'elle puisse ouvrir la porte de la Salle de Thérapie. Songeuse, elle jette un coup d'œil distrait au Traqueur et s'arrête net. Elle occupe la première place ? ! Comment est-ce possible ? Elle regarde autour d'elle, mais les autres sont toutes dehors. Elle se dirige vers la salle à manger et examine Le Mur, à la recherche d'un indice. Quelques messages s'affichent, et elle devine son nom, mais elle est trop loin pour lire les commentaires. Alors qu'elle se penche en avant, perplexe, elle entend le Dr Hicks l'appeler. Elle se dépêche de le rejoindre.

— Bonjour, Amy, entrez, je vous en prie. Vous allez bien ? demande-t-il avec un sourire, tout en triant ses dossiers avant de s'asseoir.

— Je me sens vraiment bien. Je n'ai pas été aussi heureuse depuis des années.

— Je suis ravi d'entendre ça. Est-ce que vous pouvez m'en dire plus ?

— Je dors comme un bébé, je me réveille tôt pour voir le soleil se lever, ce qui est l'une de mes activités préférées. J'apprécie ma propre compagnie, pour autant que ce soit possible avec trois autres personnes dans la maison. L'air me semble différent, j'ai hâte de vivre la suite. Je n'ai plus peur d'être célibataire, je suis excitée au contraire. Je n'arrête pas de sourire quand je me rappelle que je suis entièrement libre de faire ce que je veux, d'aller où je veux, de dire ce que je veux et d'être qui je veux. Une fois que je serai sortie d'ici, bien sûr. C'est comme si un poids énorme avait été ôté de mes épaules et que toute la pression avait disparu. Je ne sais pas pourquoi j'avais aussi peur de la solitude avant.

— Quel genre de pression ?

— De toutes sortes. La pression de se préoccuper du bonheur de quelqu'un d'autre. Je n'ai plus à m'inquiéter en me demandant si Jamie va bien, je n'ai à me soucier que de moi. La pression qui accompagne une relation qui dure aussi : je me fiche de ce que pensent les autres et je n'ai plus besoin d'inventer des excuses pour expliquer pourquoi je ne suis toujours pas fiancée. Je n'ai plus à partager mon temps avec quelqu'un et donc à rogner sur le mien. Tout mon temps m'appartient. Je vais faire tout ce que je veux. Je vais trouver ce qui me rend vraiment heureuse. Qui je suis et qui je veux être. Peut-être que l'amour de ma vie n'est pas un homme mais une plage secrète en Asie. Ou peut-être que c'est l'écriture. Ou peut-être moi-même, aussi égocentré que ça paraisse.

— Je trouve au contraire ça extrêmement valorisant.

Elle lui sourit.

— Amy, je suis ravi que vous n'ayez plus peur de la solitude, mais vous ne devriez pas avoir peur d'être en couple. Ni penser qu'il vous faut obligatoirement être seule pour atteindre vos buts. La bonne personne devrait vous aider à réaliser vos rêves, pas vous obliger à les abandonner.

— Je pense que je dois d'abord trouver quels sont mes rêves. S'il y a un Homme de ma Vie, peut-être que nos chemins se croiseront un jour, mais si ce n'est pas le cas il y aura toujours… Netflix. Et les voyages. Et le fromage. Je n'ai pas peur d'être en couple. J'ai juste décidé de concentrer mon énergie sur moi-même pour l'instant. Ça fait trop longtemps que je ne l'ai pas fait.

— Ça me paraît raisonnable. J'ai lu votre article. Il cartonne, je pense que ça vous fera plaisir de l'apprendre. Voulez-vous en discuter ?

— Mon article ?

— *99 alertes rouges à surveiller dans une relation.* Celui avec la longue liste. Je suppose que c'est le seul que vous avez eu le temps de poster ici.

— Comment en avez-vous entendu parler ?

— On ne parle que de lui sur Internet, Amy. Je suis étonné que vous n'ayez rien vu passer sur Le Mur. Vous avez lancé un mouvement. Tout le monde partage ses alertes rouges avec l'émoji drapeau rouge, justement. On en a même parlé au *10 O'Clock Show*. Dans leur partie réservée aux hashtags qui cartonnent.

— J'ignorais complètement qu'il y avait un émoji drapeau rouge, répond Amy à voix basse. (Son cœur bat à tout rompre dans sa poitrine. Elle ne parvient pas à croire que son petit blog sans intérêt soit lu par quelqu'un en dehors de sa mère et de Sarah.) Qu'est-ce que ça signifie ?

— J'imagine que ça veut dire que les gens s'identifient. Ils commencent à remarquer davantage les problèmes qu'ils rencontrent dans leurs relations et ils se rendent compte que, même s'ils ont l'air anodins, ils peuvent être révélateurs de dysfonctionnements plus profonds. Je suppose que c'est une bonne chose en soi. (Il repose ses papiers et croise les jambes.) Mais j'ai peur que ça ne conduise certaines personnes à tout analyser. Passer le moindre mot à la moulinette, scruter tous nos faits et gestes peut nous faire partir du mauvais pied. Je ne trouve pas ça sain.

— On dirait que vous venez de décrire le principe même des *Oubliées de l'Amour* ! s'écrie Amy.

Il la dévisage un instant.

— Oui. Vous avez raison.

En sortant de la pièce, Amy se précipite vers Le Mur et trouve les autres colocataires en train de lire les messages. Tous contiennent le #99alertesrouges.

@elliemnelly S'il t'offre 10 roses au premier rencard et 10 autres pour te remercier le lendemain. #99alertesrouges #LODLA

@wicheyt Si elle passe toute la soirée sur son téléphone à prendre des photos du dîner, du restau, un selfie, une photo avec toi, de son trajet retour en taxi… toute seule. #99alertesrouges #LODLA

@janeyben20 S'il plaisante tout le temps et ne veut jamais rien prendre au sérieux, toi comprise. #99alertesrouges #LODLA

@aliheming3 S'il te dit qu'il s'appelle Dave et qu'en tombant sur son passeport tu découvres qu'en réalité c'est Brian. #99alertesrouges

@angels00s Je suis allée aux toilettes et quand je suis revenue, il était en train de lire mes messages. Pour couronner le tout, c'étaient des messages adressés à mes amies pour leur dire de venir me sauver ! #99alertesrouges #LODLA

@simondoc Si à la fin du premier mois, elle t'envoie un texto avec la liste de tout ce qu'elle a payé en te demandant de lui rembourser la moitié #99alertesrouges #LODLA

@emmawats75 S'il laisse sa mère entrer dans la salle de bains pour lui parler quand il prend un bain. #99alertesrouges #LODLA

Amy est envahie par un sentiment de fierté en découvrant qu'elle a créé quelque chose d'aussi significatif. D'important. Qui peut aider les gens. C'est la première fois que ça lui arrive.

Chapitre 31

Gemma gémit, allongée dans son lit.

— Gem, il est 11 h 30, tu ne devrais pas être en train de faire ton jogging ? demande Amy en s'asseyant sur le rebord de son lit.

— Elle a vomi, explique Flick en entrant dans la chambre, une tasse de thé au gingembre à la main. Le gingembre devrait l'aider un peu mais, si ça continue, il faudra en parler à la prod.

— Je vais déjà un peu mieux, dit Gemma en attrapant le mug. Je suis sûre que c'est à cause de cette foutue pizza surgelée d'hier soir. C'est là que ça a commencé.

— Gemma, je sais qu'on ne s'entend pas très bien toutes les deux, déclare Flick en s'asseyant de l'autre côté du lit et en posant la main sur sa jambe. Mais je suis médecin. Laisse-moi t'examiner correctement. Je pourrais peut-être découvrir ce qui ne va pas. Ou au moins t'aider à te réhydrater.

— D'accord, accepte Gemma, un peu à contrecœur. Merci.

— Amy, tu veux bien nous donner dix minutes ? demande Flick en se dirigeant vers son lit.

Elle se penche et extirpe de sous son lit un kit médical

comme si elle était Mary Poppins. Elle ouvre la valise et se met à parcourir fébrilement son matériel. Ce n'est pas la Flick qu'elles connaissent ; c'est une personne complètement différente. Une femme assurée, puissante et résolue. Probablement celle qu'elle était il y a quelques années. Et qu'elle est toujours, derrière la façade de la femme au foyer. Amy la laisse à son affaire.

Jackie est en train de briquer le sol de la cuisine à quatre pattes.

— Bon sang, qu'est-ce que ça pue, constate Jackie en se pinçant le nez. Où est la *desperate housewife* ?

Amy tourne la tête et aperçoit Flick pénétrer dans le Confessionnal, l'air agité.

— Je croyais que vous étiez copines maintenant ? dit Amy en se tournant vers Jackie.

— On l'est. Et c'est ce que font les copines entre elles, elles s'envoient des vacheries.

Colocataires, veuillez gagner le salon, s'il vous plaît.

Il y a un nouveau message sur Le Mur.

Amy,

Merci de bien vouloir me rejoindre dans le Jardin Secret pour prendre un verre à 18 heures.

Amicalement,
Dr Simon Ash

Aaaaaargh.

— Ha, ha, tu vas t'AMUSER ! s'esclaffe Jackie en tapant dans ses mains. Je suis sûre que vous allez vous entendre comme larrons en foire !

— Simon vient ici ce soir ? demande Flick, nerveuse, en les rejoignant.

— Ouais, réplique Jackie. Amy a vraiment hâte !

Plus tard dans l'après-midi, Amy contemple son reflet dans le miroir : elle a enfilé une minirobe noire en lycra, qu'elle a empruntée à Gemma. Elle est beaucoup trop moulante pour elle, mais elle a décidé de la porter quand même. Trois semaines plus tôt, Amy aurait préféré mourir plutôt que de mettre ce genre de tenues mais, ce soir, elle se fiche pas mal d'avoir un *beach body.* Ce morceau de plastique dans lequel elle s'est glissée est la tenue parfaite pour sa mission. Choquer.

Amy a appliqué le *contouring* sur ses joues comme Katie le lui a appris, elle a laqué ses lèvres en rouge de telle manière que sa bouche a l'air deux fois plus grande et elle a bouclé ses cheveux. Elle porte aussi des talons pour la première fois depuis plus d'un an. Le Jardin Secret est suffisamment près pour qu'elle prenne le risque. Elle se sent sexy tandis qu'elle se dirige vers la table dans le jardin, *Crazy in Love* de Beyoncé en boucle dans la tête.

Le prosecco qu'Amy a bu juste avant lui a donné soif mais, alors qu'elle est sur le point de se servir un verre de vin blanc, une voix lui ordonne de s'arrêter depuis le seuil.

— Je vous en prie, permettez-moi, dit une voix feutrée.

Elle lève les yeux et aperçoit un homme grand, bronzé et à la chevelure argentée se diriger vers la table, le bras tendu. Il lui prend la bouteille des mains et la sert.

— La galanterie n'est pas morte, commente-t-il en s'asseyant et en se servant à son tour.

— On croirait entendre Flick, c'est drôle, répond-elle.

D'un côté, Simon Ash correspond exactement à ce à quoi Amy s'attendait. Petite cinquantaine, en costume, solennel. Mais d'un autre côté, pas du tout. Il est beau, à la manière d'un Mr Big, et c'est probablement ce qui le rend aussi arrogant, ce qu'Amy détecte aussitôt. Comme

Flick, tout en lui brille de perfection. Ses yeux, ses dents, ses cheveux parfaitement en place. Il ressemble à une star de Hollywood des années 1950.

— Je suppose que vous désapprouvez tout ça. Servir le vin, ouvrir la porte, être un gentleman. Vous devez croire que je menotte Flick au four en tablier.

Il sourit et la dévisage avec tant d'insistance qu'elle détourne les yeux. Le sous-entendu sexuel de sa remarque et l'intensité de son regard la mettent très mal à l'aise. Elle sent une rougeur nerveuse se répandre dans son décolleté. Heureusement que la minirobe a des manches longues et un col montant et qu'elle porte assez de fond de teint pour glacer un gâteau. Elle n'a aucune envie qu'il pense qu'il la fait rougir.

— Je ne crois pas que les hommes doivent protéger les femmes ni nous traiter comme si nous étions précieuses. Les gens devraient juste être sympas les uns envers les autres, peu importe leur genre.

Il se redresse et tend la main.

— Pardonnez-moi, je ne me suis pas présenté. Docteur Simon Ash.

Elle hésite une fraction de seconde avant de la serrer.

— Mademoiselle Amy Wright.

Sa poignée de main est ferme, mais il s'attarde une seconde de trop sans la quitter du regard avant de la libérer en lui adressant un sourire radieux.

— Comment se porte ma petite femme ? J'espère que vous vous occupez bien d'elle. Dites-lui que je suis véritablement fier d'elle. Elle a gardé sa dignité intacte et n'a pas renié ses valeurs. Et dites-lui qu'elle est de plus en plus belle de jour en jour. J'adore la regarder.

— Je n'en doute pas. Regarder ce qu'elle porte, ce qu'elle dit, ce qu'elle avoue, où elle ne va pas.

— Exactement. D'ailleurs, quand elle ne participe pas à l'émission, elle porte un collier avec une puce GPS à l'intérieur. Je le lui ai offert pour son anniversaire.

Amy le fusille du regard.

— Je plaisante. Je n'ai pas besoin de savoir où elle est. Comme je vous l'ai déjà dit, elle est menottée au four, poursuit-il en souriant et en haussant les sourcils exactement comme Jamie.

Bon sang, c'est Jamie ! Jamie dans vingt ans. Sauf que Jamie n'aurait jamais fait cette remarque gnangnan sur sa beauté. Le mieux qu'Amy ait jamais obtenu était un sifflement. Jamais de mots.

Amy s'agite sur sa chaise et s'apprête à se lever. Elle en a assez entendu.

— Rasseyez-vous, Amy. Donnez-moi une chance. Vous n'avez pas envie d'entendre ma version ? Je plaisantais. Vous n'êtes pas capable de comprendre l'humour ? Flick me trouve drôle. Elle me manque vraiment, vous savez. Vous ne comprenez peut-être pas notre relation, mais nous sommes heureux ensemble. Ça marche pour nous, que Flick reste à la maison pendant que j'opère. Vous lui en avez parlé, vous savez qu'elle est heureuse, alors, pourquoi ai-je l'impression que vous me méprisez ? Pourquoi me considérez-vous avec autant d'animosité ? Je ne comprends pas ce que j'ai fait pour vous mettre aussi mal à l'aise.

Il penche la tête et laisse le regard errer du haut de son front à la pointe de son menton. Exactement comme Jamie.

Amy détourne les yeux et considère son verre.

— J'ai de la peine pour Flick. Toutes ces années passées à travailler pour finalement abandonner. Elle prétend qu'elle est heureuse mais, si c'est vraiment le cas, pourquoi tente-t-elle de s'améliorer ? Pour vous, bien sûr. Pourquoi ne pas la demander en mariage ? Vous savez que c'est ce qu'elle souhaite. Elle veut désespérément se marier et avoir des enfants. Si vous l'aimez tant que ça, pourquoi lui refuser ce qui la rendrait heureuse et la forcer à participer à cette émission ?

— Amy, j'ai déjà été marié et j'ai deux enfants. Je ne veux pas recommencer. La relation que j'ai avec Flick est parfaite. Bien meilleure que mon précédent mariage. Pourquoi voudrait-elle changer ce qui fonctionne parfaitement ?

— Peut-être parce que, en réalité, elle ne pense pas que ça fonctionne. Comment ça pourrait marcher alors que vous voulez tous les deux des choses complètement différentes ? Est-ce que vous avez été clair avec elle sur ce que vous souhaitiez ou bien vous vous contentez de la mener en bateau jusqu'à ce qu'elle ne soit plus en âge d'avoir des enfants ?

— Le mariage et les enfants ne sont qu'une phase. Avant, elle n'en voulait pas. C'est juste parce qu'elle vieillit et qu'elle a peur d'avoir des regrets. Je lui ai assuré qu'elle n'en aurait pas. Les enfants font peser une pression énorme sur les couples. C'est ce qui m'est arrivé avec mon ex-femme, et nous ne nous en sommes pas remis. Il y avait d'autres raisons, évidemment. Elle travaillait à plein temps et a refusé d'arrêter. Aussi, elle était jalouse de mon amitié avec Flick quand j'ai commencé à travailler à la clinique. Et elle a fini par devenir paranoïaque. Elle était folle. Flick n'est pas folle. Flick est parfaite comme elle est.

— Eh bien, Simon, désolée de vous apprendre que la moitié de la population est folle. Parce qu'à en croire les hommes toutes les ex-petites amies sont dingues. Je suis certaine que Jamie raconte à tout le monde que je suis folle, moi aussi.

Amy songe à l'interview de Jamie. Exactement comme Simon, il n'a pas eu les couilles d'admettre qu'elle était normale. Il l'a fait passer pour folle pour éviter toute responsabilité et admettre qu'il était en tort.

— Amy, la vérité, c'est que je suis trop vieux pour avoir encore des enfants. Cette époque de ma vie est révolue, et j'en suis ravi. J'ai cinquante-cinq ans et j'ai juste envie de profiter de la vie à deux sans personne. Et, soyons honnêtes, Flick n'est plus non plus de prime jeunesse.

— Oh ! bon sang, elle n'a que trente-quatre ans ! s'écrie Amy.

Il ricane, l'air surpris.

— Flick n'a pas trente-quatre ans.

— Comment ça ?

— Elle en a quarante-deux. On dirait bien que le botox que je lui injecte est sacrément efficace ! Quoi qu'il en soit, les hommes de son âge la trouvent périmée. Mais pas moi. Je l'adore. Vous savez, Amy, nous sommes faits l'un pour l'autre. Elle est trop vieille pour avoir des enfants et je suis trop vieux pour en vouloir. Nous avons de la chance de nous être rencontrés à ce stade de notre vie.

Le cœur d'Amy saigne quand elle repense à toutes les fois où Flick a évoqué le mariage, les bébés, les enfants et la fille qu'elle n'aurait jamais autorisée à sortir avec une petite robe moulante.

La fille qu'elle n'aura peut-être jamais.

Chapitre 32

L'aube est le moment de la journée qu'Amy préfère ici. C'est le seul où elle peut réfléchir en paix tout en contemplant la tranquillité du jardin à travers la vapeur de son thé.

Le manque d'intimité est l'un des plus grands problèmes dans la maison. Parfois, elle s'allonge sur le carrelage de la salle de bains et contemple le plafond, profitant de l'absence de colocataires ou de caméras. En général, ça ne dure jamais plus de cinq minutes ; quelqu'un finit toujours par avoir besoin d'aller aux toilettes. C'est son amour de la solitude qui l'a poussée à se lever plus tôt ces derniers jours. Personne ne la regarde. Du moins, c'est ce qu'elle croit, appuyée sur le plan de travail devant son thé brûlant.

Une ombre bouge dans sa vision périphérique mais, quand elle lève les yeux, elle ne voit personne. Il n'est que 5 h 15 ; elle serait surprise qu'une autre participante soit debout.

— Il y a quelqu'un ? demande-t-elle à voix basse en se dirigeant vers la bouilloire pour remettre de l'eau à chauffer.

Aucune réponse. L'eau se met à bouillir bruyamment.

Elle gagne la porte de la cuisine sur la pointe des pieds et heurte Flick qui se tient de l'autre côté.

— Tu m'as fait peur ! murmure Amy avant d'éclater de rire.

— Désolée, répond Flick en souriant. Je t'ai répondu, mais je pense que tu ne m'as pas entendue à cause de la bouilloire.

— Pas de problème. Tu veux un thé ?

Amy a envie de discuter de ce qui s'est passé la veille au soir. Elle veut comprendre pourquoi Flick perd son temps dans une relation qui ne mène nulle part, même si Simon est canon. Elle voudrait aussi savoir pourquoi Flick ment sur son âge, mais pour cela elle doit faire preuve de tact. Flick se sentira humiliée si elle découvre que Simon a révélé son âge à la télé et que tout le monde sait qu'elle a menti.

— Alors, comment était Simon ? J'avais très envie de bavarder avec toi hier soir, mais je savais que tu étais fatiguée. Je n'ai pas dormi.

— Simon était…

Arrogant, macho, et il ne te fera jamais d'enfants.

— Bavard.

— Ça lui ressemble bien, répond Flick en souriant.

Elle sirote son thé, une lueur d'adulation dans le regard.

Oh ! ALLEZ, Flick.

— Comment vous vous êtes rencontrés, déjà ?

— À la clinique. Un scandale de bureau classique, coucher avec le chef.

— Tu as récolté une promotion au moins ? demande Amy avec un sourire.

— Tu veux dire, est-ce qu'*il* a récolté une promotion au moins, rectifie Flick avec un sourire narquois. Je l'ai embauché. C'était moi la patronne, pas l'inverse.

Amy est déroutée. Comment a-t-elle pu louper ça ? Ni Simon ni Flick n'ont jamais évoqué ce fait. Et comment leur relation a-t-elle pu changer aussi radicalement ?

— Ne t'inquiète pas, je ne dirai pas aux autres que tu as

automatiquement pensé que l'homme était le chef. Je suis certaine que tu as cru ça à cause de notre différence d'âge.

— Treize ans, ça fait beaucoup, constate Amy en espérant qu'elle mordra à l'hameçon.

Elle le fait.

— Vingt.

— Flick, répond Amy en se penchant et en baissant la voix. Simon m'a dit que tu avais quarante-deux ans, pas trente-quatre. C'est vrai ? Tu n'as pas à avoir honte. Tu n'avais pas besoin de nous cacher ton âge, on ne t'aurait pas jugée.

Flick devient écarlate.

— Ne le dis pas aux autres, s'il te plaît, supplie-t-elle. Elles vont me trouver horrible.

— Je ne dirai rien. Mais je ne peux pas garantir que les millions de téléspectateurs tiendront leur langue, eux aussi. C'est passé à la télé, Flick. Des tas de gens sont certainement au courant à présent. Il vaudrait mieux que ce soit toi qui le leur dises ou ce sera pire. Et puis, franchement, on s'en fiche. Qu'est-ce que ça fait que tu aies huit ans de plus ? Les femmes se sentent obligées de mentir sur leur âge en permanence, je suis certaine que la moitié de la population comprendra parfaitement.

— J'ai dit que j'avais trente-quatre ans parce que je ne voulais pas que vous ayez pitié de moi. Pas mariée et sans enfants à quarante-deux ans. Je subis assez de pression comme ça, soupire-t-elle en faisant un geste du menton en direction du jardin. Au moins, ici, je peux faire semblant d'avoir plus de temps. Et puis, soyons honnêtes, les femmes de quarante-deux ans ne sont pas vraiment les meilleures candidates pour le titre de la petite amie idéale, pas vrai ? Je n'ai plus aucune chance de gagner à présent.

— Flick, nous sommes toutes dans le même bateau. Si on avait eu pitié de toi, on aurait eu pitié de nous-mêmes par la même occasion. Tout ça est pathétique ; après tout, on devrait se soutenir mutuellement. Quand je suis arrivée ici, j'étais terrifiée à l'idée d'être célibataire et de prendre du retard dans la course mariage-bébé. Si j'avais su que tu ressentais la même chose, on aurait pu se défouler ensemble et se serrer les coudes. Le malheur aime la compagnie. Tu parles tellement de Simon que je croyais que tu étais heureuse et que tout allait bien.

— Amy, tu n'as que trente-deux ans. Je n'étais pas comme ça à ton âge. Je croyais que j'avais tout le temps devant moi, ce qui était le cas. Quand j'ai rencontré Simon, j'en avais trente-huit, j'étais tellement accaparée par mon boulot que je n'avais pas le temps de chercher quelqu'un. Il m'a promis qu'il allait divorcer pour qu'on puisse se marier. Il a divorcé, mais il a cessé de parler de mariage. Deux années ont passé, toujours rien. J'ai arrêté d'évoquer le sujet ; j'en avais marre d'avoir l'air désespérée. Mais, quand j'ai atteint quarante ans, j'ai commencé à m'inquiéter. Et à penser que quelque chose clochait chez moi. Pourquoi ne voulait-il pas m'épouser ? J'ai sacrifié tellement de choses pour lui. J'ai abandonné mon job, je lui ai laissé mon poste. Je suis une femme et une mère au foyer mais sans mari et sans enfants, c'est absurde. J'ai fini par douter et je me suis dit qu'en participant à l'émission je deviendrais irrésistible.

— Flick, tu es déjà irrésistible. Tu es parfaite. Pourquoi lui ?

— Je suis loin d'être parfaite, Amy. Mais Simon, lui, s'en fiche : il ne pense pas que je sois périmée, contrairement aux autres hommes. Ils entendent quarante-deux, et une alarme se déclenche aussitôt dans leur tête. Soit parce qu'ils pensent que j'ai forcément quelque chose qui cloche vu que je suis encore célibataire à cet âge, soit parce qu'ils craignent que je veuille désespérément des enfants. Et ils ont raison. Je ne veux plus prétendre le contraire pour leur faire croire que je suis facile à vivre. Je veux me marier. Je veux avoir des enfants. J'ai fait de mauvais choix et le temps a passé, mais je suis venue ici pour y remédier. Je pense vraiment que Simon va finir par comprendre que notre relation est géniale et par accepter de m'épouser et de faire encore des enfants. Je suis heureuse avec lui. Je ne veux personne d'autre. Et puis, de toute façon, il est trop tard pour que je recommence à zéro.

Je connais ce sentiment.

— Flick, si tu étais célibataire les hommes feraient la queue pour sortir avec toi. Surtout après l'émission.

— C'est gentil de me dire ça, Amy, mais nous savons toutes les deux que c'est faux. Je suis trop vieille. Les femmes célibataires de plus de quarante ans sont invisibilisées. Les hommes de mon âge veulent un modèle plus jeune. Les hommes plus jeunes veulent uniquement sortir avec une couguar pour en plaisanter ensuite avec leurs amis. Quant aux hommes plus âgés, ils sont déjà passés par la case mariage et enfants. Ils ne veulent pas recommencer. Quel choix me reste-t-il ?

— Flick, Simon n'a aucune intention de se remarier ni d'avoir des enfants. Il me l'a dit hier soir. Quitte-le ! Tu pourrais avoir tout ça avec quelqu'un d'autre.

— Cette émission va m'aider à le convaincre. Si je n'avais pas rencontré Simon, je serais seule à quarante-deux ans et pour toujours. J'ai passé toute ma trentaine à me concentrer sur ma carrière sans penser à ma vie personnelle. Et puis, un jour, je me suis réveillée et je me suis rendu compte que si je n'y pensais pas tout de suite il ne m'arriverait peut-être jamais rien. Simon m'a sauvée.

Sauvée ou emprisonnée ? Amy ne peut s'empêcher de se poser la question.

Chapitre 33

Diiiing doooong.

Elles s'interrompent toutes les quatre dans leur repas et échangent un regard par-dessus la table de la salle à manger. Aucune visite n'est prévue, ni aucun défi ce matin. Et les seuls commentaires sur Le Mur ont émané d'hommes disant à Flick qu'elle était « super bien roulée » pour son âge et qu'elle ferait mieux de quitter Simon.

Amy pose sa cuillère et se lève pour aller ouvrir. Un facteur l'attend, une poignée de lettres à la main.

Colocataires, veuillez gagner le salon avec les lettres de vos proches.

Elles poussent des cris, abandonnent leur petit déjeuner et emportent leurs tasses de thé au salon, où l'écran s'illumine.

— Bonjour, chères colocataires ! Quelle délicieuse surprise nous vous avons réservée et comme nous allons l'apprécier nous aussi ! Nous voici arrivés à la dernière semaine de l'émission, et il est temps pour vous d'avoir des nouvelles de vos proches. Nous avons demandé à votre famille et vos amis de vous écrire, et il nous tarde d'entendre ce qu'ils ont à vous dire. Vont-ils vous encourager ? Vous donner de bonnes nouvelles de l'extérieur ? Prenez vos lettres, asseyez-vous, attrapez un paquet de mouchoirs et éclaircissez vos voix, mesdames. J'ai le pressentiment que les larmes vont couler.

Un « ooooh » collectif s'élève du public, et Adam s'assied.

Amy se cramponne à son enveloppe d'une main moite, en se demandant qui lui a écrit. Elle est soulagée qu'elle ne soit pas trop épaisse parce qu'elle craint de ne pas tenir plus d'une minute. Elle sent déjà les larmes lui monter aux yeux. Flick fait circuler la boîte de mouchoirs, et elles échangent toutes un regard plein d'appréhension.

— Je me demande si c'est une bonne ou une mauvaise chose, déclare Jackie avec un rire nerveux. Si c'est une lettre de mon père, je pourrais être tentée de quitter l'aventure tout de suite.

— J'ai essayé de ne pas penser à ma famille depuis le début de l'émission, avoue Gemma à voix basse. Ça me rend trop triste. Ça ne fait que quelques semaines, je sais, ce n'est pas beaucoup, mais j'ai l'impression d'être très loin de tout le monde.

— Mesdames, pourquoi ces visages tristes ? hurle Adam. C'est une fête ! Un rappel de ce qui vous attend de l'autre côté ! Je veux voir des sourires et des larmes de joie ! Bon, qui veut commencer ? Pas de volontaires ? Je vais donc désigner quelqu'un. Amy ! Gemma, nous ferez-vous l'honneur de commencer la lecture ?

Amy tend l'enveloppe à Gemma et s'assied. Quand Gemma l'ouvre et en sort une feuille, elle sait aussitôt que c'est Sarah. Elle reconnaîtrait son écriture entre mille. Durant leurs vacances d'été à la fac, elles avaient pris l'habitude de s'écrire des lettres, malgré le fait qu'elles n'étaient qu'à une heure l'une de l'autre. C'est une bonne chose. Le message de Sarah ne sera pas exubérant mais amusant et inspirant, ce qui est exactement ce dont elle a besoin maintenant. Si ça avait été une lettre de sa mère, elle se serait probablement effondrée au premier mot. Gemma s'éclaircit la gorge, puis entame sa lecture d'une voix sérieuse qui tranche avec le contenu. Amy ferme les yeux et essaye de cacher les tremblements de ses mains.

AMY !
BON SANG DE BONSOIR.

Amy sourit ; pas de doute, c'est bien Sarah.

Je n'arrive pas à croire que tu es en train de faire ça, c'est de la folie. Je ne pensais pas pouvoir t'aimer davantage mais, depuis que tu es devenue célèbre, je me rends compte que si. Au fait, quand est-ce que tu me présentes Daniel Craig ?

Donc Jamie est un parfait connard. Il a fait la une de *Metro* ce matin, et j'ai volé tous les exemplaires que j'ai croisés sur ma route pour les mettre dans la poubelle à recycler au boulot. J'ai dit à tes parents de faire la même chose. J'ai super mal au dos, mais ça valait le coup.

Malgré la boule qui s'est logée dans sa gorge, Amy ne peut s'empêcher de rire.

Vengeance et plaisanteries à part, je suis tellement fière de toi, Ames. J'imagine que ça a dû être super dur pour toi, mais tu t'en tires à merveille, comme la nana fabuleuse que tu es. Courageuse, sincère et tellement authentique. On dirait que tu t'es débar-

rassée des couches de cette relation, sous lesquelles tu te cachais depuis deux ans, et qu'on voit de nouveau la vraie toi. Arrête de pleurer.

Elle a cessé de rire, et commence à trembler. Flick s'approche et l'enlace. C'est gentil mais, si elle la serre contre elle, Amy va se mettre à pleurer.

Elle la serre.

Amy attrape un mouchoir pour essuyer la larme qui coule le long de sa joue tout en essayant de refouler ses larmes. Quelques secondes s'écoulent, et elle parvient à se ressaisir.

C'est certainement le truc le plus cucul que j'aie jamais dit, mais je t'aime, et tu me manques ! Te crier dessus, te parler, te montrer du doigt et rire avec toi à travers un écran n'est pas la même chose qu'en vrai. Mes voisins doivent penser que j'ai un ami imaginaire ou un amant secret passionné.

Amy, je suis tellement contente que tu fasses enfin quelque chose pour toi et que tu fasses passer ton bonheur en premier. Tu t'es mise de côté pendant trop longtemps. Je sais que tu es promise à de grandes choses et que ce n'est que le début de ton incroyable, unique, audacieux et excitant voyage. Continue à être toi. Ça t'a menée loin, et je sais que tu seras en finale. Sache qu'à la toute fin je serai de l'autre côté avec tes parents et que je ferai tellement la groupie que tu auras honte de me connaître.

Bisous,

Sarah

P-S : Est-ce que le Dr Hicks est célibataire ? Tu peux lui dire du bien de moi ?

P-S 2 : Sois forte et reeeeeespire. Plus que six jours.

Amy éclate de rire et s'essuie les yeux en récupérant la lettre. Sarah doit être en train de regarder. Elle lève les yeux vers la caméra et envoie un baiser en l'air.

« *Sois forte et respire. Plus que six jours.* »

— Oh ! pauvre de moi, je ne pleure pas, c'est juste une poussière dans l'œil ! beugle Adam, gâchant le moment. Flick, êtes-vous prête pour lire la lettre de Jackie ?

Flick attrape l'enveloppe, s'éclaircit la voix et se redresse.

Ma Jackie chérie,

Je suis si fier de ma fabuleuse fille. Je l'ai toujours été. Je t'ai élevée pour que tu n'aies jamais peur de rien et que tu défendes ce qui te paraît juste, et tu ne m'as jamais déçu. J'ignore ce que j'ai fait pour mériter une fille aussi forte, intelligente et belle.

Jackie ne décolle pas les yeux de ses pieds.

— Forte ? Pathétique, oui. Allez, Jackie, avale un verre de courage, plaisante-t-elle, nerveuse.

— Je continue ? demande Flick.

Jackie acquiesce silencieusement, le regard à nouveau planté sur ses pieds.

Tu me manques, mais je suis heureux de te voir à la télé tous les jours. Je suis content que tu passes enfin du temps à t'occuper de toi au lieu de t'occuper de moi. J'aime te voir, mais je veux que tu mènes ta vie.

Mes amis à l'église ont affiché un poster de toi dans le hall, et parfois on regarde l'émission ensemble avec le projecteur de la communauté. Ils veulent t'organiser un dîner pour quand tu reviendras. L'année a été difficile pour nous, ma fille, mais les bonnes choses arrivent aux bonnes personnes, et Dieu t'a réservé un programme excitant. Souviens-toi que je te soutiendrai quoi que tu fasses.

Mon cœur a chanté quand je t'ai vue rire avec tes amies pendant le thé. J'ai ri moi aussi. Je ne t'avais pas entendue rire comme ça depuis le lycée. Tu as beau être devenue une femme, tu seras toujours ma petite fille qui rit jusqu'à ce que les larmes coulent sur ses joues. Tout ce que je veux, c'est que ma petite fille soit heureuse. Et que tu ne boives pas trop et ne jures pas trop souvent, parce que ce n'est pas très chrétien.

Je t'aime, mon étoile. Je te regarde tous les jours et je te souhaite toute la chance du monde en cette période très excitante de ta vie. J'attends ton retour les bras ouverts.

Que Dieu te bénisse,

Ton papa qui t'embrasse.

Flick replie la lettre tandis que Jackie se lève et se dirige vers la baie vitrée. Le reflet de la vitre révèle ses joues humides. Amy se demande si Jackie a pensé à sa mère depuis qu'elle est là. Est-ce qu'elle la regarde, où qu'elle soit ? Sait-elle que Jackie est sa fille ?

— Papa Adu, quelle légende ! Je voudrais que ce soit mon père ! interrompt Adam. Ne sois pas jaloux, papa, je t'aime aussi. Alors, Flick ou Gemma, Flick ou Gemma, Flick ou Gemma… Gemma ! Amy, à vous de choisir !

Amy pousse un profond soupir avant de demander :

— Gemma, est-ce que ça te ferait plaisir que je lise ta lettre ?

— Bien sûr. Je sais ce que contient cette lettre, je l'ai entendu assez souvent, répond cette dernière en levant les yeux au ciel.

Ma petite pierre précieuse,

Nous sommes super fiers de toi. Que tu aies eu le cran de participer à l'émission et pour tout ce que tu as accompli cette année sur Instagram.

Pour l'instant, Gemma ne laisse transparaître aucune émotion.

Tu nous manques tellement, Gemma, et pas juste depuis le début de l'émission. Ton ancien toi nous manque.

— Et c'est parti, soupire-t-elle.

La Gemma que tu étais. La Gemma qui nous regardait quand on lui parlait, celle qui laissait son téléphone dans son sac pendant le déjeuner dominical, qui participait à la conversation. Tu adorais passer du temps en famille, Gem, et je sais que c'est toujours le cas. Je pense que tu t'es retrouvée piégée et que tu luttes pour trouver l'équilibre. Mais nous pouvons t'aider. Nous voulons juste ce qui est le mieux pour toi, et Jason aussi.

La bouche de Gemma commence à trembler.

Sais-tu que nous savions qu'il t'avait inscrite à l'émission ? Il nous a demandé notre avis. On le soutient depuis le début. C'est un type bien, Gemma, ne sois pas trop dure avec lui, s'il te plaît. Il t'a repoussée pour mieux te retrouver, pas parce qu'il ne t'aime plus. Au fond de toi, tu es toujours la Gemma que nous avons aimée, et nous pouvons la voir réapparaître par petites touches à travers l'émission. Une amie incroyable. Forte, bienveillante et solidaire. Qui apporte de la vie partout où elle va. C'est merveilleux de voir la vraie Gemma rayonner à nouveau, nous préférons tellement voir ça plutôt que le sommet de ta tête chaque fois que tu regardais ton téléphone.

Jason t'aime. Nous t'aimons tous. Il nous tarde tellement que tu reviennes. Maureen a organisé une grande fête de quartier pour toi !

Bises,

Maman.

— C'est très touchant, Gem, dit Amy en lui tendant la lettre.

Gemma la plie en deux et la lisse, les yeux baissés, perdue dans ses pensées.

— Je sais qu'ils ont raison, dit-elle à voix basse. Mais ils ne comprennent pas la pression que je subis. C'est facile de s'en prendre à des gens comme moi, mais essayez de poster du contenu nouveau trois fois par jour, putain ! Ou de répondre aux centaines et aux centaines de commentaires. Et je n'ai pas le droit d'en louper un seul.

Sa voix, d'abord tremblante, prend un ton défensif.

— Ça va, ma petite pierre précieuse ? demande Jackie en revenant s'asseoir sur le canapé.

— Ha ha, oui. Je trouverai une solution.

— Et maintenant, le meilleur pour la fin, crie Adam.

Jackie, pouvez-vous ouvrir la lettre de Flick et nous dire qui l'a écrite ?

— Je suis certaine que c'est Simon, répond Flick tandis que Jackie décachette l'enveloppe. Il m'écrit tout le temps des petits mots d'amour qu'il laisse sur ma coiffeuse.

Jackie regarde le bas de la lettre.

— Désolée, ma chérie, ça vient d'une certaine Emma.

— Oh. C'est mon ancienne collègue de travail. On a fait nos études ensemble. C'est très… sympa, déclare-t-elle à voix basse en fixant la lettre. Peut-être que Simon est très occupé.

— Ooooouuuh, Simon va avoir droit à un savon, pas vrai ? crie Adam. Bien, Jackie, allez-y.

Chère Flick,

Nous avons été sidérés de te voir participer à cette émission. Simon nous avait prévenus, mais nous n'en avons quand même pas cru nos yeux. Tu es sublime, mais ça ne m'étonne pas. Tout le monde à la clinique te soutient à cent pour cent, et on votera tous pour toi en finale. Et tu manques tant aux enfants !

Flick, tu es la personne la plus persévérante que je connaisse et, quand tu as décidé d'accomplir quelque chose, tu es exceptionnelle. Je ne suis pas surprise de voir que tu as gagné presque tous les défis. Tu as toujours été la première en tout. Tu mérites tout ça, Flick. Tu mérites d'être reconnue et récompensée pour ton travail. Il est temps que tu sois appréciée à ta juste valeur pour ton investissement, et je ne parle pas que de l'émission. Je me dis parfois que Simon ne mesure pas la chance qu'il a. Je vais avoir des ennuis pour avoir dit ça !

Nous pensons tous à toi, et tout le monde t'embrasse.

Bises,

Emma.

Flick, qui a gardé son sang-froid durant toute la lecture, récupère la lettre et se dirige vers le jardin, laissant les autres candidates silencieuses sur le canapé.

— J'espère qu'elle va bien, murmure Gemma.

— Moi aussi… je pensais que ces lettres allaient nous faire du bien, soupire Jackie.

— C'est bientôt fini, courage, dit Amy.

La lettre de Sarah a boosté Amy. Elle veut aller jusqu'au bout. Elle veut être la femme courageuse, sincère et authentique que Sarah a décrite dans sa lettre.

— Merci de nous avoir suivis ! crie Adam en saluant l'écran. Et n'oubliez pas de nous retrouver demain pour le défi le plus difficile que nos candidates auront à affronter ! Et je vous promets qu'il y aura : des cris, des larmes et des morceaux de cœur brisé partout sur le sol.

Les trois colocataires soupirent.

Chapitre 34

— Argh, je suis trop fatiguée pour ça, marmonne Jackie le lendemain matin, allongée sur le tapis en pyjama et à moitié somnolente. J'ai super mal dormi. Je n'ai pas arrêté de penser à mon père et de me demander s'il va vraiment bien.

— Et moi j'ai pensé toute la nuit aux morceaux sanguinolents de mon cœur étalés sur le sol, répond Amy. On sait toutes que cette émission est horrible, mais ce n'est pas un film d'horreur quand même. Enfin, j'espère.

Les colocataires prennent leur petit déjeuner sur le canapé : quatre cartes portant leurs noms et quatre feutres sont posés sur la table basse. L'écran prend vie, et le générique de l'émission résonne.

— COLOCATAIRES ! beugle Adam Andrews.

Jackie pose un coussin sur sa figure en gémissant.

— Comment ça va aujourd'hui ? Jackie, c'est la grande forme, je vois !

Elle brandit le majeur en direction de la caméra sans ôter le coussin.

— Bien, mesdames, aujourd'hui vous attend le défi le plus difficile de tous. J'aurais du mal, personnellement…

Et vous, docteur ? demande-t-il en se tournant vers le Dr Hicks, assis sur le sofa.

— Absolument, Adam. Ce défi nécessite du courage et de la franchise. J'ai bien peur qu'il soit extrêmement embarrassant et je doute que les participantes l'apprécient.

— Que de mystère ! déclare Gemma en s'asseyant.

— Comment tu te sens ce matin, Gemma ? demande Flick.

— Ça va. Un peu patraque, mais ça va passer.

Elle s'enfonce sur le canapé en soupirant. Amy remarque que Flick la dévisage.

Elles reportent leur attention sur l'écran pour écouter ce que le Dr Hicks a à dire.

— Il n'a pas encore fini son bla-bla ? marmonne Flick.

— Et c'est pourquoi je pense que les résultats de ce défi pourraient bien nous surprendre, conclut-il.

Adam et le public gardent le silence.

— J'ai terminé, explique-t-il en jetant un regard perplexe autour de lui.

— Oh ! bien, pardon, répond Adam en se levant. Applaudissez le doc ! Un homme aux cinquante nuances de marron et aux mots beaucoup trop longs.

Il lui tourne le dos et fait semblant de ronfler, ce qui déclenche le rire du public.

— Hé, laissez le Dr Hicks tranquille ! lance Gemma, agacée.

— S'il n'avait pas été là, je me serais barrée dès la première semaine, renchérit Amy.

Les autres approuvent en opinant de la tête.

— Bien, chères colocataires, cher public, nous avons une énorme surprise pour vous aujourd'hui. Elle s'appelle *Y a que la vérité qui blesse.*

Il gagne le public et déloge quelqu'un de son siège. Il s'installe à sa place, et les gens derrière lui agitent la main et font des gestes obscènes.

— Est-ce que vous voulez savoir de quoi il s'agit ? hurle-t-il. Vous voulez savoir ce qu'est la surprise ? demande-t-il à l'adolescente assise à ses côtés, qui hoche la tête avec enthousiasme. Est-ce que *vous* voulez savoir de quoi il retourne ? demande-t-il au jeune homme devant elle, qui lève les deux pouces. Et VOUS ? Vous voulez savoir ? demande-t-il en désignant la caméra.

— Balance la sauce, connard ! crie Jackie.

— Eh bien, la surprise, c'est...

Un roulement de tambour suivi d'un « chut » dans la foule.

— ... qu'il est temps que nos colocataires s'éliminent entre elles ! hurle Adam par-dessus les cris du public, tout en couvrant sa bouche de sa main. Eh oui, mesdames, vous avez bien compris. Aujourd'hui, vous devez être sincères les unes envers les autres. Il est temps d'arrêter de faire semblant d'apprécier quelqu'un que vous détestez. Plus la peine de se cacher derrière la gentillesse et les sourires. Plus de Mmes Sympas.

— Mais je ne déteste personne, déclare Gemma en regardant à la ronde. Croyez-moi, dans le cas contraire, vous le sauriez.

— Je suis certain que vous vous en sortirez très bien. Voici les règles : vous avez une heure pour choisir qui vous voulez éliminer. Écrivez son nom sur la carte devant vous et allez la déposer dans l'urne installée dans le Confessionnal. Quand on vous appellera, vous devrez justifier votre choix ! Et rappelez-vous, pas un mot sur vos votes !

Les filles échangent un regard horrifié.

Adam secoue la tête et pose la main sur la hanche.
— Nous sommes odieux, pas vrai ?

Sous la douche, Amy essaye de décider rationnellement pour qui voter et pourquoi.

Flick

Jackie

Gemma

Elle ne supporte pas l'idée que Flick retourne auprès de ce connard égoïste qu'est Simon. Son histoire a ému Amy, qui voudrait désespérément la convaincre de le quitter et de vivre heureuse et seule, comme elle. Mais le bonheur de Flick est-il de son ressort et de sa responsabilité ? Elle n'a pas demandé à Amy de faire quoi que ce soit pour elle. Flick est peut-être la seule à pouvoir se sauver.

Et puis il y a Gemma, le rayon de soleil de la maison. Sans elle, l'atmosphère serait beaucoup plus triste. Si Amy était sans cœur, elle voterait pour elle, car Gemma est sa plus grande concurrente d'après Le Traqueur. Mais elle s'est toujours montrée adorable avec Amy, et ce depuis le début. Elle ne peut pas lui faire ça.

Il reste Jackie, la plus battante de toutes. Celle qui a absolument besoin d'argent pour aider son père, pour coller un procès à son ancien cabinet et pour redresser tous les torts de ce monde. D'un autre côté, c'est celle qui se plaît le moins dans la maison. Et son père lui manque énormément… Amy lui rendrait-elle service en l'éliminant ? Elle pourra se faire de l'argent grâce à la pub quand elle sera partie, comme elle l'a dit elle-même, et réussir tout ce qu'elle a envie d'entreprendre. Ce ne sera pas un million de livres, mais ça pourrait suffire.

Colocataires, vous avez cinq minutes avant de voter. Veuillez regagner le salon.

Merde, merde, merde. Nous y voilà, songe-t-elle en sautant hors de la douche. *Quelle que soit ta décision, tu vas perdre une amie.*

De retour dans le salon, les colocataires lisent les tweets épinglés sur Le Mur en attendant que l'émission reprenne.

@wandawoman Je voterais pour Jackie ! Cette femme n'a rien d'autre à offrir que sa colère. #LODLA

@bustaboy Gemma, il est temps de bouger ton cul jusqu'à la salle de sport ! #jeplaisante #LODLA

— Ha ha, c'est mon pote Buster ! Il est trop drôle, s'esclaffe Gemma en se levant pour contempler son ventre avant de souffler.

L'écran reprend vie, et l'émission continue.

— Soyez de nouveau les bienvenus ! hurle Adam dans le micro qu'il tient à la main.

Debout sur la scène, face à la caméra, il porte un T-shirt #teamgemma.

— Ouiii ! couine Gemma en agitant les mains en l'air.

— Il a le droit de faire ça ? s'étonne Flick.

Adam laisse tomber le micro sur le canapé et enlève son T-shirt. Il en porte un autre dessous qui dit #teamjackie.

Le public éclate de rire.

— Comme je le disais, reprend Adam avant d'ôter son T-shirt.

Celui qui est dessous affiche #teamflick.

— Putain, commente Jackie. Pourquoi il fait durer le plaisir comme ça à chaque fois ?

— Excusez-moi, mais celui-ci me prend à rebrousse-poil, déclare-t-il tandis que le public s'esclaffe de plus belle.

Le dernier T-shirt est celui de #teamamy.

— Je n'arrive pas à me décider, chers téléspectateurs. Je suis coincé. Mais heureusement, ce n'est pas à moi de le faire. Il est temps de donner la parole aux concurrentes ! La première à expliquer son vote est… Jackie !

Il prend la carte de Jackie des mains d'un des producteurs, l'ouvre et hausse les sourcils.

— Mesdames et messieurs, sans surprise, Jackie a voté contre Flick ! Jackie, expliquez-nous pourquoi.

Jackie se lève, sûre d'elle.

— Je suis vraiment désolée, Flick. J'ai adoré notre dîner en tête à tête et j'ai été contente qu'on puisse apprendre à mieux se connaître pour surmonter nos divergences. Je t'ai choisie parce que nous sommes très différentes et que ça ne changera pas. Je sais que tu es une Perle selon les critères de l'émission, mais tout ce que tu défends va à l'encontre de mes idéaux. Je refuse que la Perle soit quelqu'un dans ton genre. Je veux prouver aux producteurs et à tous les spectateurs qu'ils se trompent. Je veux que la gagnante soit quelqu'un qui les surprenne. J'espère que tu comprends.

Flick hoche la tête, pose la main sur celle de Jackie et la serre.

Le public se déchaîne, partagé entre acclamations et huées.

— Aaaaah, comme c'est émouvant ! s'esclaffe Adam. Merci, Jackie, on a reçu le message cinq sur cinq. Une voix pour Flick ! En parlant du loup… Flick ! Levez-vous et expliquez-nous pourquoi vous voulez éliminer…

Il lit la carte, l'air surpris.

— … Amy !

Paralysée, Amy fixe l'écran, abasourdie. Flick se lève, lisse sa jupe et toussote. Comment Flick a-t-elle pu voter contre elle après la conversation à cœur ouvert qu'elles ont eue ce matin ? Amy se rend compte soudain qu'elle a commis une erreur terrible avec son vote. Elle a envie de vomir.

— Ce n'est pas personnel, c'est stratégique. Je suis désolée, Amy, mais tu occupes la première place du Traqueur. Je ne pouvais pas ne pas t'éliminer. Bien sûr que je veux gagner. Nous devrions toutes avoir envie de gagner, sinon, pourquoi sommes-nous ici ?

— Oooooh, que c'est dur ! Amy, à vous. J'espère que vous avez voté pour Flick, sinon ce sera super gênant !

Il ouvre la carte et se fige.

— Vous avez choisi…

Amy enfouit le visage entre ses genoux. Elle aimerait se glisser dans un trou de souris.

— Jackie ?

Il lève les yeux, perplexe.

Gemma pousse un cri.

— Amy !

Amy est incapable de regarder Jackie quand elle se lève, mais elle sait qu'elle lui doit une explication. Elle pivote pour la regarder bien en face. Et elle se rend compte que Jackie a les larmes aux yeux.

— Je suis navrée, Jackie. Tu sais que je t'aime beaucoup, dit-elle d'une voix rendue rauque par l'émotion. Et c'est pour ça que j'ai voté pour toi. Je veux que tu sois heureuse, et tu ne l'es pas. Tu détestes le concept de cette émission, tu protestes contre tous les défis et tu ne participes pas vraiment. Et ce n'est pas grave, parce que c'est ton choix, mais je pense sincèrement que tu serais ravie de partir. De retrouver ton père. Est-ce que tu comprends mon choix, à présent ? Juste un peu ?

— Elle n'a pas tort, intervient Adam.

— Est-ce que tu as oublié notre pacte ? répond Jackie

à voix basse en plongeant le regard dans le sien. Je sais que c'est une compétition, mais je pensais qu'on se serrait les coudes ?

Jackie et Amy, les deux premières candidates. Une nouvelle version améliorée du #Jamy ; elles avaient rigolé de la coïncidence l'autre jour. Amy sent le goût acide de la bile dans sa bouche, et son front se couvre de perles de sueur. Il y a dix minutes, son raisonnement lui paraissait très clair et légitime. Elle a même été stupide au point de penser que Jackie lui en serait reconnaissante.

Ça aurait dû être Flick. Ça ne pouvait qu'être Flick. Elle aurait dû mettre Flick.

— Oui, Jackie, on se serre les coudes, ne va pas croire que je ne te soutiens pas. Je t'ai choisie en pensant sincèrement que tu serais contente de partir. Tu peux continuer à répandre la bonne parole dehors, Gemma et moi prendrons le relais ici. Je te promets qu'on peut le faire pour toi.

— Eh bien, je suis une sacrée veinarde, lâche Jackie sans la regarder.

— Euh, non, ça ne va pas être possible, déclare Adam en lisant la dernière carte.

— Quoi ? répond Amy.

— Dans cinq minutes, il n'y aura plus de Amy et Gemma, explique-t-il.

Amy se tourne vers Gemma, sourcils froncés. Gemma a dû voter contre elle. Elle se rassied, les yeux rivés droit devant elle.

Son aventure ici est terminée.

Chapitre 35

Gemma se lève et se place devant l'écran.

— *Tu* vas pouvoir continuer à défendre notre cause, Amy. Pas moi, intervient Gemma.

— Qu'est-ce qui se passe ? demande Jackie.

— C'est moi qui pars. Et, parce que j'ai choisi de partir, vos votes sont invalidés, ils ne signifient rien. Vous restez toutes les trois.

— Gemma, pourquoi ? Tu n'as pas à faire ça ! intervient Jackie en l'attrapant par le bras. Il ne nous reste que quelques jours, j'ai besoin de toi ici. Ne me laisse pas toute seule avec elles !

Dur mais juste, vu les circonstances.

— Jacks, je suis désolée, mais quelqu'un d'autre a encore plus besoin de moi, répond Gemma en souriant.

— Jason ? C'est un grand garçon, il va s'en sortir. Ce n'est qu'une semaine, bon sang ! Il va pas nous faire un caca nerveux !

— Je peux vous dire qu'il y aura beaucoup de cacas nerveux dans neuf mois…

— Oh mon Dieu, tu es enceinte ! souffle Amy. Tu l'es, hein ? Gemma, es-tu enceinte ?

Gemma les regarde toutes les trois et hoche lentement la tête, les mains posées sur son ventre.

Amy et Jackie se lèvent d'un bond pour embrasser Gemma et la serrer dans leurs bras. Les félicitations emplissent l'air, et toute la tension accumulée précédemment s'évanouit, de même que les millions de téléspectateurs qui sont probablement en train de hurler d'excitation.

— Tu l'as dit à Jason ? demande Amy, une fois l'agitation retombée.

— Je lui ai annoncé la nouvelle il y a une heure dans le Confessionnal. C'est Flick qui m'a aidée à comprendre, explique Gemma en lui caressant le bras. Même si je suis sûre qu'elle est choquée que je fasse un bébé hors mariage ! Jason sera un super papa. Je pense que ça va l'aider à mûrir et ça va m'inciter à changer certains trucs dans ma vie. Et peut-être à m'occuper davantage de ma famille que l'année dernière.

Flick affiche un sourire bienveillant, mais la grossesse de Gemma doit lui rappeler douloureusement qu'elle ne sera peut-être jamais enceinte.

— Vous allez vous remettre ensemble, alors ? demande Jackie en lui prenant la main.

— On a toujours eu l'intention de se remettre ensemble, répond Gemma en souriant, la main sur le ventre. Et, maintenant que ce petit truc est là, je n'ai jamais été aussi amoureuse de lui.

De l'eau. Il me faut de l'eau.

Amy s'assied, le regrette immédiatement et se laisse de nouveau tomber sur l'oreiller, les doigts pressés contre ses tempes. Son cerveau pulse sous son crâne mou, et sa bouche a un goût de lait périmé.

Où suis-je ?

Elle lève la tête et cligne des yeux à plusieurs reprises. Elle est allongée sur le sol près du lit de Jackie. Et elle espère profondément qu'elle a eu la présence d'esprit de laisser de l'eau et deux antalgiques près de son lit de fortune la veille au soir. Raté.

Elle n'a rien mangé depuis le déjeuner de la veille, et ses mains tremblent. Conséquence de neuf verres de prosecco. Ou dix ?

Elle considère sérieusement la possibilité de rejoindre la salle de bains en rampant sur le ventre. Elle voudrait atteindre le lavabo en faisant un minimum d'effort et en mobilisant un minimum d'énergie.

— Jackie ? chuchote-t-elle.

Pas de réponse.

— Flick ?

Toujours rien.

Elle réussit à réunir suffisamment d'énergie pour se redresser. Pourquoi a-t-elle aussi mal aux jambes ?

— Mmm, entend-elle tout près d'elle.

— Jackie ? coasse Amy.

— Mmm, répond cette dernière.

Amy lève les yeux sur le rebord du lit et aperçoit l'œil rouge de Jackie.

— Qu'est-ce que je fiche là ? demande Amy.

— Tu ne te souviens pas ? grogne Jackie en s'agitant sous sa couette. Tu voulais me prouver ton amour en dormant par terre à côté de moi.

Un silence. Puis elles explosent toutes les deux de rire avant de se mettre à gémir en se rendant compte que ça a un effet atroce sur leur gueule de bois.

— On a beaucoup bu ? demande Amy.

— Je pense qu'on a finalement réussi à assécher le robinet à prosecco. Pourquoi tu as un bleu énorme sur le genou ?

Colocataires, veuillez gagner le salon.

Amy et Jackie empoignent leur tête en geignant et se traînent laborieusement jusqu'à l'écran face au canapé.

— Tut, tut, tut, mesdames, les gronde Adam Andrews en secouant la tête, les yeux au ciel. Jackie et Amy, qu'est-ce que vous avez fabriqué hier soir ?

L'écran se met à diffuser l'enregistrement de la veille au soir. Amy s'affale sur le canapé, mortifiée.

La vidéo montre le salon. Au premier plan, assise sur le sofa et une tasse de thé à la main, Flick est en train de lire les commentaires sur Le Mur. On distingue un mouvement derrière elle, et soudain Amy et Jackie entrent dans le champ.

Mon Dieu !

Elles se hurlent dessus.

Puis elles s'étreignent.

Puis elles pleurent.

Puis elles montent sur la table basse et dansent en agitant leurs fesses, et Flick quitte la pièce.

Puis elles tombent de la table basse, hilares.

La caméra revient sur Adam, qui hausse un sourcil.

— Très mûr comme comportement, commente-t-il. Flick, vous avez apprécié cette petite démonstration de danse ?

— Pas autant que les téléspectateurs, j'en suis certaine, répond-elle en souriant.

— Bien, sans transition ! hurle Adam. Merci d'accueillir le Dr Howard Hicks ! Dites-nous, doc, vous avez préparé quelque chose de très excitant pour nos trois filles, n'est-ce pas ? demande-t-il tandis que le psy s'assied à sa place habituelle.

— Tout à fait, Adam. Ce soir, nos candidates vont avoir droit à une soirée avec vingt célibataires ! Ce n'est pas un défi, mais une récompense bien méritée pour tout ce qu'elles ont accompli jusqu'à présent.

La simple idée de boire une seule goutte d'alcool fait verdir Amy.

Quelques heures plus tard, elles sont installées au bar de plage dans le jardin, entourées d'inconnus qui savent tout d'elles. Amy discute avec un certain Ed depuis plus d'une heure, tout en sirotant lentement un Spritz qu'elle essaye de ne pas vomir immédiatement.

Ed ne lui plaît pas vraiment. Ce qui lui plaît, en revanche, c'est sa vie. Il l'a tout de suite accrochée avec son « Je suis un nomade numérique » quand elle lui a demandé ce qu'il faisait dans la vie. Il lui expliqué qu'il écrit des articles sur la technologie et passe la moitié de l'année à Singapour et l'autre en Grande-Bretagne. Elle veut tout savoir et apprendre comment faire la même chose.

En vrai, il n'est pas repoussant ; si Amy avait la tête à ça, elle trouverait ses cheveux en bataille, son gilet en laine et son air de John Mayer séduisants. Il a l'air cool, le rire facile et il regarde beaucoup ses pieds.

— Ed, merci pour cette conversation très agréable. Et merci de m'avoir dévoilé tes secrets de nomade. Peut-être qu'on se croisera sur une plage thaïlandaise l'année prochaine, dit-elle en souriant.

— Avec plaisir. On pourra peut-être continuer à discuter quand tu auras été libérée.

Il note son numéro sur une carte et la lui tend en souriant.

Amy observe ce qui se passe autour d'elle en s'éloignant. Jackie braille en gesticulant à propos de politique devant trois hommes étonnamment captivés. Flick, tout sourires, bavarde avec un homme plus âgé très séduisant. Elle joue avec ses cheveux d'un air timide.

Prends ça dans les dents, Simon, songe Amy en la dépassant. Flick est en train de lui expliquer qu'elle est une fée du logis démodée, et il boit ses paroles, suspendu à ses lèvres.

— Amy ?

Une voix douce détourne son attention. Elle pivote et se trouve face à face avec un petit blond trapu. Il a un regard bienveillant et il tient un Spritz.

— Bonsoir, je m'appelle Charlie. J'ai remarqué que tu aimais le Spritz ! déclare-t-il en souriant avant de baisser la voix. C'est mon cocktail préféré, moi aussi, mais ne le dis pas à mes potes. Ils sont persuadés que je ne jure que par la bière...

Ses fossettes sont tellement séduisantes qu'Amy se met à bafouiller.

— Bonsoir, Amy. Pardon, Charlie. C'est moi, Amy ! poursuit-elle en riant, gênée. Merci, dit-elle en lui prenant le verre des mains.

Elle en boit une longue gorgée en priant pour qu'il dise quelque chose parce que rien d'autre ne lui vient à l'esprit qu'un commentaire sur ses magnifiques fossettes.

Charlie parle de la pluie et du beau temps, et Amy est soulagée de pouvoir écouter au lieu de parler d'elle. Il lui explique qu'il est un citadin retourné à la terre : il élève des vaches laitières avec sa mère et sa famille près de la côte du Devon. Ça a l'air idyllique.

— Tout ça est surréaliste, déclare-t-il en riant. Je n'aurais jamais cru que la production me choisirait. Je suis un super fan de l'émission. Surtout de toi. (Il baisse aussitôt les yeux.) Pardon, je n'avais pas l'intention de te l'avouer. C'est probablement embarrassant pour toi. Je te jure que je ne suis pas un *stalker*. C'est injuste pour toi, j'ai l'impression que je te connais bien alors que tu ignores tout de moi.

— Parle-moi davantage de toi, alors. Comment es-tu devenu fan de l'émission ? Tu ne sembles pas du genre à regarder ce type de programme. Je n'imaginais pas que j'avais des groupies fermiers.

— C'est un peu bizarre, pas vrai ? Mes potes se foutent bien de ma gueule, les enfoirés. C'est à cause de ma mère, au départ. Mon père est mort il y a quelques années, et ma mère se débrouille toute seule depuis, elle est incroyable, mais physiquement ça devient un peu difficile pour elle... Elle va m'en vouloir d'avoir dit ça. Bref, elle s'est cassé la hanche l'année dernière, et j'ai décidé de quitter la ville pour aller l'aider. Je n'aurais pas pu être plus heureux. Pour la faire courte, ma mère n'avait pas de télé. Elle travaillait beaucoup, et le soir elle s'occupait avec la radio et la lecture. Mais, comme elle travaillait moins, elle était en train de devenir folle, du coup, je lui ai offert un téléviseur. Les *Oubliées de l'Amour* est la première émission qu'on regarde ensemble, et elle est complètement accro. On visionne les résumés tous les soirs après le dîner. C'est le meilleur truc qui lui soit arrivé. Avant, on discutait des vaches, maintenant on discute pour savoir qui est la Perle ici.

Il tend sa bière en direction du jardin, puis se penche vers elle.

— C'est toi, chuchote-t-il à son oreille, ce qui provoque un frisson chez Amy.

— Est-ce que ça te mettrait mal à l'aise si j'éclatais en sanglots et te faisais un câlin ? demande-t-elle.

Émue, elle a les yeux pleins de larmes et brûle d'envie de lui pincer les joues.

— Non, bien sûr que non. C'est du Amy tout craché, pas vrai ? répond-il en riant et en entrechoquant son verre contre le sien.

— Dis donc ! s'écrie-t-elle en riant.

— Voilà, tu sais tout. Je suis un vrai fils à sa maman et fier de l'être, constate-t-il avec un sourire. Je détestais la ville. Je déteste l'argent. J'étais nul dans mon job. J'aurais dû devenir prof, c'est ce que j'ai toujours voulu faire. Mais, comme tous mes potes se lançaient dans la finance, je les ai suivis. C'était très con de ma part.

Gentil.

Drôle.

Mignon.

Vit dans une ferme dans le Devon.

Adore sa mère.

Encouragera et entretiendra mon addiction au fromage.

Jusque-là, Charlie pourrait être l'homme idéal d'Amy. Il a l'étoffe du petit ami, du mari et du père.

Plus tard, Le Mur est submergé par les fans de Charlie, et quelqu'un a ouvert une page pour Charlie le Fermier. Amy ne peut pas leur en vouloir. C'est un très bon parti. Elle éprouve un peu de tristesse en pensant qu'elle n'a absolument aucune envie d'entamer quoi que ce soit avec lui mais, en même temps, elle ressent de l'optimisme en sachant qu'il y a des Charlie dans ce monde, prêts à la rendre heureuse dès qu'elle sera prête.

Si un jour elle est prête.

Chapitre 36

Les paupières d'Amy sont collées. C'est le signe évident qu'elle a trop bu. La dernière fois qu'elle a picolé deux soirs d'affilée date des premiers temps de sa relation avec Jamie ; sa tête embrumée et son corps engourdi lui rappellent douloureusement qu'elle n'a plus vingt-cinq ans. Elle s'oblige à ouvrir les yeux et arrange son oreiller pour se redresser et distinguer, à moitié assise, le reste de la pièce. Jackie ronfle, et le lit de Flick est déjà fait. Le dortoir a l'air bien vide depuis qu'elles ne sont plus que trois.

Aurait-elle pu prédire qui seraient les trois dernières ? Flick, oui. Jackie et elle, pas vraiment. Sa stratégie depuis le départ était de baisser les yeux et de ne pas se faire remarquer. Celle de Jackie au contraire a été de garder la tête haute et de faire autant de bruit que possible. Les deux semblent avoir fonctionné, même si Amy ne peut s'empêcher de penser que Gemma devrait être ici avec elles.

Amy repousse la couette et balance les jambes sur le rebord du lit. Elle sait exactement ce qu'elle a besoin de faire aujourd'hui.

Absolument rien.

Elle commence par un masque *Beach Bomb : une explosion de réhydratation après une journée au soleil.*

C'est un rappel doux-amer. Ensuite, elle prend une douche brûlante, se masse le cuir chevelu et gomme tout son corps avec le mini-loofah qu'elle avait acheté pour ôter les peaux mortes afin de mieux bronzer. Encore un achat inutile, mais elle aime le frottement contre sa peau et l'idée que toutes les toxines de ces deux derniers jours disparaissent. Elle termine en se tartinant généreusement de lait pour le corps et en appliquant un produit blanchissant sur ses dents, qu'elle laisse poser jusqu'à ce que sa langue finisse par piquer et ses yeux se remplir de larmes.

Aujourd'hui, Amy n'a pas envie de se coiffer ni de se maquiller. Elle ramasse ses cheveux en chignon, ajoute un bandeau pour qu'aucune mèche ne vienne irriter son front, enfile un legging trop grand, un ample sweat-shirt à capuche et des chaussettes chausson. Elle est parée pour la journée. Elle se rend compte qu'elle a troqué un pyjama pour un autre pyjama. Et elle s'en fiche.

Il lui a fallu beaucoup de temps pour oser s'habiller comme ça devant Jamie. La première fois, il l'a taquinée en disant qu'elle prenait un peu trop ses aises, puis il a éclaté de son rire si particulier qu'elle adorait à l'époque et qu'elle méprise à présent. Après cette remarque, elle avait repris l'habitude de bien s'habiller tous les matins, au cas où il penserait vraiment qu'elle se laissait aller. Et puis, un jour, ils avaient tous les deux eu une atroce gueule de bois, et il avait semblé l'accepter comme ça.

Elle essuie la buée sur le miroir et contemple son reflet pâle et nu. Ce sera la première fois de toute l'émission qu'elle ne met pas de maquillage.

Bonjour, le monde, c'est moi. Je suis authentique, bordel.

Elle constate, soulagée, que Jackie dort toujours à poings

fermés et que Flick est en train de nager. Elle n'aura pas besoin de parler avant au moins une demi-heure.

Une fois dans la cuisine, elle se prépare un thé avec deux sucres – c'est la fête – et place quatre toasts dans le grille-pain. Oui, quatre. Elle les recouvre abondamment de beurre de cacahouètes et de confiture, puis les coupe en triangles parce que c'est étrangement meilleur comme ça. Elle s'installe ensuite sur le canapé avec son thé sucré et sa montagne de tartines et ramène les jambes sous elle. Netflix – et son téléphone – ne lui a jamais autant manqué. Elle devra se contenter des commentaires sur Le Mur.

@mrgrumpypants On a faim, pas vrai, Amy ? #LODLA

Va te faire foutre.

Elle vient juste de mordre dans sa tartine lorsque la pire chose qui pouvait arriver se produit.

Amy, veuillez vous rendre dans la Salle de Thérapie. Le Dr Hicks voudrait vous voir.

— Amy ! Ça me fait plaisir de vous voir. J'ai l'impression que ça fait longtemps, déclare le Dr Hicks, assis sur son fauteuil, avec un sourire. Comment allez-vous ? Plus que trois jours avant la fin !

Amy ne répond pas tout de suite. Elle s'installe lentement sur le canapé et se renfonce contre le dossier.

— Je suis épuisée aujourd'hui, docteur Hicks. Je n'ai pas vraiment envie de discuter, répond-elle en simulant un bâillement pour appuyer ses propos.

— Pas de problème, on n'est pas obligés de faire une séance d'une heure. Voyons voir jusqu'où on peut aller. Mais, avant de commencer, j'aimerais vous montrer quelque chose d'amusant qui devrait vous plaire.

Il lui tend l'iPad. Sur l'écran, elle voit la photo d'une

femme qui porte des lunettes de soleil en forme de drapeaux rouges.

— C'est drôle, n'est-ce pas ? constate-t-il en souriant.

Amy soupire.

— Cette histoire d'alerte rouge est en train de devenir absurde, docteur. Et gênante. Ce n'est pas moi qui ai inventé le terme, et il y a certainement un millier d'articles semblables au mien sur Internet. Je n'ai aucun mérite, et je mérite encore moins un hashtag viral et des lunettes de soleil.

Waouh, elle est de mauvaise humeur.

— Pourquoi y a-t-il eu tout ce buzz autour de la robe bleue ou dorée, ou de la chanson du requin ? Profitez-en, Amy. C'est votre heure de gloire. Mais nous ne sommes pas obligés de nous y attarder si ça vous met mal à l'aise. Il s'est passé beaucoup de choses depuis la dernière fois qu'on s'est vus. Je voudrais commencer par le Dîner d'Excuses. Durant notre séance précédente, vous vouliez quitter l'aventure à cause de ça. Je suis très content que vous ne l'ayez pas fait. Racontez-moi comment ça s'est passé.

— J'étais anxieuse avant, et puis après plus rien. Jamie a l'air différent, mais il n'a pas changé d'un iota. J'ai quand même réussi à obtenir quelques réponses, mais je ne crois toujours pas un mot de son « tu m'as mis la pression, c'est moi la victime dans l'histoire » et je pense que c'est un lâche de ne pas avoir eu le cran de rompre avec moi face à face.

— Êtes-vous contente d'avoir dîné avec lui ?

Soupiiiiir.

— Oui. Avec le recul, ce n'était pas si terrible et ça n'a rien changé à ce que je pense de lui. Je suppose que c'était bien, dans le sens où j'ai pris conscience en le voyant que je n'étais même pas énervée ou contrariée, juste complètement détachée. C'est peut-être le signe que je suis en train de tourner la page. Et au moins, je n'ai plus à craindre de tomber sur lui à l'improviste. Dans un bar ou le métro, par exemple.

— C'est bien, Amy. Je pense que nous avons là un résultat solide. Parlons un peu de votre rencontre avec Simon Ash. Comment ça s'est passé ?

— C'était affreux ! Ce qui m'a effrayée, c'est que ça aurait pu être moi dans cinq ans avec Jamie. Je me suis presque sentie soulagée d'être ici, ce qui est une première. Je ne pensais pas avoir quoi que ce soit de commun avec Flick jusqu'à ce que je rencontre Simon et que j'aie une conversation très intime avec elle le lendemain. Leur couple est une tragédie. Elle a attendu tellement longtemps à cause de lui, il lui a fait perdre son temps avec de fausses promesses et des mensonges éhontés. Et maintenant, la chose qu'elle désire le plus au monde ne se produira peut-être jamais. Je n'arrive pas à croire qu'une femme aussi intelligente et parfaite que Flick puisse encore penser qu'il est le bon.

— Qu'avez-vous ressenti quand elle a voté contre vous le lendemain de votre discussion ?

— J'ai été un peu choquée. Je pensais qu'elle choisirait Gemma ou Jackie parce qu'elles se sont beaucoup disputées par le passé. Pas moi. Je suis la plus proche d'elle dans la maison. Mais bon, ce n'est pas grave, je vais bien.

C'était presque convaincant.

— Vous n'aviez pas envie de lui demander des explications, comme Jackie l'a fait avec vous ?

— Pas vraiment, soupire-t-elle. Ça servirait à quoi ? Elle a pris une décision rationnelle, et je ne peux pas le prendre personnellement. Nous devons passer à autre chose. Appliquons les conseils de HuJo et laissons tomber.

— Mais Jackie et vous en avez discuté, et on dirait bien que tout s'est arrangé entre vous. Peut-être même que ça vous a rapprochées encore plus qu'avant.

— D'accord.

— Amy, c'est bien d'exprimer ses sentiments. Si ça vous tracasse et que vous voulez savoir pourquoi Flick vous a choisie vous, et pas Gemma ni Jackie, vous devriez lui en parler. Prenez une profonde inspiration. Discutez. L'art de la confrontation est difficile à maîtriser, mais il vaut le coup qu'on fasse un effort dans ce sens. De quoi avez-vous peur ?

— Je n'ai pas peur, j'ai juste la flemme, en fait. Ça servirait à quoi de demander à Flick pourquoi elle a voté pour moi ? Ce n'est pas comme si on allait être meilleures amies une fois l'émission terminée. On va retourner à nos vies comme si on ne s'était jamais rencontrées. Et puis elle a déjà expliqué pourquoi elle m'avait choisie, et sa réponse était tout à fait valable. J'étais sa concurrente la plus directe sur Le Traqueur. Elle est médecin. C'est scientifique.

— Amy, la situation avec Flick est un exemple de votre peur des conflits et de votre tendance à les fuir. C'est une chose sur laquelle nous devons travailler.

Je sais, docteur, mais pas aujourd'hui.

— C'est particulièrement important dans les relations. Vous devez avoir le courage de discuter avec quelqu'un sans craindre qu'il vous crie dessus, qu'il parte en claquant la porte ou qu'il rompe. Ce courage sera déterminant dans votre prochaine relation, et vous devez le construire. Je pense que l'une des façons de surmonter cette peur est de vous entraîner avec des gens comme Flick. Plus tôt dans une relation vous parlerez à cœur ouvert de ce qui vous rend profondément malheureuse, plus vite vous saurez si cette personne est faite pour vous. Si elle rompt avec vous à cause de ça, alors c'est qu'elle ne vous correspondait pas, et vous pourrez vous réjouir de ne pas avoir perdu votre temps. Je ne vous dis pas de parler de tous les petits problèmes, mais des choses importantes. Celles qui vous affectent vraiment. Comme avec Flick : vous pensiez que vous étiez proches et vous aviez confiance en elle. Et avec Jamie : vous pensiez que c'était l'homme de votre vie.

Amy le dévisage un instant.

— Vous êtes en train de me conseiller de dire aux gens quand quelque chose me rend profondément malheureuse ?

— Oui. Exactement.

— Eh bien, docteur Hicks, je me sens profondément malheureuse d'avoir cette conversation avec vous maintenant. Je ne suis pas vraiment d'humeur.

— Oui, je vois bien que vous n'avez pas envie de parler, Amy. Merci d'être venue quand même. Il vous reste juste une chose à faire, déclare-t-il en souriant.

Il ramasse son iPad et se lève.

La porte s'ouvre, et un homme au visage familier pénètre dans la Salle de Thérapie, un dossier à la main.

Chapitre 37

— De quoi s'agit-il ? demande Amy à Sam, le producteur, qui laisse sortir le Dr Hicks et referme la porte derrière lui.

Sam lui fait signe en souriant de se rasseoir, puis il lui tend le dossier et un stylo.

— C'est un test ? demande Amy en lisant le titre.

AMY WRIGHT : ÉVALUATION DES PROGRÈS

— Nous voulons essayer de mesurer ce que vous avez appris depuis le début de l'émission, explique Sam. C'est une occasion pour nous de déterminer en toute objectivité si vous méritez le titre de Perle, dans le cas où le public vous choisirait dans trois jours. Nous tenons à ce que la candidate qui remportera le million de livres ait vraiment progressé au cours du programme.

— N'est-ce pas au public de décider ? demande Amy en feuilletant le dossier.

— En fin de compte, oui. Mais, à l'approche de la fin de l'aventure, nous souhaitons filtrer : nous ne pouvons avoir que deux finalistes. Vous allez donc toutes les trois passer cet examen, et celle qui aura le plus mauvais score sera éliminée. Ce soir.

— Attendez, quoi ? ! Pourquoi est-ce que vous ne nous

avez pas prévenues ? s'écrie Amy. Vous auriez pu nous donner une chance de... je ne sais pas... réviser ou que sais-je.

Sa voix s'éteint quand elle tourne la page du dossier et découvre à quel point le test est court.

— Vous avez un quart d'heure pour répondre aux questions ; vous verrez qu'il n'était pas nécessaire de réviser, déclare-t-il en se dirigeant vers la porte. Certaines des questions à choix multiples sont... absurdes.

Il pose la main sur la poignée, puis se tourne vers Amy.

— Amy, je voulais vous dire que nous ne ressemblons pas tous aux hommes qui envoient des commentaires sur Le Mur. Ou à vos ex. Et je trouve que vous vous en tirez très bien, vu les circonstances. J'espère vraiment que vous ne partirez pas d'ici en pensant que tous les hommes sont des salauds et qu'il n'y a pas d'espoir. Ce n'était pas notre intention. Nous voulions vraiment toutes vous aider à sortir de vos mauvaises relations, vous inciter à réfléchir à ce qui vous rend heureuses et que vous repartiez avec un regard positif sur vous-mêmes. Je pense que nous n'avons pas atteint notre objectif et, à titre personnel, j'en suis sincèrement désolé. Certains choix de la production ont été pour le moins discutables.

Amy le dévisage.

— On va bien, Sam. On peut gérer. Pas la peine de s'inquiéter pour nous.

Il soutient son regard pendant quelques secondes avant de refermer la porte derrière lui et de laisser Amy lire la première page.

ÉVALUATION PRATIQUE – QCM

1. Oh My Baby !

Votre bébé ne veut pas dormir, et vous êtes épuisée. Que faites-vous ?

a. Vous allumez la télé pour ne plus l'entendre pleurer.
b. Vous quittez la maison pour trouver la paix et la tranquillité.
c. Vous continuez à appliquer votre routine et dormez en même temps que lui.

Non, mais c'est une blague ?

2. Gardez votre C. A. L. M. E.
Votre petit ami est sorti avec ses copains. Il dit qu'il sera rentré à 19 heures pour le dîner que vous avez préparé exprès, mais il n'est toujours pas là à 21 heures. Que faites-vous ?
a. Vous jetez le repas à la poubelle et lui laissez un post-it furieux sur le frigo.
b. Vous dormez sur votre colère, lui demandez des excuses le lendemain et passez à autre chose.
c. Vous mangez son dîner, l'attendez dans le noir et lui faites une scène phénoménale quand il rentre.

J'adorerais savoir ce que Jackie va répondre.

3. La Brigade de l'École de Beauté
Quel est le pouvoir du maquillage ?
a. Empêcher votre mari de vous quitter pour une femme plus jeune.
b. Mettre en valeur votre beauté naturelle et vous donner de l'assurance.
c. Cacher votre véritable visage pour que vous puissiez prétendre être quelqu'un d'autre.

LOL

4. Gardez-les au chaud !
Il y a huit règles pour garder un homme. Laquelle des trois suivantes n'en fait pas partie ?

a. Ne pas s'énerver.

b. Faire plus d'efforts au lit.

c. Dire plus souvent « Je t'aime ».

Le dernier point correspond à l'une des choses qui la hérissaient chez Jamie. Elle disait toujours *Je t'aime* en premier. Bien sûr, il ne répondait jamais la même chose. Quand il se donnait la peine de répondre, il se contentait d'un *Moi aussi*, lâché de manière mécanique. Elle l'avait taquiné une fois à ce sujet, et il avait répondu que ça ne voulait plus rien dire quand on se le disait tout le temps. Elle avait eu envie de rétorquer : *Vu que tu ne le dis jamais, une fois de temps en temps, ça aurait du sens, non ?* Mais elle n'avait pas pris la peine de le faire.

5. Gardez-les au chaud !

Si on en croit notre sondage, quelle est la règle la plus importante ?

a. Ne vous laissez pas aller.

b. Ne vous plaignez pas.

c. Ne le contrôlez pas.

d. Ne le négligez pas.

e. Faites plus d'efforts au lit.

6. N'est-elle pas charmante ?

Vous avez rencontré un homme qui ferait un bon mari. Comment vous habillez-vous pour votre premier rendez-vous ?

a. Une minirobe osée qui dévoile beaucoup de peau.

b. Un T-shirt ample, un jean baggy et des baskets.

c. Une robe moulante blanche aux genoux pas trop décolletée.

7. N'est-elle pas charmante ?

Comment doit-on placer son couteau et sa fourchette quand on a fini de manger ?

a. À 6 h 30.
b. À côté de l'assiette.
c. Je m'en fiche.

8. N'est-elle pas charmante ?
Quelle est la bonne manière de manger des petits pois ?
a. Avec une cuillère.
b. À la fourchette un par un.
c. Écrasez-les avec le dos de la fourchette et mélangez-les avec la purée de pommes de terre.

Même si les questions sont ridicules, Amy a appris une quantité surprenante de choses depuis qu'elle est là. Rien à voir en revanche avec ce QCM. Elle a surtout découvert qu'elle pouvait être heureuse seule. Qu'elle attendait impatiemment de voir ce que la vie lui réserverait quand elle sortirait de là, que ce soit ce soir ou vendredi prochain. Son ventre se noue d'excitation quand elle se rend compte qu'elle est tout près du but et qu'elle pourra bientôt enfin monter dans cet avion.

Chapitre 38

— Il faut rendre à César ce qui lui appartient, déclare Jackie en plaçant ses couverts à 5 heures sur 15 sur son assiette. Tu as des idées de merde, mais je n'avais jamais mangé un aussi bon tajine. Si je disais que j'aimerais que tu parles moins et cuisines plus, je ressemblerais à Simon, je suppose.

— Pourquoi gâcher un compliment en rajoutant ça ?

— D'après vous, comment on s'en est tirées hier ? À l'examen, dit Amy pour changer de sujet.

— Les questions étaient beaucoup trop faciles, répond Flick. Un gamin de deux ans aurait eu tout juste.

— J'imagine que c'est compliqué d'apprendre quoi que ce soit ici quand on est déjà une perle, rétorque Jackie en souriant tout en faisant tourner son verre de prosecco.

— J'ai appris quelque chose, en fait. Mais rien à voir avec le fait d'être une perle parce que, tu as raison, j'en suis déjà une, réplique Flick avec un sourire. J'ai appris quelque chose sur moi-même. Vous serez peut-être choquées de l'entendre, mais la clinique me manque. Et mes patients aussi.

— Le travail te manque ? demande Amy.

— Oui. Je l'ai compris en aidant Gemma. Et en lisant la lettre d'Emma. Ça me manque de m'occuper des gens, en dehors de Simon, bien entendu. Une fois l'émission terminée, je pense que je vais reprendre le boulot. Pas à plein temps, probablement deux jours par semaine. Je pense que ce sera un bon équilibre. Il faut d'abord que j'en parle à Simon, bien sûr. De ça et d'autres choses.

Elle sirote son café et lance un regard en direction d'Amy.

— Tu vas voir que tu vas finir par manifester avec des pancartes à Parliament Square, la taquine Jackie.

— Eh bien, moi, j'ai appris beaucoup plus que des règles débiles sur comment garder un homme ou s'habiller pour le thé depuis que je suis ici, dit Amy. J'ai surtout découvert que je suis qui je suis, et c'est bien comme ça. Dans ma prochaine relation, si jamais j'en ai une, je ne ferai pas semblant d'être quelqu'un d'autre au début pour être aimée ou, pire, par peur d'être larguée. Je dirai quand quelque chose me rend malheureuse et, si c'est le bon, il ne fuira pas en courant. Parce qu'il m'aimera pour moi et tout ce que je suis.

— Entièrement d'accord, ajoute Jackie. J'ai appris que mon père peut survivre sans me voir tous les jours et que je n'ai pas besoin de culpabiliser. Vous l'avez entendu parler de ses potes à l'église. Quant à mon prochain mec, s'il y en a un… (Elle s'interrompt et lève les yeux vers Amy.), il devra avoir suffisamment confiance en lui pour me laisser continuer à voir mon père au lieu de se sentir menacé par notre relation.

— Je n'ai pas seulement appris que je voulais recommencer à travailler. J'ai aussi pris conscience que, quoi qu'on fasse pour quelqu'un, quels que soient les sacrifices, on ne peut pas le forcer à faire ce qu'il ne veut pas. On ne peut pas le forcer à nous aimer.

Elle ferme les yeux pour retenir ses larmes, prenant

une minute pour retrouver une contenance et calmer les soubresauts de sa voix.

— On peut lui prodiguer toute son attention, subvenir à tous ses besoins, ne pas se laisser aller… ce n'est pas pour autant qu'il tiendra ses promesses.

— Flick, tu as fait de ton mieux, tu n'as aucun regret à avoir, la réconforte Amy en lui prenant la main.

Colocataires. Veuillez rejoindre le salon.

À l'écran, Adam se tient debout derrière un pupitre, vêtu d'une toge et un chapeau de diplômé sur la tête.

— Bienvenue, public et promotion de 2020. Veuillez prendre place pour ce qui sera une soirée pleine de gloire pour certains et de honte pour d'autres. J'ai le grand plaisir d'annoncer qu'à l'issue du test qu'ont passé nos trois candidates la major de cette promotion est, comme vous l'avez certainement deviné, Mlle Felicity Brimble ! Felicity, si vous voulez bien vous lever, s'il vous plaît.

Flick s'exécute en soupirant.

— Bravo, mademoiselle Brimble, vous avez décroché un A. Et vous savez ce que ça signifie, n'est-ce pas ? Vous êtes en finale demain ! hurle-t-il tandis que des confettis tombent du plafond et que le public applaudit à tout rompre. C'est ça, vous pouvez vous reposer, votre dur labeur a payé. Et maintenant, mesdames et messieurs, il ne nous reste plus que deux concurrentes. Seule l'une d'entre elles accédera à la finale, et tout repose sur leurs examens, dont je vais à présent vous révéler les résultats. Amy, votre performance à l'évaluation est moyenne. Tout le monde sait bien que pour manger les petits pois il faut les écraser ou les mélanger avec de la purée !

Vraiment ?

— Quant à notre dernière participante, Jackie…

Adam ôte ses fausses lunettes pour les poser sur le pupitre.

— Jackie, vous avez inventé toutes vos réponses. Pour votre information, il n'est pas d'usage de lancer son couteau et sa fourchette derrière soi à table, ni de s'allonger sur son assiette et d'aspirer ses petits pois avec la bouche comme un aspirateur. Et vous n'êtes pas censée attraper un homme par ses testicules. Ces réponses ne vous ont rapporté aucun point, et vous finissez donc dernière du classement. Mesdames et messieurs, le choix a donc été facile pour le jury.

Il se place sur le devant de la scène et plonge les yeux dans l'objectif de la caméra.

— La colocataire qui nous quitte ce soir est la participante qui a remis en question chacun des défis et a contesté chacune des épreuves. Ce soir, nous disons définitivement adieu à la redoutable et exaspérante Jackie Adu ! annonce Adam en applaudissant.

Le public est étonnamment démonstratif pour la concurrente la plus clivante de l'émission. Et, lorsque les caméras se tournent vers le public à l'extérieur du studio, Amy est ravie de voir un groupe d'une centaine de femmes brandir des pancartes pour soutenir Jackie et son message.

SAUVEZ JACKIE !

NOUS SOMMES JACKIE

LE DÉBAT NE S'ARRÊTE PAS ICI

— Eh bien, mesdames, je m'en vais peut-être, mais on dirait bien que du boulot m'attend dehors, déclare Jackie avec un sourire aux lèvres, les mains sur la valise qu'elle a préparée la veille.

Une fois la main sur la poignée de la porte de la maison, elle se tourne vers Amy.

— Ames. L'émission ne pouvait pas marcher sur moi parce que je ne changerai jamais. J'adore être moi-même. Je suis exactement celle que je veux être.

Amy repense à la première fois qu'elle a vu Jackie. Ses lèvres peintes en rouge brillant, son sourire visible depuis l'espace et son rire audible bien au-delà.

Elle n'imaginait pas rester aussi longtemps. Il y a un mois, elle était encore la Pauvre Vieille Amy qui vivotait, suivant docilement la routine bien huilée de sa petite vie. Désormais, elle est la Célèbre Amy Wright, finaliste des *Oubliées de l'Amour.* Et, même si elle ressent de la fierté à l'idée d'être arrivée jusque-là et de l'excitation en pensant à son départ prochain, voir Jackie quitter la maison l'angoisse profondément. Elle s'est habituée à la sécurité de ces quatre murs. Demain, elle partira. Et, qu'elle soit la gagnante ou la perdante, elle va devoir affronter la tempête qui l'attend dehors.

La porte claque.

Et elles ne sont plus que deux.

Chapitre 39

— Je n'arrive pas à croire que nous soyons en finale, déclare Flick, tout en mangeant ses céréales sur le canapé.

Amy a perdu l'appétit tant elle est nerveuse.

— Il nous reste encore quelques heures. Qui sait ce qui peut encore se produire ?

Amy regarde à travers les fenêtres du salon. De l'extérieur, elle paraît tout à fait calme, mais en réalité elle compte chaque objet présent dans le jardin depuis quinze minutes, appliquant rigoureusement la technique de Sarah.

Amy et Flick, veuillez vous asseoir sur le canapé du salon pour la dernière épreuve.

L'écran montre Adam Andrews qui slalome sur un plateau de tournage en cours de montage sur un parking vide derrière le studio, un caméraman sur les talons. Le plateau grouille de techniciens, en train d'installer des écrans et des enceintes un peu partout, qu'Adam évite tout en parlant dans un micro. Au moment où il dépasse quelqu'un qui court, un cierge magique jaillit du sol, manquant de peu de le renverser.

— Waouh, attention Johnny ! hurle-t-il dans son micro. Caméraman, fais gaffe, ne t'éloigne pas de moi !

Un vrombissement sourd monte de l'extérieur.

— Tu entends aussi quelque chose ? demande Amy en regardant Flick.

Flick se lève pour aller ouvrir la porte-fenêtre qui donne sur le jardin. Les hurlements et les sifflements d'une foule en délire envahissent le salon.

Une fois parvenu au bout de la scène, Adam pivote.

— Tu les as bien dans le cadre ? demande-t-il à la caméra.

Cette dernière zoome, révélant une foule immense amassée derrière les grilles du parking. Quand ils se rendent compte qu'ils sont filmés, les gens se mettent à pousser des cris de liesse en brandissant leurs pancartes.

ON EST AMIS AVEC AMY !

FLICKE-MOI FORT !

— Je pense que c'est de là que vient le bruit, ajoute Flick d'un ton angoissé.

La caméra recule pour se fixer sur le visage d'Adam qui se penche vers l'écran.

— WAOUH ! hurle-t-il avant de tourner les talons et de remonter la scène en courant, ce qui donne à Amy et Flick un meilleur aperçu de la taille de la foule.

Des milliers de gens font la queue pour entrer, tous brandissant des pancartes en soutien à la #teamamy ou la #teamflick.

— Oh ! mon Dieu ! murmure Amy.

— Est-ce que ce sont des tentes ? Des gens ont vraiment campé ici cette nuit ? demande Flick.

La télé coupe, et l'image revient sur Adam de retour sur la scène intérieure du studio, où il s'immobilise, le souffle court.

— Bonjour, tout le monde ! braille-t-il. C'est moi ou on

dirait bien que quelque chose d'incroyable est sur le point de se produire ?

Il pose un doigt sur ses lèvres et fait semblant de réfléchir quelques instants, pendant que le public se calme peu à peu.

— Oh ! oui, ça y est, je me souviens, ce n'est que la finale en direct des *Oubliées de l'Amour* !

Le générique résonne soudain, et Adam s'assied, les yeux rivés sur la caméra.

— Rien n'est encore joué ! Ce soir, ce sera la dernière occasion pour nos finalistes de plaider leur cause avant le début des votes. Comme pour une élection présidentielle, mais en plus intelligent, plus sympa et vraiment plus fun, les filles vont faire un discours dans le jardin pour expliquer au monde entier pourquoi elles méritent votre vote ce soir. Les filles, prenez les blocs-notes et les stylos qui vous attendent devant la porte d'entrée et déversez vos cœurs sur le papier. Nous reviendrons dans deux heures pour vous écouter, en compagnie de quelques invités triés sur le volet.

Diiiiing doooong.

— Félicitations, les filles ! s'exclame une voix familière et amicale. Je n'arrive pas à croire que vous soyez en finale toutes les deux ! En fait, si, parce que vous êtes toutes les deux des êtres humains magnifiques qui méritent tout le bonheur du monde.

— Katie ! Qu'est-ce que tu fais ici ?

La maquilleuse star rejoint les finalistes et leur fait des bises sonores.

— Comment ça, ce que je fais ici ? Je ne raterais pas votre Armageddon pour tout l'or du monde. Il est temps de brosser ici, d'appliquer du blush là, et de vous préparer pour la soirée la plus importante de votre vie. Vous n'êtes pas au courant ? Ils s'attendent à l'audimat le plus haut de toute l'histoire de la chaîne.

Amy pivote vers Le Mur. Les tweets se succèdent tellement vite qu'on ne peut pas les lire.

Durant l'après-midi, l'installation dans le jardin de deux rangées de sièges étiquetés VIP et d'un écran géant extérieur écrase définitivement les espoirs d'Amy qui pensait s'adresser uniquement à Flick et aux nains de jardin. Les quatre murs du jardin ne parviennent pas à étouffer les acclamations sporadiques de la foule qui se tient de l'autre côté, et chaque cri fait transpirer un peu plus Amy.

Katie l'a habillée d'un smoking noir avec une chemise blanche et d'escarpins à bout pointu, qui dépassent sous son pantalon volontairement ample. Ses lèvres sont rouge vif et ses cheveux ramenés en arrière en un chignon haut qui ressemble au beignet au chocolat qu'il lui tarde de dévorer quand elle sera enfin sortie d'ici.

— C'est très Kourtney Kardashian, insiste Katie.

Flick porte une robe à emmanchures américaines bleu ciel avec des sandales à talon assorties.

— J'ai l'impression qu'on va se marier. Regarde, c'est Gemma et Jason ! crie Amy en frappant au carreau.

Elle agite la main. Gemma lève les yeux et agite elle aussi le bras, radieuse. Elle donne un coup de coude à Jason qui les salue à son tour.

Amy, veuillez vous rendre dans la Salle de Thérapie où le Dr Hicks vous attend.

— Amy ! la salue le psy, plus élégant que d'habitude dans son costume en tweed. Entrez, ça ne prendra que cinq minutes.

Amy savoure l'atmosphère douce-amère de la pièce qu'elle contemple pour la dernière fois.

— J'ai quelque chose pour vous, annonce le Dr Hicks en lui tendant un certificat.

— De quoi s'agit-il ? demande Amy en s'en emparant.

— D'un diplôme certifiant que vous avez réussi. Ça ne veut pas dire que vous êtes la Perle, mais être parvenue aussi loin signifie que vous êtes sur le bon chemin. C'est une reconnaissance officielle et la célébration de votre participation et de votre progrès dans l'émission.

— Flick va aussi en recevoir un ?

— Bien sûr. Je pense qu'elle est sur le bon chemin, elle aussi, répond-il en souriant.

— Merci, docteur, dit-elle en se demandant de quoi ils ont parlé durant leurs séances et ce qu'il lui a conseillé concernant sa relation. Je ne suis pas sûre que j'aurais survécu à tout ça sans vous. Et je sais que les autres candidates sont comme moi.

— Vous vous trompez, Amy, vous ne devez votre présence en finale qu'à vous-même. Je savais que vous réussiriez. Et rappelez-vous : nous sommes toujours plus forts que nous ne l'imaginons. Est-ce que vous prévoyez toujours de partir en Thaïlande ?

— Absolument, affirme-t-elle avec un sourire, les yeux rivés sur son certificat.

— Qui sait, peut-être que vous rencontrerez là-bas quelqu'un qui est sur la même longueur d'onde que vous.

— Je n'espère pas, docteur, réplique-t-elle en levant les yeux. Je crois que j'ai vraiment pris goût au célibat.

Chapitre 40

Amy se tient sur le côté de la scène et, rayonnante, elle regarde ses parents assis au fond de la section VIP du jardin. Elle a envie de rire en voyant sa mère décerner un regard noir théâtral à Jamie qui est en train de distribuer ses cartes de visite au public restreint qui s'est réuni dans le jardin.

— Que fait ce connard ici ? a demandé sa mère quand Jamie s'est approché d'elle un peu plus tôt.

Quand il l'a reconnue, il a essayé de se cacher derrière un nain de jardin.

Quelques visages familiers sont disséminés dans le public ; Amy ne connaît Jackie, Gemma et Hattie que depuis quelques semaines, mais elle a l'impression que ça fait une éternité, et elle les a accueillies comme des amies perdues de vue depuis longtemps. Lauren avait un concert à Ibiza, et Kathy n'est pas là non plus : elle est partie en vacances en Grèce dans un club réservé aux célibataires de plus de cinquante ans après s'être mise d'accord avec Jeremy pour vendre la maison et se partager l'argent.

— Amy. (Jackie se précipite vers elle en courant. Elle parle à toute allure.) Tu ne peux pas croire tout le soutien qu'on a. Que *tu* as. Je crois qu'on a lancé quelque chose d'important. Quelque chose dont on peut être fières. Apparemment, les jeunes téléspectatrices commencent à penser qu'être célibataire est positif, un truc à attendre avec impatience. Elles ont créé un hashtag sur le célibat, #LODLAlife ha ! C'est exactement ce qu'on espérait. Je suis tellement excitée, j'ai vraiment envie de faire quelque chose de tout ça. Peut-être une communauté en ligne. Vu que tu es journaliste, tu serais partante pour bosser sur ce projet avec moi ?

— À cent pour cent, répond Amy.

Les trois anciennes candidates s'installent sur les sièges de devant en chuchotant et en gloussant comme des collégiennes.

— Arrêtez, les filles ! Vous me rendez nerveuse ! chuchote-t-elle.

— Et moi donc, marmonne Flick, à côté d'elle. Je suppose qu'elles espèrent que je vais perdre. Elles sont probablement en train de se moquer de moi.

— Je te promets que non. Je suis persuadée qu'elles ne savent pas qui elles veulent voir gagner. Et je crois qu'elles se marrent parce que Jackie a fait semblant de se moucher dans la carte de visite de Jamie avant de l'essuyer sur la robe de Gemma.

Simon est assis dans un coin au fond du jardin, loin de tout le monde. Quand Amy a croisé son regard un peu plus tôt, il a tourné la tête. Ça a agacé Amy, qui aurait aimé qu'il baisse les yeux. Elle a aperçu Flick l'accueillir avec juste une bise sur la joue et un silence pesant. Il lui paraît peu probable que leur relation survive à cette expérience. Surtout si Flick pensait ce qu'elle a dit un peu plus tôt.

— Regarde-le, Amy, chuchote-t-elle. Il est assis là comme s'il n'en avait rien à faire de tout ça. On dirait qu'il est convaincu que je vais arrêter ce qu'il pense être un caprice pour rentrer à la maison et lui servir son dîner.

Flick, veuillez monter sur la scène et nous expliquer pourquoi vous devriez être la Perle.

Amy pousse un soupir de soulagement à l'idée de ne pas être la première à passer.

Flick monte sur la scène, pose son bloc-notes sur le pupitre et regarde autour d'elle. Elle a l'air parfaitement calme mais, quand elle se met à parler, l'assurance qu'elle affichait au début de l'émission a disparu. Elle fait preuve d'une humilité qu'Amy n'avait pas remarquée jusqu'à présent.

— J'ai accepté de participer aux *Oubliées de l'Amour* pour prouver que je suis une perle. Et je pense que j'ai réussi. Je me suis investie dans tous les défis. J'ai terminé première de presque toutes les épreuves. J'ai montré que j'étais disposée et capable de m'investir complètement dans une relation en sacrifiant tout ce qui m'était cher. Si c'était le but des *Oubliées de l'Amour*, alors je mérite de gagner. Mais, même si le public ne vote pas pour moi, je sais dans mon cœur que j'étais une perle en entrant dans la maison et que j'en suis toujours une en sortant. Je n'ai jamais compromis mes idéaux. Quand j'ai franchi le seuil de la maison il y a quelques semaines, j'ai eu l'impression de pénétrer dans la fosse aux lions. Je savais que les autres colocataires ne m'apprécieraient pas forcément, mais j'ai pris ce risque et je n'ai pas cédé sous la pression. J'étais ici pour prouver que j'étais bonne à marier et je ne permettrai à rien ni à personne de changer qui je suis. Amy est une femme bien, que j'ai appris à aimer durant les quelques semaines que nous avons passées ensemble.

Malgré nos différences, elle a fait preuve de compréhension, de gentillesse et de compassion, contrairement aux autres. Mais elle n'est pas la Perle selon les critères de l'émission. Si vous lui décernez le titre, vous enverrez le mauvais message à moi et aux millions de femmes au foyer dans le monde, qui travaillent sans relâche pour soutenir leur famille. Ces millions de femmes qui se sentent souvent moins importantes que les autres femmes à cause de leurs choix et malgré leurs sacrifices. Me refuser le titre serait injuste.

Elle s'interrompt un instant et pose les yeux sur Simon.

— Comme il serait injuste de ta part, Simon, de refuser de tenir la promesse que tu m'as faite il y a quatre ans. Le mariage. Une famille. Mon nom sur un prêt immobilier. Un foyer plus vaste que toi, moi et ta collection de vins rouges millésimés. Je t'ai prouvé il y a des années que j'avais l'étoffe de l'épouse et de la mère idéales. J'ai été aux petits soins pour toi. J'ai veillé à tous tes besoins en ignorant les miens. Tout ce que je te demande, c'est un peu de considération pour ce que j'ai abandonné. Et je te le demande maintenant, Simon. Vas-tu me dire, devant tous ces témoins, que tu vas m'épouser ? Me feras-tu des enfants, comme tu me l'avais promis ? C'est oui ou non.

BRAVO, Flick !

Amy fixe Simon, qui est devenu écarlate et qui fusille Flick du regard.

— Felicity, nous discuterons de ça plus tard.

— Oui ou non, Simon. Tu as eu quatre ans de réflexion. Tu ne me voleras pas davantage de temps.

Il s'agite, perturbé par les regards du public posés sur lui.

— Arrête d'être hystérique, bon sang. Ça ne te ressemble pas, qu'est-ce que tu fais ?

Flick lui sourit et baisse les yeux sur ses feuilles de notes. Elle en laisse tomber une sur le sol, et Amy peut lire son titre.

S'il dit oui.

— Mesdames, messieurs, chers téléspectateurs, j'ai prouvé il y a des années à une personne en particulier que j'étais bonne à marier. Mais, maintenant, le monde entier peut constater que je le suis, même si cette personne en est incapable. Comme je l'ai dit au début de mon discours, lorsque je suis entrée dans la maison j'étais une perle, et je le suis toujours en sortant. Je sais qu'un jour je serai une bonne épouse et une mère formidable. Et c'est avec joie que je vous annonce que pour le poste de partenaire potentiel les candidatures sont ouvertes. Uniquement pour les hommes bienveillants, justes et qui tiennent leurs promesses.

La foule applaudit en riant. Sous le regard furieux de Simon, Flick s'assied devant et non sur le siège que ce dernier lui a réservé près de lui.

— Félicitations, Flick, quelle déclaration ! crie Adam. Vous allez devoir embaucher quelqu'un pour gérer toutes les candidatures qui vont pleuvoir sur vous ! Un tonnerre d'applaudissements pour Flick ! Simon, mec, tant pis pour toi, tu as eu ta chance !

Le public s'esclaffe de nouveau. Simon se lève et quitte le jardin avec un dernier regard en arrière.

Amy se dirige à son tour vers le pupitre, le cœur battant à tout rompre, les yeux baissés.

Elle prend une profonde inspiration, relit sa première phrase et se lance.

— Ceci est une lettre pour l'adolescente de seize ans que j'ai été.

Chère Amy,

J'ai une mauvaise nouvelle. Quand tu auras trente-deux ans, tu ne seras pas l'épouse de Leonardo DiCaprio et tu ne vivras pas dans sa luxueuse maison à Los Angeles. En réalité, tu ne seras pas mariée du tout. Mais tu n'as aucune raison de paniquer, car tu seras en couple avec quelqu'un qui ne te quittera jamais. Quelqu'un qui te soutiendra toute ta vie.

Toi.

Et toi, toute seule, te suffit. Le jour où tu seras prête, et si tu le souhaites, tu ouvriras ton cœur pour y laisser entrer quelqu'un qui sera parfait pour toi.

Tu n'as pas besoin d'un homme pour te compléter.

Tu es déjà complète.

Tu es suffisante.

Sois gentille avec toi-même. Certaines de tes conversations les plus horribles auront lieu dans ta tête. Sois gentille avec les autres, même ceux qui ne le sont pas. Tu ignores ce qu'ils ont traversé. Choisis tes mots avec soin. Les mots peuvent être des armes de destruction massive et laisser des cicatrices à vie. Ne te déçois pas.

Amy, j'ai encore une mauvaise nouvelle. Ton groupe de musique Take-Two ne jouera jamais à Wembley, malgré toutes ces répétitions. Mais tu seras célèbre un jour. Tu auras ta propre scène pour répandre des messages importants auprès des adolescentes de seize ans qui te regardent. Comme je te l'ai dit, choisis bien tes mots.

Tu feras des choix désastreux en matière d'hommes. Vraiment désastreux. Mais tu seras obligée d'en passer par là pour avancer. Même si j'aimerais vraiment pouvoir t'empêcher de prendre ce verre avec Steve, car ces huit mois pendant lesquels tu as fait semblant d'aimer la nourriture mexicaine et le heavy metal seront perdus à jamais.

Sois reconnaissante pour toutes les occasions qui se présenteront. Souviens-toi de remercier tes parents pour ce qu'ils ont fait pour toi. Essaye de leur ressembler mais à ta manière, unique. Ton identité t'appartient. Protège-la.

Et enfin, arrête. Je vois très bien ce que tu fais, tu pinces le gras que tu as sur les hanches devant le miroir du couloir en rentrant du lycée et tu aspires tes joues pour ressembler à Kate Moss. Arrête de te comparer aux mannequins. Elles sont nées comme ça, tu es née autrement. Sois heureuse dans ta belle peau. Préoccupe-toi de la taille de ton cœur, pas de celle de la tranche qui est dans ton assiette. Mange ce putain de gâteau.

Avec tout mon amour,

Toi.

Mesdames et messieurs, poursuit-elle en rassemblant ses notes, Flick a raison. C'est elle, la Perle, pas moi, selon les critères de l'émission. Je n'ai pas suivi toutes les règles dans les défis et je ne suis pas première de la classe. Je suis ravie d'être célibataire, et il me tarde de passer plus de temps toute seule. *Les Oubliées de l'Amour* ne m'a pas rendue plus compatible avec quelqu'un d'autre, *Les Oubliées de l'Amour* m'a rendue plus compatible avec moi-même. Et, pour l'instant, je ne suis pas capable de me donner tout entière à quelqu'un. Victoire ou pas victoire, je fais le serment d'être gentille avec moi-même, de me protéger, moi et mes intérêts. Je ne les oublierai plus jamais ni ne les balayerai d'un revers de manche. Et cette lettre me rappellera qu'à partir d'aujourd'hui je suis ma propre Perle. Je voudrais dire quelque chose à toutes les jeunes filles qui me regardent : un jour, vous aurez le cœur brisé. C'est inévitable. Mais, comme moi, vous êtes fortes et vous méritez tout ce que vous désirez. Soyez votre propre Perle. Chacune d'entre vous.

Amy saute à bas de la scène, et l'émission s'interrompt pour la coupure publicitaire. Elle se précipite vers ses parents. Ils s'étreignent tous les trois sous les yeux du public pendant trois bonnes minutes.

— Ma chérie, c'était incroyable ! commente Gemma quand Amy la dépasse un peu plus tard.

Elle doit parler à quelqu'un.

Lorsque Jamie voit Amy se diriger vers lui d'un pas décidé, il ouvre grands les bras.

— Cochonnette ! Super smoking. Tu as décidé de laisser tomber les hommes, tu es sûre ? demande-t-il en riant. Je plaisante.

— Qu'est-ce que tu fais ici, Jamie ?

— Je n'aurais raté ça pour rien au monde. J'ai reçu une invitation et je me suis dit que c'était une bonne occasion pour mes affaires. Pourquoi ? Ça te dérange ? Je pensais qu'on était amis ?

— Ça ne me dérange pas du tout que tu sois là. Je suis même contente, parce que ça m'évite d'avoir à te contacter.

— Et moi je suis ravi de voir que tu as décidé de prendre du temps pour réfléchir. Mais je dois avouer que je suis quand même un peu déçu que tu n'aies pas parlé de moi dans ton discours, tu aurais pu me remercier de t'avoir aidée à trouver le bonheur, non ?

— Je ne suis pas là pour te remercier, mais pour te pardonner.

— Pardonner quoi ?

— Tout. La façon dont tu m'as traitée pendant dix-huit mois. Le fait que tu m'as considérée comme une invitée indésirable chez toi. Pour m'avoir fait me sentir grosse alors que je ne l'étais pas. Pour m'avoir fait passer pour une fille exigeante alors que j'étais juste déroutée par tes signaux contradictoires. N'importe qui aurait été perturbé. Pour m'avoir fait passer pour une folle et avoir prétendu que je te mettais la pression pour qu'on se marie alors que c'était un mensonge. Pour avoir joué les victimes alors que c'était moi qui étais blessée. Pour avoir fait semblant d'envisager l'avenir avec moi tout en m'empêchant d'en parler la seule fois où j'ai voulu le faire sérieusement. Je te pardonne, non pas parce que je suis faible, mais parce que je suis forte. En te pardonnant, je romps le lien avec toi, je te laisse partir et je tourne la page. De toi, de cette relation et de cette expérience. Non, je ne suis pas là pour te remercier, Jamie. Mais pour te pardonner. Et c'est ce que je fais. Je te pardonne.

Il la fixe en silence pendant plusieurs secondes, bouche bée.

— Je...

Il passe la main dans ses cheveux et s'éclaircit la gorge.

— OK. Très bien. C'est cool. On essaye de se boire un verre après... ?

— Non, je ne pense pas, Jamie. Arrêtons-nous là, d'accord ?

Elle sourit avant d'ajouter :

— Bonne chance pour la suite.

— Oui, à toi aussi, Cocho… Amy. Bonne chance à toi aussi, Amy.

Amy et Flick, veuillez regagner la scène s'il vous plaît. Que tout le monde se rasseye.

On y est, songe Amy en prenant une profonde inspiration. Elle étreint une dernière fois ses parents et s'avance vers la scène.

Les lumières du jardin s'éteignent, et seule la lueur de l'écran géant les éclaire. Tout d'un coup, la foule sur l'écran s'enflamme en voyant Adam Andrews monter sur scène, chaussé de santiags couvertes de strass. Il salue la foule en faisant les cent pas le long du podium et se baisse parfois pour faire des *high five*. La musique de l'émission braille comme jamais, mais Amy entend quand même résonner les battements de son cœur dans sa poitrine, et son souffle devient de plus en plus court.

Respire. C'est fini.

— Bonsoir, tout le monde ! Et bienvenue dans la grande finale des *Oubliées de l'Amour*, durant laquelle nous allons découvrir qui, d'après vous, est la Perle !

La foule rugit.

— Bon sang, quel mois mouvementé, pas vrai ? Nous avons vécu des hauts, des bas, des demi-tours et quelques impressionnantes collisions. Si on jetait un coup d'œil aux meilleurs moments ?

L'écran du jardin se met à diffuser un montage du mois qui vient de s'écouler.

On voit les colocataires faire connaissance. Le montage au ralenti est accompagné d'un air de violon triste et nostalgique, ce qui serre la gorge d'Amy. On voit ensuite Jackie laver son poupon avec le tuyau d'arrosage du jardin en brandissant son majeur pour la caméra. Gemma en train de hurler sur Hattie pendant une séance de sport dans le jardin. Hattie et Amy faire des exercices de respiration dans la salle à manger. Amy et Jackie tomber de la table basse, complètement ivres, Lauren quitter l'émission, Kathy pleurer avec son bébé et Gemma annoncer sa grossesse. Jackie partir dans un fou rire contagieux de dix minutes lors de l'épreuve du thé.

Puis le moment des adieux, suivi par un moment émouvant entre Flick et Amy lorsqu'elles réalisent qu'elles sont les dernières à partir. Leur étreinte devant la porte de la maison, les larmes dévalant leurs joues.

Le film s'arrête, et le public se retrouve plongé dans le noir.

— Mesdames et messieurs, déclare Adam d'une voix basse et feutrée. Le moment est venu. Le public s'est prononcé, les votes ont été comptabilisés et vérifiés par notre huissier ! hurle-t-il.

Un compte à rebours apparaît sur l'écran, illuminant les chaises.

5...

— Je peux vous confirmer qu'on m'a donné l'autorisation de poursuivre et de vous révéler ce que nous mourons tous d'envie de savoir.

3...

— La Perle des *Oubliées de l'Amour*, pour la première fois de tous les temps est...

1...

Des feux d'artifice explosent sur l'écran et illuminent le ciel.

Le temps paraît comme suspendu. Les pancartes se

mettent à voler au-dessus des gens comme les coiffes des étudiants à une cérémonie de remise de diplômes. Amy baisse la tête pour regarder le public en face d'elle et se prépare à la marée humaine qui s'apprête à l'engloutir.

Épilogue

La seule façon de rendre ce moment encore plus parfait serait d'avoir Leonardo DiCaprio à côté de moi, songe Amy en enfonçant plus profondément les orteils dans le sable chaud et doux.

Mais, d'un autre côté, il lui bloquerait la vue du coucher de soleil sur Buffalo Bay. Et en plus il faudrait qu'elle s'épile les jambes.

Tout à Koh Phayam donne à Amy l'impression de flotter en permanence en isolation sensorielle. L'air est toujours à température idéale, ni trop chaud ni trop froid. Il l'enveloppe comme un coton soyeux dès qu'elle se lève et la suit alors qu'elle glisse du jour à la nuit.

Elle a trouvé une routine qui satisfait à la fois son besoin de tranquillité et de sens. Elle commence toutes ses journées par une promenade lente dans l'atmosphère trépidante du marché, où elle achète un smoothie pour le petit déjeuner. Il contient de la banane, du miel, du lait d'amande et un peu de beurre de cacahouètes : c'est en réalité un milk-shake déguisé. Elle fait toujours rajouter un soupçon de kale, histoire de se donner bonne conscience et de se sentir aussi *healthy* que les blogueurs et les influenceurs qu'elle a rencontrés ici et qui se sont établis sur l'île. Le marché lui a été recommandé par Jane. Cette dernière lui écrit chaque semaine, demandant inlassablement quand Amy compte rentrer pour pouvoir lui organiser une fête de retour et lui présenter au passage quelques prétendants qui bossent avec Pete. Mais Amy n'a pas la réponse à cette question : son billet d'avion était un aller simple, et elle n'a aucune intention de rentrer prochainement.

Après s'être frayé un chemin entre les étals débordant d'activité pour relancer son cerveau, ses sens et son âme, elle est prête pour sa séance d'écriture dans son café préféré de la plage. Son bureau est un amas de bois flotté et son siège un fauteuil en osier recouvert d'un coussin au crochet, dans lequel elle peut s'enfoncer. Après deux cafés au lait et deux heures passées à faire des recherches sur différents thèmes, elle ferme son ordinateur portable, enlève son sarong et longe la plage à la nage, aller et retour, en pensant à son sujet, qu'elle peaufine dans sa tête. Elle écrit ensuite tout ce qui lui vient. À la fin de la matinée, elle est prête à rentrer dans sa villa pour se sécher, prendre une douche et répondre à ses mails.

La routine d'aujourd'hui ne diffère en rien. Sauf que, lorsqu'elle ouvre ses mails après le déjeuner, elle a la surprise de découvrir un message de quelqu'un de familier.

Salut Cochonnette,

J'espère que tu profites du soleil en Thaïlande. Je suis vraiment ravi pour toi. C'est exactement ce que je voulais pour toi quand je t'ai inscrite à l'émission, que tu sois heureuse. Je sais que tu m'as pardonné, mais ne m'oublie pas maintenant que tu es riche et célèbre ! Tu pourrais peut-être m'en reverser une partie ! ;) Je plaisante.

Je t'écris parce que je me suis dit que ça te ferait plaisir d'avoir de mes nouvelles. J'ai décidé de remettre Leader+ à plus tard. Le marché n'est pas prêt pour ce que j'ai à offrir.

Je me lance dans une nouvelle affaire et je pense que ça pourrait être un super investissement pour toi. Après mon heure de gloire dans *Les Oubliées de l'Amour*, j'ai identifié un manque dans le marché masculin des sites de rencontres. Je veux monter une boîte qui permettra aux hommes d'être relookés, pour qu'ils deviennent de meilleurs partis, et qui leur apprendra à séduire les femmes. C'est une industrie en pleine expansion, vu que de plus en plus de gens se rencontrent sur Internet, comme toi et moi. Je suis en train de rassembler des fonds et j'ai besoin de 50 000 livres pour créer mon site Internet, louer des locaux et démarrer le marketing. Si tu es intéressée, ce serait top d'en discuter. Je t'enverrai le business plan complet, et on pourrait se parler par Skype vendredi ? Ou tu peux me payer un billet d'avion pour qu'on en discute en vrai ! ;) Je plaisante.
Jamie

Amy répond aussitôt.

Cher Jamie,

Merci pour ton mail.

Depuis que je vis ma vie rêvée en Thaïlande, je passe mes journées à tout traduire en anglais. Heureusement pour moi, je parle aussi couramment le Jamie. Voici donc la traduction de ton mail :

« Leader+ s'est complètement cassé la gueule.
Tout le monde pense que je suis un connard fini.
J'ai besoin d'argent. »

J'ai raison ?

Merci, mais non merci.

Amy

Trois mois plus tôt, Amy a gagné *Les Oubliées de l'Amour* et un million de livres. On lui a aussi offert une psychanalyse, un relooking, des vacances et une année d'abonnement à Love Market, le dernier site de rencontres à la mode. Elle a accepté l'argent mais refusé tout le reste.

Après un mois de tourbillon médiatique – interviews, apparitions télévisées et rencontres avec les fans –, elle a enfin pu se poser et commencer à réfléchir à ce qu'elle allait faire de cet argent et du temps qu'il lui procurait. Pour être honnête, Amy était plus excitée par sa liberté que par sa fortune. Mais elle savait qu'elle pouvait acheter davantage de liberté en investissant sagement.

Elle a tenu la promesse qu'elle s'était faite en achetant un aller en première classe pour la Thaïlande. Elle a aussi réservé des vols à ses parents et Sarah pour qu'ils viennent la voir. Ils arriveront la semaine prochaine.

Son premier investissement a été un deux-pièces à Putney, qu'elle a payé cash en suivant les conseils avisés de Sarah. Il était déjà loué, aussi Amy vit du loyer sans toucher à ses gains.

Ensuite, elle a investi dans une start-up de fitness exclusivement féminine, basée à Cheltenham et baptisée Gymma. Son apport a permis d'acheter des équipements flambant neufs, et Gymma a promis de la tenir au courant tous les jours ; elle vient d'ailleurs de recevoir son mail quotidien.

Objet : Les cages à squat sont arrivées !

L'image jointe est une photo de Gemma enceinte suspendue à une barre, les cuisses enroulées autour du cou de Jason.

Amy sourit devant cette scène ridicule, puis sursaute quand son téléphone vibre dans sa poche. C'est un message WhatsApp de Jackie : une photo de sa bouche laquée de rouge sur un beignet au chocolat.

Tout va bien, copine ? J'ai mangé ça, j'ai pensé à toi *emoji beignet*

Amy répond :

Envoie-moi tous les beignets ! *emoji beignet**emoji beignet**emoji beignet*

P-S Non, en fait, non, sinon je serai une paria au pays des influenceurs *emoji qui fait non*

Non. Pas de beignets.

Et maintenant je ne pense qu'à ça *emoji facepalm*

Jackie lui envoie une seconde photo : elle sourit, du beignet plein les dents.

Amy répond par un émoji *je pleure de joie* et repose son téléphone sur la table.

Dans deux mois, le procès de Jackie – son troisième investissement – sera terminé (elle croise les doigts), et elles pourront lancer leur site.

Inoubliable.org

Là où les femmes passent avant.

Le slogan pourrait certainement être amélioré. Mais elles ont le temps. Jackie prépare les dossiers pour leurs partenaires, et Amy travaille sur le contenu.

Gemma est la journaliste fitness.

Hattie s'occupe de la section nourriture.

Lauren, de la rubrique sexualité.

Kathy, des seniors.

Et Flick, de la maison.

L'équipe parfaite.

Elle ne s'est pas sentie aussi complète et épanouie depuis des années et elle n'a pas eu besoin « de sa moitié » pour y parvenir. Elle est complète grâce à l'amour et au soutien de sa famille, de ses amies, et au réconfort qu'elle puise dans l'assurance qu'elle est capable d'accomplir absolument tout ce qu'elle veut toute seule. Elle lève les yeux sur le nouveau cadre accroché au mur. Une citation qu'elle a croisée il y a peu sur les réseaux sociaux. Elle lui a tellement parlé qu'elle a décidé de la faire peindre et encadrer.

LE SECRET POUR OBTENIR TOUT CE QUE L'ON VEUT
EST DE COMPRENDRE QU'ON LE POSSÈDE DÉJÀ.

Peut-être qu'un jour elle aura quelqu'un avec qui partager ce tableau. Mais uniquement quand elle sera prête, ce qui n'est pas le cas pour le moment. Cette citation lui a rappelé ce que Sarah lui a dit en buvant une bouteille de prosecco, le soir qui a précédé son départ pour Bangkok :

— Amy, on passe tellement de temps à trouver la bonne personne qu'on en oublie d'*être* la bonne personne.

Amy reporte son attention sur son écran et le document vierge devant elle. Elle inspire et commence à taper sur son clavier.

Comment j'ai enfin trouvé la Perle.

Composé et édité par HarperCollins France.

Achevé d'imprimer en avril 2020.

CPI FIRMIN-DIDOT

à Mesnil-sur-l'Estrée (Eure)

Dépôt légal : mai 2020.

Pour limiter l'empreinte environnementale de ses livres, HarperCollins France s'engage à n'utiliser que du papier fabriqué à partir de bois provenant de forêts gérées durablement et de manière responsable.

Imprimé en France